연기처럼 사라진 남자

MANNEN SOM GICK UPP I RÖK
by Maj Sjöwall and Per Wahlöö

Copyright © 1966 by Maj Sjöwall and Per Wahlöö
Introduction copyright © 2006 by Val McDermid
Korean Translation copyright © 2017 by ELIXIR, an imprint of Munhakdongne
Publishing Corp.
All rights reserved.
The Korean language edition is published by arrangement with
Maj Sjöwall and the Estate of Per Wahlöö c/o Salomonsson Agency through MOMO
Agency, Seoul.

이 책의 한국어판 저작권은 모모 에이전시를 통해
Maj Sjöwall and the Estate of Per Wahlöö c/o Salomonsson Agency사와의
독점 계약으로 '엘릭시르, (주)문학동네'에 있습니다.
저작권법에 의해 한국 내에서 보호를 받는 저작물이므로
무단 전재와 무단 복제를 금합니다.

이 도서의 국립중앙도서관 출판예정도서목록(CIP)은
서지정보유통지원시스템 홈페이지(http://seoji.nl.go.kr)와
국가자료공동목록시스템(http://www.nl.go.kr/kolisnet)에서 이용하실 수 있습니다.
(CIP제어번호: CIP2017001976)

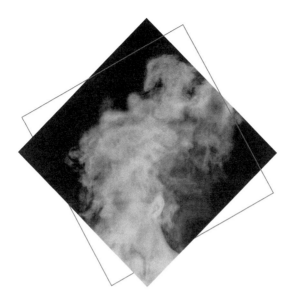

연기처럼 사라진 남자

마이 셰발, 페르 발뢰 지음 | 김명남 옮김

Martin Beck

엘릭시르

차례

서문

나는 1979년에 미국으로 오자마자 책 구입을 위해 가방을 하나 더 장만해야 했다. 미스터리 소설 전문 책방을 발견한다는 것은 죽지 않고도 천국에 들어가는 것과 비슷한 기분이다. 미국에서만 구입할 수 있는 범죄소설 작가들이 너무 많았는데—얄궂게도 일부는 영국 작가들이었지만—인터넷이 없던 시절이라 책을 손에 넣는 방법은 내가 직접 가서 사 오는 수밖에 없었다. 나는 그렇게 했다. 어마어마한 양을.

배낭에 담아 온 책들 중에는 빈티지 프레스 특유의 까만 표지를 입은 문고본 열 권이 있었다. 스웨덴의 부부 소설가 마이셰발과 페르 발뢰가 함께 집필한 열 권의 범죄소설이었다. 내가 그 책들을 필독서 목록에 올린 것은 이 장르에 대한 개괄서로는 결정판이라 할 수 있는 줄리언 시먼스의 『블러디 머더』를 읽고 서였다.

시먼스에 따르면 "이 책들은 '경찰소설'이라는 이름 아래 묶을 수 있겠지만, 사실 작가들은 경찰의 수사 자체보다는 범죄의 철학적 함의에 더 관심을 두고 있다. …… (그들은) 눈에 띄게 독특하며, 매우 뛰어나다". 이 추천사에만 의지하여 열 권을 몽땅 구입한 것은 도박이긴 했다. 하지만 나는 선택을 후회하지 않았다.

21세기의 눈으로 '마르틴 베크' 시리즈를 읽다 보면, 그들이 사십 년 전에 처음 등장했을 때 독자들에게 얼마나 혁명적으로 느껴졌을지 제대로 이해하기 힘들다. 경찰 수사물이라는 하위 장르에서 클리셰가 되다시피 한 갖가지 핵심적인 장치들이 바로 이 열 권의 소설에서 탄생했기 때문이다. 우리가 염세적인 한숨을 지으며 당연하게 여기고 마는 수많은 특징들이 바로 이들, 기자였다가 범죄소설가로 전업한 마이 셰발과 페르 발뢰의 작품들에 뿌리를 두고 있다.

셰발과 발뢰가 소설을 쓰기 시작한 1960년대 중반에는 그들이 참고할 만한 경찰소설이 적지 않게 나와 있었다. 1930년대의 황금시대로 올라가면 물꼬를 튼 장본인들인 나이오 마시의 알린 경감과 프리먼 윌스 크로프츠의 프렌치 경감이 있었고, 이후로 J. J. 매릭의 기디언 경감 등이 착실히 뒤를 이었다. 대서양 건너편에는 에드 맥베인이 있었다.

이러한 '로망 폴리시에roman policier'의 모범들이 공통적으로 갖고 있는 특징은 주어진 상태의 세상을 고집한다는 점이다. 그들의 세상은 흑과 백으로, 선과 악으로, 옳고 그름으로 양분되어 있다. 중간의 불편한 회색 지대 같은 것은 없다. 나쁜 사내들(가끔 나쁜 여인도 등장한다)은 줄기차게 나쁜 짓을 하고, 그리하여 나쁜 최후를 맞는다. 경찰관은 늘 명예롭고 고결하고 가족을 아끼는 남자로서 법치를 신뢰하고 제 손으로 정의를 실현할 수 있다고 믿는다. 탈선한 경찰이란 거의 상상할 수 없었다. 무능한 경찰은 상상할 수는 있지만 전자 못지않게 있을 수 없는 일이었다.

시리즈의 주인공에게는 단짝 동료가 있곤 했다. 그는 틀림없이 주인공보다 재능은 떨어지되 근골은 강인한 인물로 그려졌다. 수사반의 나머지 구성원들에게 빈말 이상의 언급이 주어지는 경우는 드물었고, 그들이 발로 뛰어 해내는 수사가 높이 인정되는 경우도 드물었다(맥베인이 후기 작품들에서 이런 선례를 깨기는 했지만 그의 '87분서' 시리즈도 초기에는 스티브 카렐라의 독무대나 다름없었다). 경찰 수사물은 한 명의 영웅을 위한 것이었다. 그가 다른 사람과 스포트라이트를 공유할 여지는 없었다.

셰발과 발뢰의 책들은 다르다. 흔히 이 책들을 '마르틴 베크' 시리즈라고 부르기는 하지만, 사실 이 작품들은 일개인에 관한 이야기가 아니다. 앙상블 소설이다.

베크는 뻔뻔하게 규칙을 무시하고 자신보다 못한 주변의 영혼들에 대한 경멸을 애써 감추지도 않은 채 홀로 움직이는 독불장군이 아니다. 그가 특출한 재능을 부여받은 경이로운 천재라서 한 치의 오차도 없이 미스터리의 혼란을 헤치며 해답을 향해 나아갈 때 평범한 인간들은 뒤로 물러서서 경탄만 할 뿐인가 하면, 그것도 아니다. 게다가 그는 썩 매력적인 인물도 아니다. 명문가 출신의 귀공자도 아니고 각광받는 초상화가의 남편도 아니요, 눈썹을 쓱 치켜 올리는 것만으로 혼란스러운 수수께끼를 싹 풀어헤치는 화려한 해결사도 아니다.

결코 아니다. 마르틴 베크는 그중 어느 것에도 해당하지 않는다. 그는 늘 일에 쫓기는데다 소화불량이며, 시리즈가 진행되는 동안 서서히 결혼의 해체를 겪는 중년 남성일 뿐이다. 부부 간에 파국적인 배신이 있었다거나 가치관이 정면충돌했기 때문은 아니다. 한때 서로 사랑했으나 이제 아이들과 집주소 외에는 공유하는 것이 없어져버린 두 사람 사이에 조용히 자포자기하는 마음이 쌓여갔기 때문이다.

베크는 또한 일종의 이상주의자인데, 직업 때문에 어쩔 수 없이 자신이 이상으로 여기는 세계와 현실에 존재하는 세계 사이의 간극에 계속 대면하게 된다. 간극에 대한 인식이 삶을 물들여 그를 우울하게 만들고, 가끔은 자신이 조금이라도 상황을 낫게 만들 수 있나 하는 숙명론적 체념을 품게 만든다.

무엇보다도, 베크는 팀의 일원이다. 팀의 구성원들은 하나하나 현실적인 인물로 그려진다. 베크의 강점과 약점에서 균형을 잡아주는 것은 그의 동료들이다. 동료들이 그에게 의지하는 것만큼이나 그도 동료들에게 의지한다. 이곳은 여러 발상들이 좌충우돌하는 세상이지 일개인이 탁월한 통찰의 칼자루를 독점적으로 휘두르는 세상이 아니다. 또한 반복적이고 지루한 작업은 죄다 하찮은 아랫사람들에게 맡겨 무대 밖에서 수행되도록 만드는 세상도 아니다.

베크와 부하들은 중요한 행동이든 일상적인 활동이든 고르게 나눠 맡는다. 열 권의 이야기가 진행되는 동안 우정도 반목도 동등하게 시험대에 오르며 모든 사람은 미덕도 악덕도 조금씩은 갖고 있는 인물로 그려진다.

이것만으로도 이 소설들이 범상한 다른 소설들 사이에서 두드러져 보이기에 충분했을 것이다. 하지만 셰발과 발뢰는 여기에 그 밖의 요소들을 더 섞었다. 작가들의 독특한 전망을 보여주는 요소들이었다.

일례로, 그들의 플롯은 그야말로 최고다. 구조도 그렇고 소재도 그렇다. 가끔은 시작이 우리를 놀라게 한다. 겉보기에 특이하기 짝이 없는 어떤 순간이 이후 교묘하게 보다 어두운 사건의 핵심을 향해 전개된다. 또 가끔은 바탕에 깔린 주제가 우리를 헷갈리게 한다. 이러이러한 유의 이야기이겠거니 하고 생각하도록 꾀었다가 갑자기 전혀 다른 장소로 우리를 떨어뜨려놓는다. 셰발과 발뢰의 이야기는 독자를 그 어디로 데려가더라도 결국에는 급습하듯 허를 찌르는 재간이 있다. 그래서 우리가 딛고 선 세상을 다시 한번 살펴보게끔 만든다.

줄리언 시먼스가 참으로 명민하게 간파해냈던 점도 빼놓을 수 없다. 두 사람의 저자가 범죄의 철학적인 면에 관심을 둔다는 점이다. 범죄소설이 사회에 대한 이해를 제공하고 우리 스스로에 대한 이해를 높여준다는 것이 요즘은 당연한 일로 간주된다. 최상의 범죄소설은 동시대를 살아가는 독자들에게 사회의 작동 방식을 알려주고, 사회의 여러 층위와 패턴들을 드러내어 보여준다. 사회의 살갗을 벗겨내어 악한 것과 순한 것을 노출시키고, 인물과 스토리라인을 모두 활용하여 우리의 죄악을 까발린다.

하지만 셰발과 발뢰가 글쓰기에 나설 때까지만 해도 그런 작업은 순수문학가들의 몫이었다. 범죄소설가는 독자를 즐겁게 해주면 그만이라는 식이었다. 그러나 이 스웨덴 이인조는 살인에 대해서 다른 방식으로 쓸 수 있다는 것을 보여주었다. 마르틴 베크와 동료들의 눈을 통해서, 작가들은 복지국가의 이상이 일상의 현실에 발목을 잡혀 구속되기 시작하는 시점의 스웨덴 사회에 거울을 들이댔다. 작가들은 사회악과 사회문제에 관해서 가차없이 신랄하게 펜을 휘둘렀지만, 자신들이 쓰는 것이 논설이 아니라 소설이라는 점을 한시도 잊지 않았다. 자신들의 사회적 관심사 위에 숨가쁘게 달려가는 스토리라는 옷을 입혔지만, 독자들이 흥미를 잃지 않게 만들어야 한다는 점을 한시도 간과하지 않았다.

그 결과물은, 의도는 엄숙할지언정 음울함과는 거리가 멀다. 셰발과 발뢰는 유머 감각을 타고났다. 베크의 은근하고 음울한 위트에서 잘 드러나고, 때로는 소란스러운 익살극을 통해 분출된다. 그것은 주로 크리스티안손과 크반트라는 순찰조의 몫이다. 그들은 멍청한데다가 운도 없는 인물들이다. 그들이 간주처럼 펼치는 슬랩스틱 공연은 형사들에게는 절망적이겠지만 독자들에게는 무척 유쾌하다. 셰발과 발뢰 이전에는 '키스톤 캅스' 같은 그런 인물들은 상상할 수도 없었을 것이다. 수사의 진지함을 망치는데다가 수사를 평범한 인간 행동의 영역으로 끌어내리는 일이기 때문이다.

『연기처럼 사라진 남자』는 시리즈에서 예외라 할 만하다. 이야기는 주로 스웨덴 밖에서 펼쳐진다. 냉전이 사람들의 일상에 암울한 배경처럼 드리워졌던 시절의 부다페스트에서 펼쳐진다. 소설의 적잖은 분량에서 베크는 낯선 나라에 홀로 떨어져 있다. 아무런 지원도 받지 못한다. 그에게는 자신이 활약할 사회에 대한 깊은 이해도 없다. 실종된 스웨덴 기자를 추적하는 수사는 고비마다 막다른 골목에 부딪히며, 하나씩 사정이 밝혀질 때마다 점점 더 혼란스러워지기만 한다.

곧 우리는 베크가 혼자 힘으로 사건을 해결할 수는 없다는 것을 깨닫는다. 그는 고국의 동료들로부터, 그리고 부다페스트에서 만난 뜻밖의 정보원으로부터 도움을 얻어야 한다. 그러고야 비로소 조각들이 제자리에 맞춰지고 진부한 동시에 독창적인 진실이 밝혀진다.

셰발과 발뢰는 1971년에 『웃는 경관Den skrattande polisen』으로 미국 추리작가협회가 주는 에드거상의 최우수 장편상을 받았다. 영어로 번역된 소설들 가운데 그 상을 받은 작품은『웃는 경관』이 유일하다. 내게는 그 사실이 딱히 놀랍지 않다. 장담하건대 여러분도 이 소설들을 읽으면 결국 내 말에 동의할 것이다. 나만이 아니라 모든 범죄소설가들이 같은 생각일 것이다.

우리는 한때 기자였다가 소설가로 변신한 이 스웨덴 이인조에게 얼마나 큰 빚을 졌는지 너무나 잘 안다.

밸 맥더미드[*]

1.

방은 작고 남루했다. 커튼은 없었고, 창밖은 칙칙한 회색 방화벽이었다. 방화벽에는 녹슨 철근이 드러났고 빛바랜 마가린 광고지가 붙어 있었다. 왼쪽 창틀 가운데 부분에는 유리 대신 대충 자른 마분지가 대어져 있었다. 벽지는 꽃무늬였는데, 그을음에 덮이고 습기에 젖어서 심하게 변색된 터라 무늬를 알아보기 힘들었다. 벽 이곳저곳에서 회반죽이 부스러져 떨어졌고 접착테이프와 포장지로 군데군데 손보려고 시도한 흔적이 있었다.

난로가 하나, 가구가 여섯 점, 사진이 하나 있었다. 난로 앞에 재를 담는 마분지 상자와 찌그러진 알루미늄 커피 주전자가 있었다. 침대는 발치가 난로에 면하도록 배치되어 있고, 침구는 두껍게 쌓은 오래된 신문지 위에 얹은 누덕누덕한 퀼트와 줄무

닉 베개뿐이었다. 대리석 계단 옆에 금발 여자가 나체로 서 있는 모습을 담은 사진이 있었다. 사진은 난로 오른편 벽에 걸려 있기 때문에, 침대에 누운 사람은 그것을 보면서 잠들었다가 그것을 보면서 눈을 뜨게 되어 있었다. 누가 연필로 여자의 젖꼭지와 성기를 더 커다랗게 그려두었다.

방의 다른 편, 창가에는 둥근 탁자가 하나, 나무의자가 두 개 있었다. 의자 하나는 등받이가 없었다. 탁자에 놓인 이런저런 물건들 사이에 베르무트 술병이 세 개, 청량음료병이 하나, 커피잔이 두 개 보였다. 재떨이는 뒤집혀졌다. 꽁초들, 병뚜껑들, 탄 성냥개비들 사이로 더러운 각설탕이 몇 조각, 날이 펼쳐진 작은 주머니칼이 하나, 소시지 한 조각이 보였다. 세 번째 커피잔은 바닥에 떨어져 깨져 있었다. 그리고 낡은 리놀륨 바닥에 얼굴을 묻은 자세로, 탁자와 침대 사이에, 시체가 있었다.

사진을 더 멋지게 만들려고 손을 댄 사람, 테이프와 포장지로 벽지를 때우려고 시도한 사람은 틀림없이 이 사람이었을 것이다. 죽은 사람은 남자였다. 두 다리를 모으고, 팔꿈치를 갈비뼈 쪽에 바싹 붙이고, 손은 방어하듯이 얼굴로 끌어올린 자세였다. 모직 조끼와 해진 바지를 입었고, 발에는 낡아빠진 모직 양말을 신었다. 커다란 선반장이 남자의 몸 위로 넘어져, 머리와 상체 절반을 가렸다. 세 번째 나무의자는 시체 옆에 내동댕이쳐져 있었다. 앉는 자리는 피로 얼룩졌고 등받이 꼭대기에 손자국이 선명하게 찍혀 있었다. 마루는 깨진 유리투성이였다. 선반장의 유리문 파편도 있었고 깨진 와인병 조각도 있었다. 벽 가까운 곳에 더러운 속옷 무더기가 있었고, 반쯤 남은 와인병이 그 위에 던져져 있었다. 병은 말라붙은 피를 한 겹 뒤집어쓰고 있었다. 누가 흰 백묵으로 주변에 동그라미를 그려두었다.

이런 종류의 사진들 중에서는 거의 완벽하다고 해도 좋은 작품이었다. 경찰이 가진 최고의 광각렌즈로 찍은 것이었다. 인공조명이 화면 구석구석까지 칼로 새긴 듯한 날카로움을 던졌다.

마르틴 베크는 사진과 확대경을 내려놓고 자리에서 일어나 창가로 갔다. 밖은 완연한 스웨덴의 여름이었다. 사실은 그 이상이었다. 더웠다. 크리스티네베리 공원의 풀밭에서 두 아가씨가 비키니 차림으로 일광욕중이었다. 그들은 등을 대고 반듯하게 누워 있었다. 다리는 살짝 벌렸고 팔은 몸통에서 최대한 멀리 뻗었다. 그들은 젊고 날씬했다. 말랐다고 해도 좋은 편이었다. 그들의 태도에는 어떤 우아함이 있었다. 자세히 뜯어보니 마르틴 베크의 부서에서 일하는 사무직 직원들이었다. 그렇다면 벌써 12시가 넘었다는 뜻이다. 아가씨들은 수영복 위에 면원피스와 샌들을 걸친 채로 출근했을 것이다. 점심에는 원피스를 벗고 밖으로 나가 공원에 눕는다. 실용적이다.

머지않아 이 모든 것을 남겨두고 부산한 베스트베리아알레 근처의 남부 경찰서로 옮겨야 한다고 생각하니 풀이 죽었다.

누가 벌컥 문을 열고 들어서는 소리가 들렸다. 몸을 돌려 쳐다보지 않아도 누군지 알 수 있었다. 스텐스트룀이었다. 스텐스트룀은 아직도 부서에서 최연소 형사였다. 아마도 스텐스트룀의 뒷세대는 노크하는 법 같은 건 모를 것이다.

"어떻게 되어가나?"

마르틴 베크가 물었다.

"별로입니다. 제가 십오 분 전까지 그 방에 있었는데, 남자는 모든 혐의를 완강히 부인합니다."

마르틴 베크는 몸을 돌렸다. 책상으로 돌아가 범행 현장을 찍은 사진을 다시 들여다보았다. 신문지 매트리스, 해어진 퀼트, 줄무늬 베개 위쪽의 천장에 습기가 배어난 오래된 자국이 있었다. 해마 모양이었다. 좀더 호의적으로 평가한다면 인어라고 할 수도 있다. 바닥에 엎드린 남자에게 그런 상상력이 있었을지 궁금했다.

"하지만 상관없습니다. 감식 증거로 잡아넣을 테니까요."

스텐스트룀이 주제넘게 말했다.

마르틴 베크는 대꾸하지 않았다. 대신에 스텐스트룀이 방금 책상에 올려놓은 두꺼운 보고서를 가리키며 물었다.

"이건 뭔가?"

"순드뷔베리에서 보내 온 취조 기록입니다."

"이 끔찍한 걸 당장 치워. 나는 내일부터 휴가니까. 콜베리에게 가져다주든지. 아니면 자네가 주고 싶은 사람 아무한테나 떠안겨."

마르틴 베크는 사진을 갖고 위층으로 올라가 콜베리와 멜란데르가 쓰는 사무실로 들어섰다.

그곳은 자신의 방보다 한층 더웠다. 창문을 닫고 커튼을 쳐 뒀기 때문일 것이다. 콜베리와 용의자는 책상에 마주보고 앉아서 꼼짝 않고 가만히 있었다. 키가 훌쩍한 멜란데르는 팔짱을 끼고 창가에 서서 파이프를 물고 있었다. 시선은 흔들림 없이 용의자에게 못박혀 있었다. 문가 의자에 제복 바지와 연푸른 색 셔츠를 입은 경관이 보초로 앉아 있었다. 경관은 오른쪽 무릎에 모자를 올려놓고 균형을 잡는 중이었다. 아무도 말이 없었다. 방에서 움직이는 것이라고는 녹음기의 릴뿐이었다. 마르틴 베크는 옆으로 걸어가서 콜베리 바로 뒤에 섰다. 그리고 방을 덮은 침묵에 가세했다. 커튼 뒤에서 말벌 한 마리가 왱왱거리며 창에 부딪혔다. 콜베리가 재킷을 벗고 셔츠 단추를 끌렀다. 콜베리의 포동포동한 어깨날 사이의 셔츠가 땀에 푹 젖었다. 젖은 부분은 모양이 천천히 바뀌면서 척추를 따라 아래로 번졌다.

책상 너머에 앉은 남자는 몸집이 작고 머리숱이 적었다. 차림은 꾀죄죄했다. 의자 팔걸이를 움켜쥔 손가락은 거칠고, 더러운 손톱은 온통 물어뜯겨 있었다. 야위고 병약한 얼굴에 입가는 살짝 주름졌다. 애매한 표정을 짓고 있었다. 턱이 약하게 떨리면서 눈에 뿌옇게 물기가 어렸다. 남자는 잔뜩 웅크렸다. 뺨으로 두 줄기 눈물이 흘렀다.

　"으흠. 당신이 그의 머리를 병으로 쳤다는 거지? 병이 깨질 때까지?"

　콜베리가 침울하게 물었다. 남자가 끄덕였다.

　"남자가 바닥에 쓰러지자 이번에는 의자로 때렸다는 거지? 몇 번이나 때렸나?"

　"모릅니다. 엄청나게 많이 때리진 않았지만 꽤 여러 번 내려쳤습니다."

　"상상이 되는군. 그다음에 선반장을 그의 몸 위로 넘어뜨리고 방을 나갔다는 거지. 같이 있었던 다른 사람은 그동안 뭘 했나? 랑나르 라르손이라는 그 사람은? 안 끼어들었나? 그 사람이 당신을 저지하지 않았느냐는 말이야."

　"아니요, 그는 가만히 있었습니다. 그냥 내버려두던데요."

　"또 거짓말을 할 생각일랑 말라고."

　"그는 까무러쳐서 자고 있었다니까요."

"좀더 큰 목소리로 말해주겠나?"

"그는 침대에서 자고 있었습니다. 아무것도 눈치채지 못했을 겁니다."

"그랬겠지. 나중에야 정신이 들어서 경찰에 신고했다는 거지. 좋아, 여기까지는 분명하군. 하지만 내가 여전히 이해가 안 되는 점이 하나 있어. 어쩌다 그렇게 되었나? 맥줏집에서 우연히 만나기 전에는 서로 아는 사이도 아니었다면서."

"그 자식이 나더러 빌어먹을 나치 새끼라고 했단 말입니다."

"경찰관은 일주일에도 몇 번씩 빌어먹을 나치 새끼라고 불려. 나한테 나치니 게슈타포니 그보다 더 심한 말로 부른 사람이 수백 명이나 되지만 한 명도 죽인 적은 없는걸."

"그 자식이 앉은자리에서 그 말을 하고 또 했단 말입니다. 빌어먹을 나치 새끼, 빌어먹을 나치 새끼, 빌어먹을 나치 새끼……. 그 말만 하는 겁니다. 그리고 노래를 불렀어요."

"노래를?"

"네, 나를 약 올리려고 그런 겁니다. 나를 짜증나게 하려고. 히틀러에 대한 노래를 불렀단 말입니다."

"으흠, 당신이 빌미를 주었나?"

"돌아가신 우리 모친이 독일 사람이라고 말했습니다. 그전에요."

"술을 마시기 전에?"

"네, 그때는 그도 사나이에게 어머니가 누구든 그게 무슨 상관이냐고 말했어요."

"그러니까, 그가 부엌으로 가려고 돌아섰을 때 당신이 병을 쥐고 뒤에서 때렸다고?"

"네."

"그가 넘어졌나?"

"무릎을 꿇은 것 같은 자세가 되었습니다. 그리고 피가 흐르기 시작했어요. 그랬더니 그 자식이 '쥐새끼 같은 추잡한 나치 새끼, 너, 너 이제 야단났다'라고 말했어요."

"그래서 당신은 계속 때렸나?"

"나는…… 겁이 났습니다. 그는 나보다 덩치가 크고…… 그때 기분은 뭐라고 설명할 수가 없어요…… 눈앞이 핑핑 돌고 새빨갛게 보이는 것이…… 내가 무슨 짓을 하는지도 몰랐습니다."

남자의 어깨가 격렬하게 흔들렸다.

"이쯤이면 됐겠지. 이봐, 이 사람에게 먹을 걸 좀 주고, 의사한테 진정제를 놓아주라고 해."

콜베리가 녹음기를 끄자 문간에 앉아 있던 경관이 일어나서 모자를 썼다. 살인자의 팔뚝을 가볍게 거머쥐고 데리고 나갔다.

"지금은 이걸로 됐어. 내일 보자고."

콜베리는 무심히 말하면서 앞에 놓인 종이에 기계적으로 끼적였다. '눈물을 흘리며 자백함.'

"상당히 재미있는 인물이로군."

콜베리가 말했다.

"이전에도 폭행으로 유죄를 받은 전력이 다섯 번이나 있어. 매번 완강히 부인했지만. 난 똑똑히 기억해."

멜란데르가 말을 받았다.

"걸어 다니는 서류 보관함께서 그렇게 말씀하신다면야."

콜베리는 무겁게 몸을 일으키다가 마르틴 베크를 보았다.

"자네는 여기서 뭘 하는 건가? 하류층 범죄 나부랭이는 우리가 살필 테니까 자네는 가서 휴가를 즐기라고. 그런데 어디로 가나? 스톡홀름군도^{群島}로 나가나?"

마르틴 베크는 고개를 끄덕였다.

"현명한 생각이야. 나는 괜히 루마니아로 가서 마마이아 해변에서 햇볕에 튀겨질 뻔했다네. 집으로 돌아와서는 더위에 쪄 죽을 뻔했지. 대단하지 않나. 자네가 가는 휴가지에는 전화가 없겠지?"

"없어."

"훌륭해. 아무튼 나는 샤워를 해야겠어. 자자, 지금 당장 꺼지라고."

마르틴 베크는 콜베리의 제안을 생각해보았다. 여러모로 매력적인 제안이었다. 무엇보다도 하루 일찍 일터를 떠난다는 이점이 있었다.

그는 어깨를 으쓱했다.

"그러게, 지금 가야겠군. 다들 잘 있어. 한 달 후에 보지."

2.

　대부분의 사람들은 벌써 휴가를 보내고 돌아온 뒤였다. 비가 내렸던 칠월의 몇 주 동안 텐트나 트레일러나 시골의 하숙에서 휴가를 보내고 스톡홀름으로 돌아온 사람들이 팔월의 더위가 한창인 뜨거운 거리를 채우기 시작했다. 지난 며칠 동안 지하철이 다시 서서히 붐비기 시작했지만, 지금은 한창 업무 시간이라 마르틴 베크는 지하철에서 거의 혼자였다. 그는 창밖의 먼지 낀 나뭇잎을 바라보면서 열렬히 고대하던 휴가가 마침내 시작되었다는 사실을 기뻐했다.

　그의 가족은 한 달 동안 묵을 스톡홀름군도의 휴가지로 먼저 떠났다. 올여름에는 운이 좋아서 아내의 먼 친척에게 별장을 빌렸다. 군도 한가운데 작은 섬에 외톨이로 서 있는 별장이었다.

친척이 해외로 나가면서 빌려줬기 때문에 아이들이 학교로 돌아가는 날까지 별장은 온전히 그들 가족의 차지였다.

마르틴 베크는 빈 아파트로 돌아와서 곧장 부엌으로 갔다. 냉장고에서 맥주를 한 병 꺼냈다. 개수대 옆에 서서 몇 모금을 마신 뒤 병을 갖고 침실로 갔다. 겉옷을 벗고 팬티만 걸친 차림으로 발코니로 나가 발코니 난간에 다리를 올리고 햇볕을 쬐면서 맥주를 마저 마셨다. 바깥의 열기는 견디기 힘들 만큼 뜨거웠다. 병이 비자 곧바로 일어나서 상대적으로 서늘한 실내로 들어갔다.

시계를 보았다. 배는 두 시간 뒤에 떠난다. 섬은 군도에서도 외진 곳에 있어서, 도시와 통하는 교통편이라고는 이제 몇 척 남지 않은 낡은 기선뿐이었다. 그가 생각하기에 그 점이야말로 여름휴가에서 가장 마음에 드는 대목이었다.

그는 부엌으로 가서 식료품 저장실 바닥에 빈병을 놓았다. 상할 만한 음식은 이미 싹 치웠지만 만약을 위해서 다시 한번 잊은 것이 없나 둘러본 다음에 저장실 문을 닫았다. 냉장고 플러그를 벽에서 뽑고, 얼음 통을 꺼내어 개수대에 넣고, 부엌을 둘러보았다. 문을 닫고 침실로 가서 짐을 싸기 시작했다.

자신이 쓸 물건은 지난 주말에 잠깐 섬에 갔을 때 대부분 가져다두었다. 하지만 아내와 아이들이 필요하다며 가져오라고 한 물건 목록이 있었다. 그것을 다 챙기니 가방 두 개가 가득찼다. 중간에 슈퍼마켓에 들러서 식료품 상자도 하나 챙겨야 했기에, 선착장까지 택시를 타고 가기로 했다.

배에는 빈자리가 많았다. 마르틴 베크는 가방을 넣어두고 갑판으로 올라가 앉았다.

도시 위로 열기가 어른거렸다. 도시는 죽은듯 고요했다. 카를 12세 광장의 나무들은 싱그러움을 잃었고 그랜드 호텔의 깃발들은 축 늘어졌다. 마르틴 베크는 시계를 보았다. 저 아래 부두의 남자들이 얼른 트랩을 거둬 올리기만을 기다렸다.

마침내 엔진의 울림이 느껴지자, 그는 일어나서 선미로 갔다. 배가 부두에서 물러났다. 그는 프로펠러가 물을 휘저으며 녹색이 섞인 희끄무레한 거품을 일으키는 것을 난간에 기대어 구경했다. 증기 엔진의 휘파람 소리는 거칠었다. 배가 살트셴 쪽으로 방향을 틀자 선체가 덜덜거리기 시작했다. 마르틴 베크는 난간에 서서 시원한 미풍을 향해 고개를 돌렸다. 갑자기 해방감과 평온함이 밀려왔다. 아이였을 때 여름방학 첫날에 느꼈던 기분을 잠시나마 되찾은 것 같았다.

그는 식당에서 밥을 먹은 뒤 다시 갑판으로 나와 앉았다. 배는 그가 내릴 선착장에 다가가면서 그의 목적지인 작은 섬을 지나쳤다. 별장, 알록달록한 야외 의자들, 해변에 나와 있는 아내가 보였다. 아내는 물가에 쭈그리고 앉아 있었는데, 아마도 감자를 씻는 것 같았다. 아내가 일어나서 손을 흔들었다. 하지만 오후의 햇살을 정면으로 바라보는 위치에서 그렇게 멀리 있는 그를 확실히 알아봤을 것 같지는 않았다.

아이들이 보트를 타고 마중나왔다. 마르틴 베크는 노젓기를 좋아했다. 그는 아들의 항의를 무시한 채 선착장에서 별장이 있는 섬까지 자신이 노를 저었다. 선미에 앉은 딸은 시골의 댄스 파티에 대해서 수다를 떨었다. 딸의 이름은 잉리드였는데, 며칠 후면 열다섯 살이 되는 지금까지도 집에서는 '우리 아기'라고 불렸다. 여자애들을 경멸하는 열세 살짜리 아들 롤프는 요전에 낚아올린 창꼬치에 대해서 떠들어댔다. 마르틴 베크는 무심하게 아이들의 이야기를 들으면서 노젓기를 즐겼다.

그는 도시의 옷을 벗어던지고 바위 옆에서 잠깐 수영을 한 뒤에 청색 바지와 스웨터를 입었다. 저녁 식사 뒤에는 아내와 나란히 별장 앞에 앉았다. 거울처럼 매끄러운 만 건너편 섬들 뒤로 태양이 저무는 광경을 바라보면서 잡담을 나눴다. 아들과 함께 바다에 그물을 친 뒤에, 일찍 잠자리에 들었다.

그는 참으로 오랜만에 눕자마자 잠이 들었다.

깨어보니 태양은 아직 높지 않았다. 풀잎에 이슬이 맺혀 있었다. 그는 풀밭을 터벅터벅 걸어 별장 앞 바위로 가서 앉았다.

연기처럼 사라진 남자

어제처럼 근사한 날씨일 것 같았지만 햇살이 따스해지려면 아직 이른 시간이라 잠옷 차림으로는 추웠다. 한참 뒤에 별장으로 돌아가서 커피를 들고 베란다에 나와 앉았다. 7시가 되자 옷을 입고 아들을 깨웠다. 아이는 마지못해 일어났다. 두 사람은 배를 저어 바다로 나가서 그물을 끌어올렸다. 해초 같은 것들만 잔뜩 담겨 있었다. 돌아왔더니 다른 두 사람도 일어난 후였고 식탁에는 아침이 차려져 있었다.

아침 식사 뒤에 마르틴 베크는 헛간으로 갔다. 그물을 청소하고 널기 시작했다. 인내를 시험하는 일이었다. 앞으로 가족에게 생선을 공급하는 일은 아들의 담당으로 정해야겠다고 결심했다.

마지막 그물을 거의 다 손질했을 때, 뒤에서 모터보트의 엔진 소리가 들렸다. 작은 어선이 곶을 돌아서 곧장 그에게 다가오고 있었다. 그는 배에 탄 남자를 한눈에 알아보았다. 가장 가까운 이웃으로, 바로 옆 섬에 작은 보트 정박소를 갖고 있는 뉘그렌이었다. 베크의 섬에는 물이 없기 때문에 뉘그렌의 섬에서 식수를 길어왔다. 뉘그렌의 집에는 전화도 있었다.

뉘그렌이 모터를 끄고 소리를 질렀다.

"전화가 왔습니다. 가급적 빨리 걸어달라고 합디다. 전화기 옆 메모지에 번호를 적어뒀습니다."

"누구라고 하던가요?"

마르틴 베크는 답을 알면서도 괜히 물었다.

"그것도 적어뒀습니다. 나는 지금 셰르홀멘에 나가는 길이고 엘사는 딸기밭에 나가 있어요. 하지만 부엌문을 열어뒀습니다."

뉘그렌은 모터를 켜고 선미에 서서 배를 출발시켰다. 곶을 돌아 사라지기 전에 손을 들어 마르틴 베크에게 인사했다.

마르틴 베크는 잠깐 그 뒷모습을 바라보다가 선착장으로 내려갔다. 보트를 풀어 뉘그렌의 집을 향해 배를 저었다. 노를 저으면서 생각했다. 젠장, 벼락 맞을 콜베리 같으니라고. 겨우 그의 존재를 잊었다 싶었더니 이런 식이지!

전화기는 뉘그렌네 부엌 벽에 걸려 있었고, 그 아래 메모지에 알아보기 힘든 글씨로 "함마르 54 10 60"이라고 적혀 있었다.

마르틴 베크는 그 번호로 전화를 걸었다. 교환원의 연결을 기다릴 때에야 비로소 대체 무슨 일일까 의아해졌다.

"함마르입니다."

"무슨 일입니까?"

"정말 미안하네, 마르틴. 당장 돌아와야겠어. 어쩌면 나머지 휴가를 희생해야 할지도 모른다네. 뭐, 정확하게 말하면 미루는 거겠지만."

함마르는 몇 초쯤 말이 없다가 덧붙였다.

"물론 자네에게 그럴 마음이 있다면."

"나머지 휴가라고요? 겨우 하루를 썼을 뿐입니다."

"진심으로 미안하네. 하지만 꼭 필요한 일이 아니라면 나도 이렇게 부탁하진 않았을 거야. 오늘 올 수 있겠나?"

"오늘? 무슨 일입니까?"

"오늘 올 수 있으면 좋겠어. 아주 중요한 일이라서 말이야. 자세한 건 도착하면 말해주겠네."

"한 시간 뒤에 배가 있습니다."

마르틴 베크는 파리똥으로 얼룩진 유리창 너머로 햇살을 받아 반짝이는 바다를 바라보았다.

"얼마나 중요한 일이기에 그러십니까? 콜베리나 멜란데르가……."

"안 돼. 자네가 처리해야 해. 누가 실종된 것 같아."

3.

마르틴 베크가 상사의 사무실 문을 연 것은 12시 50분이었다. 휴가를 떠난 지 정확히 스물네 시간이 흐른 시점이었다.

함마르 경감은 짧고 굵은 목에 백발 더벅머리를 지닌 풍채 좋은 남자였다. 그는 팔뚝을 책상에 붙인 자세로 꼼짝 않고 회전의자에 앉아서, 심술궂은 사람들이 뒤에서 수군거리는 말에 따르면 그가 가장 좋아하는 활동이라는 것을 하고 있었다. 즉 아무 일도 안 하고 있었다.

"오, 왔군. 제때 왔어. 자네, 삼십 분 뒤에 외무부에 가봐야겠어."

함마르가 부루퉁하게 말했다.

"외무부라고요?"

"그래, 가서 이 남자를 만나."

함마르는 애벌레가 붙은 양상추 조각이라도 만지는 듯 엄지와 집게손가락으로 명함 귀퉁이를 집어 올렸다. 마르틴 베크는 명함의 이름을 읽었다. 그에게는 아무런 의미가 없는 이름이었다.

"높은 사람이라는군. 자기가 장관과 아주 가깝다고 하던데."

함마르는 잠시 말을 멈췄다가 이어 말했다.

"나도 그 이름을 처음 들어."

올해 쉰아홉인 함마르는 1927년부터 경찰이었다. 그는 정치가를 좋아하지 않았다.

"자네, 의외로 화가 많이 난 것 같진 않군."

마르틴 베크는 함마르의 말을 잠시 곱씹었다. 자신은 너무 당황스러워서 화낼 겨를도 없다는 결론이었다.

"구체적으로 무슨 일입니까?"

"잠시 뒤에 이야기하자고. 자네가 이 멍청이를 만난 뒤에."

"실종 어쩌고 그러시지 않았습니까."

함마르는 괴로운 표정으로 창밖을 보다가 이윽고 어깨를 으쓱하며 말했다.

"하나부터 끝까지 한심한 짓거리야. 솔직히 말하자면……
자네가 외무부에 방문하기 전에는 소위 추가 정보라는 걸 절대로 알려주지 말라는 지침이 떨어졌어."

"우리가 언제부터 외무부의 명령을 받았습니까?"

"우리에게 명령을 내리는 부처가 한둘이 아니라는 건 자네도 알잖나."

함마르는 몽롱하게 말했다.

함마르의 시선은 여름의 녹음 속 어딘가로 사라져 있었다.

"나는 여기에서 일하는 동안 그야말로 한 부대는 될 만큼 많은 장관들을 겪었어. 그들 중 절대다수가 경찰에 대해 갖고 있는 지식은 내가 오렌지 껍질 벌레에 대해 아는 것 정도였지. 한마디로 세상에 그런 게 있다더라 하는 것뿐. 다녀오게."

함마르가 갑자기 말을 맺었다.

"그럼."

마르틴 베크가 문 앞에 갔을 때 함마르가 번뜩 현실로 돌아온 듯한 말투로 물었다.

"마르틴?"

"네."

"아무튼 내가 할 말은, 자네가 내키지 않으면 이 일을 맡지 않아도 된다는 거야."

장관과 가까운 사이라는 남자는 체격이 크고, 마르고, 빨간 머리였다. 남자는 촉촉한 푸른 눈동자로 마르틴 베크를 응시하다가 날렵하게 일어나서 책상을 멀찍이 돌아 나오면서 두 팔을 쭉 뻗었다.

"이렇게 좋을 데가. 정말로 와주시다니 이렇게 좋을 수가 없습니다."

두 사람은 맞잡은 손을 열렬히 흔들었다. 마르틴 베크는 아무 말도 하지 않았다.

남자는 회전의자로 돌아가 앉았다. 차가운 파이프를 손에 쥐더니 말의 앞니처럼 크고 누런 이로 부리를 씹었다. 의자 등받이에 털썩 등을 기대고 엄지로 파이프 구멍을 쑤신 뒤에 성냥을 켜서 담뱃불을 붙였다. 그리고는 사람을 감정하는 듯한 차가운 눈길을 연기 구름 너머의 방문객에게 고정시켰다.

"격식은 차리지 않겠습니다. 나는 진지한 대화일수록 이렇게 시작합니다. 서로 면전에 뱉어버리는 거지요. 그러면 추후에 일이 더 수월하게 굴러갑디다. 내 이름은 마르틴입니다."

"저도 마르틴입니다."

마르틴 베크는 울적하게 대답했다.

그리고 잠시 후에 덧붙였다.

"유감입니다. 괜히 일이 복잡해지겠군요."

남자는 마르틴 베크의 말에 당황한 표정이었다. 반역 행위를 미리 감지하기라도 한 듯이 날카롭게 마르틴 베크를 노려보더니, 이윽고 우렁차게 웃었다.

"물론 그렇지요. 우스운 일입니다. 하하하."

남자는 갑자기 입을 닫고 인터폰으로 몸을 숙였다. 신경질적으로 단추를 누르면서 웅얼거렸다.

"그래요, 그래. 지랄맞게 웃깁니다."

남자의 목소리에는 웃음기가 없었다.

"알프 맛손 파일을 가져다줘."

웬 중년 여성이 파일을 갖고 들어와서 책상에 놓았다. 남자는 눈짓으로라도 여자에게 인사할 마음이 없었다. 여자가 문을 닫고 나가자 남자는 차갑고 냉담하고 무표정한 눈초리를 마르틴 베크에게 돌리면서 천천히 파일을 열었다. 속에는 연필로 하나 가득 글씨를 휘갈긴 종이가 딱 한 장 들어 있었다.

"까다로울뿐더러 진저리나게 불쾌한 사연입니다."

"왜 그렇습니까?"

"맛손이라는 사람을 압니까?"

마르틴 베크는 고개를 저었다.

"몰라요? 꽤 유명한 사람인데요. 저널리스트랍니다. 주로 주간지에서 일합니다. 가끔 텔레비전에서도. 똑똑한 작가랍니다. 이걸 보세요."

남자는 서랍을 한참 뒤졌다. 다른 서랍을 열어 또 한참 뒤진 끝에야 압지에 깔려 있는 수색 대상을 발견했다.

"너절한 것은 질색이야."

남자는 악의에 찬 시선을 문으로 던졌다.

마르틴 베크는 그것을 찬찬히 살펴보았다. 깔끔하게 타이핑한 인덱스카드였는데, 알프 맛손이라는 사람에 대한 정보가 적혀 있었다. 맛손은 기자인 것 같았다. 마르틴 베크가 직접 읽어본 적은 없지만 이따금 아이들의 손에 들린 것을 보며 정체 모를 불안과 불신을 느꼈던 어느 대형 주간지에 고용된 듯했다. 알프 식스텐 맛손은 1934년에 예테보리에서 태어났다. 평범한 여권 사진 한 장이 클립으로 카드에 끼워져 있었다. 마르틴 베크는 고개를 모로 틀어서 상당히 젊은 듯한 남자의 사진을 보았다. 남자는 콧수염을 길렀고, 턱수염도 짧고 단정하게 길렀고, 둥그런 쇠테 안경을 꼈다. 철저하게 무표정한 얼굴을 보니 시내 곳곳에 있는 즉석 사진 부스에서 찍은 게 분명했다. 마르틴 베크는 카드를 내려놓고 빨간 머리 남자에게 의문이 담긴 시선을 던졌다.

"알프 맛손이 사라졌습니다."

남자는 잔뜩 강조했다.

"그렇습니까? 벌써 조사하셨을 텐데, 성과가 없었습니까?"

"조사는 없었습니다. 앞으로도 우리가 조사하는 일은 결코 없을 겁니다."

남자는 정신이 나간 사람처럼 마르틴 베크를 뚫어져라 바라보며 대답했다.

남자의 촉촉한 시선이 단호한 결단을 과시하는 증거임을 얼른 알아차리지 못한 마르틴 베크는 살짝 인상을 썼다.

"사라진 지 얼마나 되었습니까?"

"열흘입니다."

마르틴 베크는 별로 놀라지 않았다. 사실 십 분, 아니 십 년이라고 해도 딱히 동요하지는 않았을 것이다. 지금 이 순간 그를 놀라게 하는 것은 자신이 섬에서 노를 젓는 대신 이 자리에 앉아 있다는 것뿐이었다. 손목시계를 보았다. 저녁에 돌아가는 배를 탈 수 있을 것 같았다.

"열흘은 그리 긴 시간이 아닙니다."

마르틴 베크는 온화하게 말했다.

옆방으로 통하는 문에서 다른 관료가 등장했다. 다짜고짜 대화에 끼어드는 품으로 보아서 여태 문 뒤에서 엿듣고 있었던 게 분명했다. 대변인이겠지, 마르틴 베크는 생각했다. 새로 나타난 사람이 말했다.

"이건 특수한 사건이라 열흘이면 충분히 깁니다. 아주 예외적인 상황입니다. 알프 맛손은 7월 22일에 부다페스트로 갔습니다. 거기에서 이쪽 잡지사로 기사를 몇 편 보냈습니다. 그다음 월요일에는 스톡홀름의 잡지사 사무실로 전화를 하기로 되어 있었답니다. 매주 신는 고정 칼럼이라나 뭐라나 하는 걸 구술하기로 되어 있었는데 연락이 없었답니다. 잡지사 사람들에 따르면 맛손은 언제나 시간을 잘 지켰다는군요. 원고에 관해서는 절대 마감을 어기지 않았답니다. 이틀 뒤에 잡지사가 부다페스트의 호텔로 전화했더니 그쪽에서 하는 말이, 맛손이 묵고 있는 것은 사실이지만 지금은 호텔에 없다는 겁니다. 잡지사는 호텔에 전언을 남겼습니다. 맛손더러 호텔로 돌아오는 즉시 스톡홀름으로 통지하라는 말이었습니다. 그리고 이틀 더 기다렸습니다. 그래도 소식이 없었죠. 스톡홀름에 있는 맛손의 아내에게도 확인해봤지만 아무 소식이 없었답니다. 사실 그건 별 의미가 없습니다. 두 사람은 이혼 수속을 밟는 중이라서요. 잡지 편집자가 우리에게 연락한 것은 지난 토요일입니다. 그전에 다시 한번 호텔에 연락해보았는데, 먼젓번 통화 이래 그곳에서 아무도 맛손을 못 봤다고 합니다. 하지만 맛손의 물건은 방에 남아 있고, 여권도 아직 안내 데스크에 맡겨져 있답니다. 지난 월요일, 그러니까 8월 1일에 우리가 헝가리에 있는 우리 직원들하고 접촉해보았습니다. 그쪽은 맛손에 대해서 아는 바가 전혀 없다더군요. 헝가리 경찰을 슬쩍 떠보았는데 그 사람들도 '전혀 흥미가 없는 듯'했답니다. 지난 화요일에 잡지 편집장이 우리를 방문했습니다. 몹시 불쾌한 만남이었습니다."

무대에서 밀려난 빨간 머리 남자는 파이프 부리를 짜증스럽게 씹으면서 말했다.

"그래요, 정말 불쾌하기 짝이 없었습니다."

잠시 뒤에 남자가 설명을 덧붙였다. "이 사람은 내 비서입니다."

"여하튼……." 비서가 넘겨받았다. "그 대화에서 내린 결론에 따라 우리가 어제 경찰 상부와 비공식적으로 접촉했습니다. 그래서 당신이 여기로 오게 된 겁니다. 그건 그렇고, 와주셔서 감사합니다."

두 사람은 악수를 했다. 마르틴 베크는 여전히 상황 파악이 되지 않았다. 그는 생각에 잠겨 콧등을 문지르다가 물었다.

"죄송합니다만 저는 이해가 안 됩니다. 잡지사는 왜 정상적인 방식으로 신고하지 않는 겁니까?"

"그 이유는 좀 있다 말씀드리겠습니다. 잡지의 편집장과 발행인은, 사실은 한 사람이 맡고 있습니다만, 이 사건을 경찰에 신고해서 공식 수사를 진행하는 걸 바라지 않습니다. 그러면 당장 사건이 공개되어서 다른 매체에도 알려질 테니까요. 맛손은 그 잡지의 독점 통신원이고 취재 여행차 해외에 나갔다가 실종되었으니 잡지사는 그것이 좋은 일이든 나쁜 일이든 자신들의 독점 뉴스거리라고 생각합니다. 편집장은 맛손을 꽤 걱정하는 것 같으면서도 발행 부수를 십만 부쯤 늘려줄 특종의 냄새가 난다고 서슴없이 말하더군요. 당신이 이 잡지의 전반적인 기조를 조금이라도 안다면 아마 이해하겠습니다만…… 뭐, 통신원이 실종되었다는 것, 그것도 하고많은 장소를 놔두고 하필 헝가리에서 실종되었다는 것은 썩 괜찮은 뉴스라고 할 수 있겠지요."

"철의 장막 뒤에서 말입니다."

빨간 머리 남자가 엄숙하게 말했다.

"우리는 그런 표현은 쓰지 않습니다만," 비서가 황급히 부연했다. "어쨌든 사건의 의미를 이해하시길 바랍니다. 사건이 누설되어 신문에 온통 보도된다면, 그것만으로도 상당히 골치 아픈 일일 겁니다. 대체로 합리적이고, 균형 있고, 비교적 사실에 집중한 기사가 실리더라도 말입니다. 한편 잡지사가 모든 이야기를 비밀에 부치다가 여론을 유도할 목적으로 독점적으로 사용한다면, 그 결과가 어떻게 될지는 아무도 모릅니다……. 적어도 양국 관계를 망치게 되리라는 것은 분명합니다. 우리나 저쪽이나 오랜 시간과 상당한 노력을 들여서 이만큼 구축해놓은 관계가 아닙니까. 편집장은 월요일에 여기에 오면서 완성된 기사 전문을 복사해서 갖고 왔더군요. 덕분에 우리가 황송하게도 기사를 먼저 읽어보았는데, 만일 그 기사가 발표된다면 몇몇 분야에서는 그야말로 심각한 파국이 빚어질 겁니다. 잡지사에서는 이번 주에 그 기사를 실을 생각이었지만, 우리가 갖은 말로 설득하고 윤리적 기준을 들먹이며 호소한 끝에 겨우 막았습니다. 어쨌든 편집장은 최후통첩을 했습니다. 다음주까지 맛손이 제 발로 나타나거나 우리가 맛손을 찾아내야 한다는 겁니다. 그러지 못한다면…… 뭐, 그때는 불똥이 튈 수밖에 없겠지요."

마르틴 베크는 손가락 끝으로 이마 선을 따라 문질렀다.

"잡지사도 독자적으로 조사할 것 아닙니까."

관료는 무심코 제 상사를 쳐다보았다. 빨간 머리 상사는 맹렬하게 파이프를 뻐끔거리고 있었다.

"그 방면으로는 그다지 힘을 기울이지 않는다는 인상을 받았습니다. 추가 정보가 있을 때까지는 조사를 보류하기로 한 모양입니다. 그 사람들도 맛손의 소재는 전혀 모릅니다."

"남자가 실종된 것은 틀림없는 사실인 것 같군요."

마르틴 베크가 말했다.

"그렇습니다. 몹시 걱정되는 일입니다."

"하지만 사람이 연기처럼 사라질 수는 없는 일이지."

빨간 머리가 말했다.

마르틴 베크는 한 팔꿈치를 책상 가장자리에 얹고, 주먹을 쥐어 손가락 관절로 콧등을 지그시 눌렀다. 배와 섬과 방파제가 마음에서 점점 멀어지며 희미해졌다.

"왜 제가 이 문제에 끼게 된 겁니까?"

"우리가 요청해서 오시게 되었지만, 다른 사람이 아닌 당신이 맡게 되리라는 것은 몰랐습니다. 우리가 직접 조사할 능력은 안 됩니다. 더군다나 열흘 내에는 절대 불가능합니다. 어떤 사정이든, 가령 남자가 무슨 이유로든 숨어 지내고 있다거나, 자살했다거나, 사고를 당했다거나……. 기타 어떤 경우든 어차피 경찰이 담당할 일이지요. 전문가들이 해결해야 할 문제입니다. 그래서 우리가 비공식적으로 경찰 상부와 접촉한 겁니다. 경찰에서 누가 당신을 추천했다더군요. 이제 남은 문제는 당신이 사건을 맡을 것인가 말 것인가뿐입니다. 당신이 여기까지 오신 것을 보면 이 일을 하는 동안 다른 임무에서는 잠시 풀려나도록 조치되었다는 뜻이겠지요."

마르틴 베크는 웃음을 참았다. 두 관료가 굳은 표정으로 쳐다보았다. 그의 행동은 참으로 부적절해 보였을 것이다.

"맞습니다. 아마 다른 일에서는 손뗄 수 있을 겁니다."

그는 그물과 보트를 떠올리면서 말했다.

"하지만 내가 정확하게 뭘 할 수 있을 거라고 기대하십니까?"

관료는 어깨를 으쓱했다.

"일단 거기로 내려가시면 되지 않겠습니까. 가서 남자를 찾으세요. 원하면 당장 내일 아침에 가실 수도 있습니다. 우리가 다 준비해두었습니다. 당신은 잠시 우리 부처로 넘어온 꼴이 되겠지만 공식 임무를 받은 것은 아닙니다. 당연히 우리는 물심양면으로 돕겠습니다. 가령 그쪽 경찰과 접촉하기를 바란다면 주선해드리지요. 바라지 않는다면, 그것도 괜찮습니다. 그리고 방금 말했듯이 내일 출발하실 수 있습니다."

마르틴 베크는 잠깐 생각을 해보았다.

"언제든 괜찮다면 모레가 좋겠습니다."

"문제없습니다."

"오늘 오후에 가부를 알려드리겠습니다."

"너무 오래 고민하지는 마십시오."

"한 시간쯤 뒤에 전화하겠습니다. 그럼 이만."

빨간 머리 남자가 서둘러 책상을 돌아 나왔다. 남자는 왼손으로 마르틴 베크의 등을 후려갈기면서 오른손으로 악수했다.

"자, 그럼 살펴 가십시오, 마르틴. 최선을 다해서 할 수 있는 만큼 해주세요. 중요한 일입니다."

"정말입니다."

비서도 거들었다.

"물론이지요. 제2의 발렌베리 사건이 터질지도 모른다 이 말입니다."

빨간 머리가 말했다.

"공식적으로 그런 언급은 하지 않기로 되어 있습니다."

지치고 체념한 듯한 분위기로 비서가 부연했다.

마르틴 베크는 고개를 까닥이고 나왔다.

4.

"정말로 갈 건가?"

함마르가 물었다.

"잘 모르겠습니다. 저는 헝가리어도 할 줄 모릅니다."

"경찰 중에서 헝가리어를 할 줄 아는 사람은 아무도 없어. 우리가 벌써 확인해봤으니 믿어도 좋아. 그리고 어차피 독일어나 영어로 소통이 될 거라더군."

"묘한 이야기더군요."

"한심한 이야기지. 하지만 나는 외무부 녀석들이 모르는 정보를 하나 알고 있어. 그 남자에 대한 서류가 있거든."

"알프 맛손 말입니까?"

"그래, 예전 제3과가 갖고 있더라고. 기밀문서로."

"대간첩부서 말입니까?"

"바로 맞혔어. 보안국에서 석 달 전에 그 작자를 조사했더군."

우레처럼 문을 두들기는 소리가 나더니 콜베리가 쑥 고개를 디밀었다. 콜베리는 마르틴 베크를 보고 깜짝 놀랐다.

"여기에서 뭐하는 거야?"

"휴가를 즐기고 있지."

"속닥속닥 뭣들을 하시는지? 나는 사라져드릴까요? 올 때처럼 조용히, 아무도 눈치채지 못하게?"

"그러게." 함마르가 이렇게 말했다가 얼른 덧붙였다. "아니, 아니야. 속닥속닥도 지겹군. 들어와서 문이나 닫아."

함마르는 책상 서랍에서 파일을 꺼냈다.

"일상적인 조사였어. 특별한 후속 활동은 이뤄지지 않았고. 하지만 맛손 사건을 살펴보려는 사람이라면 관심을 가질 만한 대목이 몇 군데 있더군."

"두 분 대체 뭘 하는 겁니까? 비밀첩보국이라도 열었습니까?" 콜베리가 물었다.

"목소리를 낮추지 않을 거라면 나가라고."

마르틴 베크가 핀잔을 주고는 함마르에게 물었다.

"왜 대간첩부서가 맛손에게 관심을 가졌습니까?"

"여권국 사람들은 괴짜 같은 데가 있어. 예를 들어, 알란다 공항 사람들은 비자가 필요한 유럽 국가로 출국하는 여행객들의 이름을 다 적어둔다는 거야. 그런데 웬 영리한 인간이 그 목록을 들여다보다가, 맛손이라는 사람은 너무 자주 여행을 다니는 게 아니냐 하고 생각하게 되었지. 바르샤바, 프라하, 부다페스트, 소피아, 부쿠레슈티, 콘스탄차, 베오그라드. 여권 사용에 지나치게 열심이다, 이 말이야."

"그래서?"

"그래서 보안국이 비밀리에 속닥속닥 조사해봤지. 맛손이 일하는 잡지사로 가서 물어도 보고."

"잡지사는 뭐라고 대답했답니까?"

"털끝만큼도 문제없는 일이다, 그렇게 말했어. 알프 맛손은 실제로 여권 사용에 열심이다, 왜냐? 맛손은 동유럽 사정을 전문으로 다루는 기자니까. 그런 식이었지. 조사 결과에서 그 이상으로 눈길 가는 것은 없어. 하지만 한두 군데 재미있는 대목이 있으니까, 이 쓰레기 같은 걸 직접 읽어봐. 계속 이 방에 있어도 괜찮네. 나는 이제 퇴근하니까. 오늘 저녁에는 제임스 본드 영화나 보러 갈까 싶네. 그럼, 안녕히!"

마르틴 베크는 보고서를 들어 읽기 시작했다. 첫 장을 다 읽고 콜베리에게 넘겼다. 콜베리는 손가락 끝으로 종이를 집어 자기 앞에 내려놓았다. 마르틴 베크가 희한하다는 듯이 콜베리를 보았다.

"땀이 너무 많이 나서. 기밀문서를 더럽혀서야 되겠어?"

마르틴 베크는 고개를 끄덕였다. 자신은 감기에 걸렸을 때를 제외하고는 전혀 땀을 흘리지 않았다.

두 사람은 삼십 분 동안 말이 없었다.

즉각적으로 흥미가 가는 정보가 있는 건 아니었지만 굉장히 철저하게 조사된 문서였다. 알프 맛손은 1934년 예테보리 출생이 아니라 1933년 묄른달 출생이었다. 1952년부터 지방에서 기자로 일하기 시작하여 여러 일간지에서 근무하다가, 1955년에 스톡홀름으로 와서 스포츠 기자가 되었다. 스포츠 기자일 때도 해외 취재를 여러 번 나갔다. 가령 1956년 멜버른 올림픽과 1960년 로마 올림픽 취재도 갔다. 여러 편집자들이 맛손을 유능한 기자라고 보증했다. "머리가 잘 돌아가고, 펜이 빠른 기자"라고 했다. 맛손은 1961년에 일간지를 떠나서 현재까지 몸을 담고 있는 주간지로 옮겼다. 지난 사 년간 외신 보도에 쏟는 시간이 많아졌는데, 소재는 정치에서 경제, 스포츠, 팝스타까지 다채로웠다. 최종 학력은 대학 입학시험을 치른 것이었다. 영어와 독일어에 능통하고, 스페인어를 그럭저럭 구사하며, 프랑스어와 러시아어도 조금 할 줄 안다. 매년 사만 크로나 넘게 벌고, 두 번 결혼했다. 첫 결혼은 1954년에 했는데 이듬해에 헤어졌다. 1961년에 재혼했다. 자녀는 두 명이 있다. 첫 결혼에서 딸을 얻었고, 두 번째 결혼에서 아들을 얻었다.

조사자의 성실함은 칭찬해주고 싶을 정도였다. 서류는 맛손의 덜 바람직한 특징들로 넘어갔다. 맛손은 장녀에 대한 양육비 지급을 몇 번인가 등한시했다. 전부인은 그를 "주정뱅이에 잔인한 짐승"이라고 묘사했다. 그녀는 전적으로 신뢰할 만한 증인은 아닌 것 같다는 말이 괄호 속에 적혀 있었다. 그러나 맛손이 술이 과하다는 것을 암시하는 대목은 그 밖에도 꽤 있었다. 예전 동료의 말 중에 맛손은 "좋은 사람이지만 술만 들어갔다 하면 난봉꾼이 된다"는 대목이 있었다. 이런 증언들 가운데 구체적인 증거가 딸린 것도 하나 있었다. 1966년 주현절 전날 밤, 맛손은 말뫼에서 순찰차로 종합병원 응급실에 실려갔다. 벵트 옌손이라는 사람의 집에 놀러갔다가 소란이 벌어져서 손에 자상을 입었기 때문이라고 했다. 경찰이 사건을 조사했지만 맛손이 고발을 원하지 않아 법정까지 넘어가지는 않았다. 하지만 크리스티안손과 크반트라는 두 순경에 따르면 맛손도 옌손도 취한 상태였기 때문에, 사건은 국가금주위원회의 기록에 남았다.

맛손이 현재 다니는 잡지사의 상사는 에릭손이라는 편집장인데, 그의 증언은 무뚝뚝했다. 맛손은 회사의 '동유럽 전문가'이고(그런 종류의 출판물이 그런 전문가를 어디다 쓰는지는 모르겠지만), 편집국이 맛손의 활동에 관하여 경찰에게 그 이상의 정보를 제공할 이유가 없다는 답변이었다. 맛손은 동유럽 사정에 흥미가 지대하고 박식하다고 했다. 간혹 독자적으로 취재를 진행하는 경우도 있고, 특별히 구미가 동하는 기삿거리가 있을 때는 명절이나 휴일에도 추가 수당 없이 일할 만큼 야심이 있다고 했다.

이 문장에 빨간 펜으로 밑줄이 그어진 것을 보아, 앞서 이 서류를 읽은 사람들 중 누군가도 야심이 있는 듯했다. 함마르일 리는 없었다. 함마르는 남의 보고서를 절대 망치지 않았다.

맛손이 쓴 기사들에 대한 설명이 상세하게 이어졌다. 맛손의 기사는 유명 운동선수와의 인터뷰, 스포츠 보도 기사, 영화배우 등 연예인들에 대한 기사가 거의 전부인 것 같았다.

형식이 천편일률인 기사 몇 편이 첨부되어 있었다. 그것을 다 읽고서 콜베리가 말했다. "대단히 지루한 인간이군."

"한 가지 특별한 점이 있긴 하지."

"실종되었다는 것 말인가?"

"맞아."

일 분 뒤, 마르틴 베크는 외무부에 전화를 걸었다. 그가 이렇게 말하는 것을 듣고 콜베리가 옆에서 무척 놀랐다.

"마르틴입니까? 네, 안녕하세요, 마르틴, 저 마르틴입니다."

마르틴 베크는 고통스러운 표정으로 한참 듣고만 있었다. 그러다가 이윽고 말했다.

"네, 가겠습니다."

5.

오래된 건물이라 엘리베이터가 없었다. 현관홀에 걸린 입주자 목록에서 맛손의 이름은 맨 위에 있었다. 가파른 계단을 다섯 층 걸어 올라가니 숨이 헐떡거렸고 심장도 두방망이질했다. 마르틴 베크는 한참을 쉰 뒤에 초인종을 눌렀다.

아담하고 아리따운 여자가 문을 열었다. 긴 바지와 니트 상의를 입은 여자의 입가에는 주름이 제법 깊게 잡혀 있었다. 그는 여자가 서른 살쯤 되었으리라고 짐작했다.

"들어오세요."

여자가 문을 잡은 채 말했다. 한 시간 전에 통화했던 목소리임을 쉽게 알 수 있었다.

아파트의 현관은 널찍했고 가구는 거의 없었다. 한쪽 벽에 아무 칠도 되지 않은 간이의자 하나가 기대어 있는 게 전부였다. 두세 살쯤 된 남자아이가 부엌에서 나왔다. 아이는 반쯤 먹은 롤빵을 손에 쥐고 곧장 마르틴 베크에게 와서 끈적거리는 주먹을 위로 내밀었다.

"안녕."

이렇게 말한 아이는 대뜸 뒤돌아 거실로 달려갔다. 여자가 아이를 따라가, 거실에서 유일하게 편안한 안락의자에 앉아 만족스럽게 키들거리는 아이를 덥석 안아 들었다. 여자가 아이를 안고 옆방으로 들어가 문을 닫는 동안 아이는 소리를 질러댔다. 여자는 도로 나와서 소파에 앉아 담뱃불을 붙였다.

"알프에 대해서 물을 게 있다고 하셨죠. 그에게 무슨 일이 있나요?"

마르틴 베크는 잠시 주저하다가 안락의자에 앉았다.

"지금으로서는 별일은 없는 것 같습니다. 다만 두 주째 연락이 없답니다. 잡지사에도 그렇고, 제가 들은 바로는 부인께도 그렇다고요. 그가 있을 만한 곳을 아십니까?"

"전혀 몰라요. 그이가 아무 연락도 없는 것은 별로 이상한 일이 아니에요. 그이가 이 집에 마지막으로 온 건 사 주 전이었는데 그전에도 한 달이나 소식이 없었으니까요."

마르틴 베크는 닫힌 문을 바라보았다.

"하지만 아이는? 그가 아이를……."

"우리가 별거하기 시작한 뒤로 그이는 아들에 대해서도 관심이 없어진 것 같아요."

여자의 말에 쓸쓸한 기색이 있었다.

"매달 돈은 보내지만요. 그건 당연하잖아요?"

"그는 잡지사에서 돈을 잘 법니까?"

"네, 얼마나 버는지는 잘 모르지만 늘 현금이 넘쳤어요. 인색하지도 않았어요. 제가 돈에 쪼들린 적은 없었으니까요. 하지만 그이는 자신을 위해서 더 많이 쓰는 편이었어요. 식당이나 택시나 그런 데요. 이제는 저도 직장을 다니니까 제가 버는 것도 좀 있지만요."

"이혼한 지 얼마나 되셨습니까?"

"아직 이혼은 안 했어요. 절차가 마무리되지 않았거든요. 하지만 그이는 여덟 달 전에 진작 집을 나갔어요. 그때 아파트를 따로 얻었고요. 하지만 그전에도 툭하면 집을 비웠기 때문에 어차피 별 차이는 없었죠."

"그의 습관을 잘 아시죠? 누구를 만나고 어디에 자주 다니고 하는 걸?"

"이제는 몰라요. 정말 솔직하게 말씀드리면 그이가 뭘 하고 돌아다니는지 전혀 몰라요. 예전에는 주로 일하다 알게 된 사람들과 어울리는 편이었어요. 기자들이나 뭐 그런 사람들 하고요. 텐스토페트라는 식당에 죽치고 앉아 있곤 했는데 지금은 어떤지 모르겠네요. 다른 아지트로 옮겼을 수도 있죠. 그리고 소문에 그 식당이 이사했다든가 허물었다든가 하던데, 아닌가요?"

그녀는 담배를 끄고 방문으로 다가가서 귀를 기울였다. 조심스레 문을 열고 들어갔다가 금방 도로 나와서 역시 조심스레 문을 닫았다.

"자네요."

"귀여운 아이더군요."

"네, 착해요."

한동안 침묵이 흐르다가, 그녀가 물었다.

"알프는 일이 있어서 부다페스트에 간 것 아닌가요? 그렇다는 말을 어디선가 들었는데, 거기 있지 않을까요? 아니면 중간에 다른 데로 빠졌을까요?"

"그가 자주 그랬습니까? 출장을 가서?"

"아니요." 여자는 약간 주저하다가 대답했다. "아니에요. 오히려 그렇지 않은 편이었어요. 딱히 양심적인 사람이라고는 할 수 없고 술도 많이 마시지만, 함께 살 때 그이가 일을 게을리하는 걸 본 적은 한 번도 없어요. 예를 들면, 그이는 약속한 시각에 제때 원고를 넘기는 것에 엄청나게 신경을 썼어요. 같이 살

때 그이가 기한 내에 일을 마치려고 밤을 새우면서 글을 쓰는 것도 봤어요."

그녀가 마르틴 베크를 보았다. 대화를 시작한 뒤로 처음으로 막연한 불안감이 여자의 눈동자에 어렸다.

"이상하네요. 잡지사에 연락이 없는 것 말이에요. 정말로 그이에게 무슨 일이 있다고 할 수밖에……."

"무슨 일인지 짐작되는 게 있습니까?"

여자는 고개를 저었다.

"아니요, 전혀 없어요."

"그가 술을 마신다고 했지요. 많이 마십니까?"

"네, 늘 그런 건 아니지만 가끔 그래요. 우리 사이가 끝나갈 때, 아직 그이가 여기 살 때, 만취해서 귀가한 적이 많았어요. 애초에 집에 들어오는 날이 드물었지만요."

그녀의 입가에 다시 씁쓸한 주름이 패었다.

"그게 일에는 영향을 미치지 않았다는 말입니까?"

"네, 별 영향은 없었어요. 적어도 큰 문제는 없었어요. 그이는 주간지에서 일하면서부터 주로 특별 취재를 맡았어요. 해외 출장 같은 거요. 출장이 끝나면 다음 출장까지는 일이 별로 많지 않고 한가했어요. 사무실에도 자주 나갈 필요가 없었고요. 그이는 그때 술을 마셨어요. 며칠 동안 계속 그 카페에 앉아 있었던 적도 있어요."

"그렇군요. 그와 친했던 사람들의 이름을 알려주시겠습니까?"

그녀는 마르틴 베크에게 기자 세 명의 이름을 알려주었다. 다 모르는 이름이었다. 그는 안주머니를 더듬어 택시 영수증을 꺼낸 뒤에 뒷면에 이름들을 적었다. 여자가 물끄러미 보다가 말했다.

"전 경찰은 항상 까만 표지의 작은 수첩을 들고 다니면서 뭐든지 거기에 적는 줄 알았어요. 하지만 그건 소설이나 영화에서만 그런 거겠죠."

마르틴 베크는 자리에서 일어났다.

"그이한테서 소식이 있으면 제게도 알려주시면 고맙겠는데요. 가능할까요?"

"당연합니다."

현관에서 그는 마지막으로 물었다.

"그가 지금 사는 곳이 어디라고 하셨죠?"

"플레밍가탄이에요. 34번지. 지금 처음 말씀드리는 거예요."

"혹시 열쇠도 갖고 계십니까?"

"오, 아니요. 가본 적도 없는걸요."

6.

문에는 맛손이라는 이름이 먹물로 적힌 마분지 조각이 붙어 있었다. 자물쇠는 평범한 종류여서 마르틴 베크에게 아무런 장애가 되지 않았다. 자신이 선을 넘었다는 사실을 인식하면서, 그는 아파트로 들어섰다. 현관 매트에 우편물이 몇 통 떨어져 있었다. 광고지 몇 장, 비반이라는 사람이 마드리드에서 보낸 엽서, 영어로 된 스포츠카 잡지, 28.45크로나가 청구된 전기 요금 고지서.

아파트는 큰방 두 개, 부엌, 현관, 화장실이 있었다. 욕실은 따로 없고, 커다란 장롱이 두 개 있었다. 집안 공기는 무겁고 텁텁했다.

거리에 면한 큰방에는 침대, 곁탁자, 책꽂이들, 낮고 둥글고

윗면이 유리로 된 탁자, 책상, 의자 두 개가 있었다. 곁탁자에 레코드플레이어가 놓여 있었고, 그 아래 선반에는 LP가 무더기로 쌓여 있었다. 마르틴 베크는 제일 위에 놓인 음반의 이름을 읽어보았다. 영어로 "블루 몽크"라고 씌어 있었다. 그가 모르는 앨범이었다. 책상에는 타이핑 용지 한 묶음, 7월 20일 자 신문 한 부, 18일에 발행된 6.50크로나짜리 택시 영수증, 독일어 사전, 확대경이 있었다. 스텐실로 글씨를 인쇄한 전단지도 한 장 있었는데, 젊은이들이 다니는 무슨 클럽에서 가져온 것 같았다. 전화기도 있었고, 전화번호부 몇 권과 재떨이 두 개도 있었다. 서랍에는 오래된 잡지, 잡지 사진, 영수증, 편지와 엽서 몇 통, 복사한 기사 등이 수북이 들어 있었다.

그보다 작은 뒷방에는 폭이 좁고 등받이가 없으며 빛바랜 붉은 덮개가 씌워진 장의자 하나, 보통 의자 하나, 곁탁자로 쓰는 듯한 간이의자 하나가 있었다. 다른 가구는 없었다. 커튼도 없었다.

마르틴 베크는 장롱 두 개를 모두 열어보았다. 한쪽에는 내용물이 거의 없는 세탁물 가방이 있었다. 선반에는 셔츠, 스웨터, 속옷 들이 쌓여 있었다. 세탁소에서 둘러준 종이 끈을 뜯지 않은 것도 몇 벌 있었다. 다른 쪽 옷장에는 트위드 재킷 두 벌, 짙은 밤색 플란넬 양복 한 벌, 바지 세 벌, 겨울 코트 한 벌이 걸려 있었다. 빈 옷걸이도 세 개 있었다. 바닥에는 밑창이 고무로 된 묵직한 갈색 신발 한 켤레, 더 얇은 검정 신발 한 켤레, 부츠 한 켤레, 고무 덧신 한 켤레가 있었다. 옷장 위의 벽장을 보니 한쪽에는 커다란 여행 가방이 하나 들어 있었지만 다른 쪽에는 아무것도 없었다.

마르틴 베크는 부엌으로 갔다. 개수대에 더러운 접시가 쌓여 있지는 않았다. 그릇 건조대에 유리컵 두 개와 머그잔 하나가 놓여 있을 뿐이었다. 찬장은 휑했다. 빈 와인병 몇 개와 통조림 두 개가 전부였다. 그는 쓸데없이 깨끗하게 비운 게 되고 만 자기집 식료품 저장실을 떠올렸다.

다시 한번 아파트를 둘러보았다. 침대는 정리되어 있었고, 재떨이는 비워져 있었고, 책상 서랍에는 여권도, 돈도, 예금통장도 없었다. 돈이 될 만한 것은 아무것도 없었다. 종합하자면, 알프 맛손이 이 주 전에 집을 나서서 부다페스트로 떠난 뒤에 다시 이곳에 들렀음을 암시하는 증거는 하나도 없었다.

그는 알프 맛손의 아파트를 나와서 플레밍가탄의 인적 없는 택시 승강장에 한참 서 있었다. 하지만 점심시간이면 으레 그러듯이 길에는 택시가 한 대도 없었다. 그는 대신 전차를 탔다.

그는 1시가 넘어서 텐스토페트 식당에 들어섰다. 모든 자리가 꽉 차 있었다. 종업원들은 손님들에게 시달리느라 그에게는 눈길도 주지 않았다. 아무리 둘러봐도 수석 웨이터가 보이지 않았다. 아무래도 식당을 가로질러 입구 맞은편에 있는 바로 가야겠다고 생각했다. 그 순간, 코듀로이 재킷을 입은 뚱뚱한 남자가 읽던 신문을 챙기면서 문가 구석의 둥근 테이블에서 일어났다. 마르틴 베크는 그 자리를 차지했다. 식당은 만석이었지만 슬슬 계산하려는 손님들이 보였다.

그는 수석 웨이터에게 샌드위치와 맥주를 주문하고, 기자 세 명 중 한 명이라도 지금 식당에 있는지 물었다.

"몰린 씨가 저기 앉아 계십니다만, 다른 분들은 오늘 뵙지 못했습니다. 아마 나중에들 오실 겁니다."

마르틴 베크는 웨이터의 시선을 좇았다. 다섯 남자가 큼직한 맥주잔을 앞에 두고 대화를 나누는 테이블을 건너다보았다.

"저 중에서 어느 분이 몰린 씨입니까?"

"턱수염을 기른 남자분입니다."

웨이터는 이렇게 말하고 가버렸다.

마르틴 베크는 혼란한 심정으로 다섯 남자를 보았다. 셋이나 턱수염을 길렀다.

여자 종업원이 샌드위치와 맥주를 가져다주러 온 틈을 타서 한 번 더 물었다.

"혹시, 저쪽 남자분들 중에서 누가 몰린 씨인지 압니까?"

"그럼요. 턱수염 기른 분입니다."

여자는 마르틴 베크의 절망적인 시선을 알아차리고는 덧붙였다.

"창에 가장 가까이 앉은 분요."

마르틴 베크는 느릿느릿 샌드위치를 먹었다. 몰린이라는 남자는 맥주를 한 잔 더 주문했다. 마르틴 베크는 기다렸다. 식당이 비기 시작했다. 한참 후에 몰린은 맥주를 비우고 새로 한 잔을 받았다. 마르틴 베크는 샌드위치를 다 먹었다. 커피를 주문하고는 계속 기다렸다.

마침내 턱수염을 기른 남자가 창가 자리에서 일어나 입구 쪽으로 걸어왔다. 남자가 곁을 지나치려는 찰나에 마르틴 베크가 말을 걸었다.

"몰린 씨?"

남자가 걸음을 멈추고는 "잠깐만요" 하더니 나가버렸다. 잠시 뒤에 돌아온 남자는 마르틴 베크의 얼굴에 대고 숨을 내뿜으면서 물었다.

"우리가 아는 사이던가요?"

"아니요. 아직은 아닙니다. 하지만 잠깐 여기 앉아서 저하고 맥주나 한잔하면 어떻습니까? 물어볼 게 있어서 그럽니다."

자기가 생각해도 그럴싸한 말주변이 아니었다. 누가 들어도 경찰의 일이라는 낌새가 역력했다. 그러나 어쩐지 효과가 있었다. 몰린이 자리에 앉았다. 남자는 숱이 적은 금발을 이마로 단정하게 빗어 내렸다. 불그스름한 턱수염도 단정했다. 나이는 서른다섯 살쯤 되어 보였고 통통한 편이었다.

남자가 손짓으로 종업원을 불렀다.

"이봐, 스티나, 한 순배 더 줘."

종업원은 고개를 끄덕이고 마르틴 베크를 보았다.

"같은 걸로."

그 '순배'라는 것은 마르틴 베크가 샌드위치에 곁들여 마셨던 원통형의 큼직한 잔보다도 더 크고 둥그스름한 잔이었다.

몰린은 기세 좋게 한입 마시고 손수건으로 콧수염을 닦았다.

"자자, 나한테 뭘 묻고 싶다고 했죠? 숙취에 대한 이야깁니까?"

"알프 맛손에 대한 이야깁니다. 친구라고 들었는데, 맞습니까?"

여전히 자신이 생각하기에도 탐탁지 않은 말솜씨였기에, 그는 모양새를 조금이라도 번드르르하게 만들려고 얼른 덧붙였다.

"죽마고우라고 하던데요."

"물론 그렇지요. 아페에게 무슨 일이 있습니까? 아페가 당신한테 돈이라도 꿨습니까?"

몰린은 의심하는 눈길로 오만하게 마르틴 베크를 뜯어보더니 말을 이었다.

"그렇다면. 나는 꾼 돈 받아주는 사람이 아니란 걸 먼저 말해 둬야겠군요."

마르틴 베크는 말조심을 해야 할 것 같았다. 게다가 이 남자는 기자가 아닌가.

"아니요. 그런 일은 전혀 아닙니다."

"그러면 왜 아페를 찾죠?"

"한동안 보지 못해서 그럽니다. 우리는 오래전에 같은 데서…… 그러니까, 같은 직장에서 일했던 사이입니다. 몇 주 전에 우연히 마주쳤는데, 나에게 일자리를 주선해주겠다고 하더군요. 그런데 그 뒤로 일절 소식이 없네요. 그가 당신에 대해서 자주 말했던 것이 떠올라서, 당신이라면 어디 있는지 알 거라고 생각한 겁니다."

버거운 웅변을 늘어놓다 보니 약간 지친 마르틴 베크는 맥주를 크게 한 모금 마셨다. 남자도 따라 했다.

"이런, 젠장. 아페의 오래된 동무시군요. 사실은 나도 아페가 어디에 있는지 궁금하던 차였습니다. 아마도 헝가리에 있을 텐데요. 아무튼 스톡홀름에는 없어요. 여기 있다면 우리가 벌써 봤을 테니까."

"헝가리? 거기서 뭘 한답니까?"

"아페가 일하는 그 가십 쪼가리 때문에 취재 여행을 간다나 뭐라나. 그러고 보니 벌써 돌아왔어야 하네요. 떠나기 전에 이삼일 짧게 다녀올 거라고 말했으니까요."

"그가 떠나기 전에 만났다고요?"

"물론이지요. 바로 전날 밤에. 낮에는 여기에 있었고, 저녁에는 다른 데를 몇 군데 옮겨다녔지요."

"당신하고 아페하고?"

"다른 사람들도 몇 명 더. 정확하게 누구누구 있었는지는 기억이 안 납니다. 펠레 크롱크비스트하고 스티그 룬드는 있었던 것 같고. 다들 엄청나게 취했거든요. 그래, 오케하고 피아도 있었지. 참, 오케는 압니까?"

마르틴 베크는 고민했다. 그렇지만 어차피 요령부득이었다.

"오케? 모릅니다. 어떤 오케 말입니까?"

"오케 군나르손."

몰린은 좀 전까지 앉아 있었던 테이블로 몸을 돌리면서 말했다. 그들이 대화를 나누는 동안 그 테이블의 남자들 중 두 명이 떠났다. 남은 두 명은 맥주를 앞에 두고 묵묵히 앉아 있었다.

"저기 앉아 있는 사람 말입니다. 턱수염 기른 쪽."

턱수염 사내들 중 하나가 가버렸기 때문에 이제 누가 누구인지 헷갈릴 염려는 없었다. 꽤 쾌활해 보이는 남자였다.

"아니요. 모르는 사람입니다. 어디에서 일하는 사람입니까?"

몰린은 마르틴 베크가 처음 들어보는 잡지 이름을 댔는데, 자동차 잡지인 것 같았다.

"좋은 친구예요. 내 기억이 옳다면, 오케도 그날 밤에 꽤나 취했죠. 원래 자주 취하는 사람이 아닌데 말입니다. 아무리 들이부어도 안 취하거든."

"그날 이후로 아페를 못 봤습니까?"

"뭐 이렇게 오라지게 질문이 많습니까? 나한테 '오늘 기분이 어떻습니까' 이런 건 안 묻습니까?"

"물론 그것도 물어야지요. 어떻습니까?"

"진짜 말도 못 하게 끔찍합니다. 숙취예요. 지랄맞게 심한 숙취."

몰린의 퉁퉁한 얼굴이 우울해졌다. 인생의 즐거움을 마지막 한 조각까지 처치해버리려는 듯, 남은 맥주를 단숨에 삼켰다. 그리고 손수건을 꺼내어 곰곰이 생각하는 눈으로 콧수염에 묻은 거품을 훔쳤다.

"콧수염 전용잔*에 줄 것이지. 요즘은 당최 서비스라는 게 없

---

* 입구에 반원형 덮개가 있어 콧수염이 술에 닿지 않도록 된 잔.

단 말입니다."

남자는 잠시 말을 멎었다가 이어 말했다.

"아니, 아페가 떠난 날 이후로는 틀림없이 못 봤습니다. 마지막으로 본 것은 놈이 오페라하우스 바에서 웬 아가씨를 끼고 앉아서 술을 들이켜는 모습이었으니까. 그리고 그는 그날 아침에 부다페스트로 갔지요. 불쌍한 녀석, 숙취에 시달리는 채로 꼿꼿이 앉아 유럽 대륙 절반을 날아가야 하다니. 스칸디나비아 항공을 타지 않았기를 빌어야지."

"이후로 아무 소식도 못 들었습니까?"

"우리는 해외여행을 가서 서로 편지를 써대는 사이가 아닙니다."

몰린이 호탕하게 웃었다.

"그런데 당신은 어떤 쓰레기 같은 지면에서 일합니까? '꼬맹이 매거진', 뭐 그런 겁니까? 자, 한 잔 더 어떻습니까?"

삼십 분이 지나고 두 순배가 더 돌고서야, 게다가 십 크로나를 빌려주고서야 마르틴 베크는 가까스로 몰린에게서 빠져나왔다. 식당을 나서는데 뒤에서 남자의 목소리가 들렸다.

"피아, 이 늙다리 친구야, 나한테 한잔 사는 게 어때?"

7.

비행기는 체코슬로바키아 항공의 터보프로펠러 여객기 일류
신 18이었다. 가파른 호를 그리며 코펜하겐과 살트홀름 위로
날아오른 비행기는 햇살에 반짝이는 외레순드해협을 건넜다.

창가에 앉은 마르틴 베크는 아래로 보이는 벤 섬과 바카팔 절
벽, 교회와 작은 항구를 구경했다. 예인선 한 척이 부두를 돌아
나오는 모습을 막 눈에 담았을 때, 비행기가 남쪽으로 방향을
틀었다.

그는 여행을 좋아했다. 하지만 이번에는 망친 휴가에 대한
실망이 여행의 즐거움에 그늘을 드리웠다. 게다가 아내는 이 문
제에 관한 그의 선택이 최선이라고는 믿지 않는 듯했다. 전날
밤에 그는 아내에게 전화를 걸어 해명을 시도했지만 별로 성공

적이지 못했다.

"나나 아이들에 대해서는 눈곱만큼도 신경을 안 쓰는 거지."

아내가 말했다. 그리고 잠시 뒤에 물었다.

"당신 말고 다른 경찰들이 있을 거 아냐. 어째서 만날 당신이 모든 임무를 맡아야 해?"

그는 자신도 개인적으로는 섬에서 쉬는 게 더 좋다고 하면서 설득했지만, 아내는 계속 이성적이지 못한 태도였다. 하다못해 나중에는 그릇된 논리를 전개했다.

"그러니까, 우리끼리 섬에 처박혀 있는 동안 당신은 혼자 부다페스트로 놀러가겠다 이거지?"

"놀러가는 게 아니야."

"하아, 그래?"

아내는 그예 그가 말을 하는 도중에 수화기를 내려놓았다. 아내의 역정도 결국에는 가라앉을 테지만 당장 다시 전화를 걸 엄두는 나지 않았다.

그래서 지금, 그는 고도 4900미터 상공에 있었다. 좌석을 뒤로 젖히고 담뱃불을 붙였다. 섬과 가족에 대한 생각은 한 켠으로 밀어두기로 했다.

동베를린의 쇠네펠트 공항에 기착한 동안 환승 라운지에서 맥주를 한 병 마셨다. 라데베르거라는 맥주였다. 훌륭한 술이었지만 이름까지 기억해둘 필요는 없을 것 같았다. 종업원은 베를린 사투리가 강한 독일어로 그에게 말을 걸었다. 그는 남자의 말에서 많은 부분을 알아듣지 못했기 때문에 앞으로 어떻게 하나 싶어 울적했다.

탑승구 옆 바구니에 독일어로 된 소책자가 몇 개 놓여 있었다. 비행기를 기다리는 동안에 읽으려고 아무거나 하나 집었다. 분명 독일어를 연습할 필요가 있었다.

그것은 독일기자협회가 발행한 소책자였는데, 서독에서 가장 유력한 신문 잡지 발행업체인 슈프링거와 그 대표 악셀 슈프링거를 다룬 내용이었다. 그 회사의 정책이 위협적일 만큼 강한 파시스트 노선이라는 것을 사례를 들어 소개하고, 두각을 드러내는 몇몇 기고자들의 글을 인용했다.

방송에서 마르틴 베크가 탈 비행기의 탑승을 알렸다. 그는 자신이 소책자를 별 어려움 없이 끝까지 읽어냈다는 것을 깨달았다. 그는 책자를 주머니에 넣고 비행기에 탔다.

하늘을 한 시간쯤 난 뒤 비행기는 다시 땅에 내렸다. 이번에는 프라하였다. 그가 늘 와보고 싶었던 도시였다. 그러나 지금은 이 도시의 무수한 탑들, 다리들, 블타바 강을 상공에서 잠깐 훔쳐보는 것으로 만족해야 했다. 기착 시간이 너무 짧아서 공항에서 시내로 들어가볼 여유는 없었다.

그와 이름이 같은 외무부의 빨간 머리 관료는 스톡홀름에서 부다페스트로 가는 항공편이 세계 최고 수준은 아니라는 것을 미안해했지만, 그는 비록 베를린과 프라하를 고작 환승 라운지만 구경할지라도 이런 지체에 전혀 불만이 없었다.

그는 부다페스트에 초행이었다. 비행기가 다시 이륙한 뒤, 그는 빨간 머리 관료의 비서에게 받은 소책자 두 개를 꺼내 읽었다. 헝가리 지리를 소개한 부분을 보니 부다페스트는 인구가 이백만 명이라고 했다. 만약에 알프 맛손이 그 대도시에서 작정하고 사라진 것이라면 어떻게 찾을 수 있을지 걱정스러웠다.

그는 머릿속으로 알프 맛손에 대해 아는 내용을 점검해보았다. 아는 게 많진 않았지만 그 외에 더 알아야 할 내용이 있는 것 같지도 않았다. '대단히 지루한 인간'이라고 했던 콜베리의 평가가 떠올랐다. 알프 맛손 같은 사람이 왜 사라지려고 할까? 물론 그것은 그가 자의로 자취를 감췄다는 전제에서 하는 이야기다. 여자 때문일까? 그런 이유 때문에 보수가 넉넉한 직장을 포기한다는 것은 믿기 힘든 일이었다. 게다가 그는 자기 일을 무척 좋아하는 것 같았다. 그는 아직 유부남이기는 해도 얼마든지 내키는 대로 행동할 수 있었다. 그에게는 집도, 일도, 돈도, 친구도 있었다. 그 모두를 자발적으로 버리고 떠나야 할 합리적인 이유는 도통 떠오르지 않았다.

마르틴 베크는 알프 맛손에 대한 보안국 조사 보고서의 복사본을 꺼냈다. 맛손이 보안국의 주목 대상이 된 것은 순전히 그가 동유럽 여기저기로 지나치게 자주 여행하기 때문이었다. 빨간 머리는 "철의 장막 뒤에서"라고 표현했다. 그러나 맛손은 기자였다. 그가 동유럽에서 취재하는 것을 선호했다면 그 자체는 그다지 이상한 일이 아니다. 그리고 설령 그에게 양심에 걸리는 일이 있더라도, 왜 지금에야 사라진단 말인가? 보안국의 조사는 일상적인 것이었고, 그 결과마저 망각에 묻힌 지 오래였다. 외무부 남자는 "제2의 발렌베리 사건"이 될지도 모른다고 말했다. 1945년 부다페스트에서 스웨덴의 유명 인사였던 발렌베리가 실종된 사건을 염두에 둔 말이다. 들리는 말에 의하면 발렌베리는 "공산주의자들에게 납치되었다"고 한다. 그러나 만일 콜베리가 빨간 머리와 만나는 자리에 있었다면, 틀림없이 '제임스 본드 영화를 너무 많이 보셨군요' 하고 비아냥거렸을 것이다.

마르틴 베크는 복사본을 접어서 도로 가방에 넣었다. 창밖을 보았다. 캄캄했지만 별이 떠 있었다. 저 아래에 마을이나 집들이 있는 곳에는 불빛이 점점이 흩어져 있었고, 가로등이 켜진 곳에는 불빛이 진주 목걸이처럼 이어졌다.

어쩌면 맛손이 잡지고 뭐고 다 잊고 술을 마시기 시작했는지도 모른다. 술이 깨면 무일푼 상태로 후회에 휩싸일 테고, 자신이 살아 있다는 것을 사람들에게 알릴지도 모른다. 그러나 그것도 썩 그럴싸한 이야기는 아니었다. 맛손이 이따금 만취하는 것은 사실이지만 그 정도는 아니었다. 보통은 결코 일을 등한시하지 않았다.

자살했을지도 모른다. 사고를 당했을지도 모르고, 도나우 강에 빠져 익사했을지도 모르고, 강도를 만나 살해되었을지도 모른다. 이런 시나리오들은 좀더 현실성이 있을까? 아니다. 세계의 수도들 가운데 부다페스트의 범죄율이 가장 낮다는 것을 어디선가 읽은 기억이 있었다.

어쩌면 맛손은 지금 호텔 식당에 앉아 있을지도 모른다. 태연히 저녁을 먹고 있을지도 모른다. 그러면 마르틴 베크는 내일 비행기로 돌아와서 휴가를 마저 즐길 수 있을 것이다.

안내 표지에 불이 들어왔다. 담배를 꺼주십시오. 좌석 벨트를 매주십시오. 방송은 같은 말을 러시아어로 반복했다.

비행기가 활강을 멈추자 마르틴 베크는 서류 가방을 들고 짧은 거리를 걸어 공항 건물로 들어갔다. 늦은 저녁이었는데도 공기는 여태 온화하고 따스했다.

그는 오래 기다린 끝에야 하나뿐인 여행 가방을 찾았다. 반면에 여권 검사니 세관 수속이니 하는 절차들은 신속하게 지나갔다. 벽마다 상점들이 늘어선 널찍한 라운지를 지나 건물 밖 계단으로 나갔다. 공항은 시내에서 멀리 떨어져 있는 듯했다. 공항의 불빛 외에는 주변에 아무런 불빛이 보이지 않았다. 그가 우두커니 서 있는 사이 계단 앞 유턴 도로에 서 있던 유일한 택시에 두 노부인이 냉큼 올라탔다.

시간이 적잖이 흐른 후에야 다른 택시가 나타났다. 택시를 타고 교외 지역과 컴컴한 산업 지구를 달리는 동안, 문득 배가 고파졌다. 그는 자신이 묵을 호텔에 대해 아는 것이 전혀 없었다. 호텔 이름만 알았다. 그곳이 알프 맛손이 사라지기 전에 묵었던 호텔이라는 것만 알았다. 어쨌든 호텔에 도착하면 식사를 할 수 있기를 바랐다.

택시는 널따란 광장들을 지나치며 넓은 도로를 달려 시내 중심가인 듯한 구역으로 접어들었다. 행인은 많지 않았다. 거리는 대체로 한산했고 어두운 편이었다. 조명이 환한 쇼윈도들을 스치면서 넓은 도로를 한참 달린 끝에, 택시는 좁고 어두운 이면 도로로 들어갔다. 마르틴 베크는 택시가 도시의 어느 부분을 달리는지 알 도리가 없었지만 내내 창을 내다보며 강물을 찾아보았다.

택시는 환하게 불을 밝힌 호텔 입구에 멈췄다. 마르틴 베크는 몸을 숙여 미터기에 찍힌 붉은 숫자를 보고 기사에게 요금을

냈다. 백 포린트가 넘는 걸 보니 꽤 비싼 듯했다. 일 포린트가 스웨덴 돈으로 얼마나 되는지는 잊었지만 그리 큰돈은 아닐 거라고 짐작했다.

희끗희끗한 콧수염을 기르고 초록색 제복과 챙모자를 걸친 늙수그레한 남자가 택시 문을 열고 그의 가방을 받았다. 마르틴 베크는 남자를 따라 회전문으로 들어섰다. 현관홀은 널찍하고 무척 고상했다. 접수대는 홀의 왼쪽 구석을 비스듬히 가로지르듯이 있었다. 야간 직원은 영어로 말했다. 마르틴 베크는 직원에게 여권을 건네고, 저녁을 먹을 곳이 있느냐고 물었다. 직원은 홀을 가로질러 저멀리에 난 유리문을 가리키며 식당은 자정까지 연다고 말했다. 그러고는 엘리베이터에 대기한 포터에게 방 열쇠를 건넸다. 포터는 마르틴 베크의 가방을 들고 앞장서서 엘리베이터에 탔다. 엘리베이터는 끽끽거리면서 2층으로 올라갔다. 포터의 나이는 엘리베이터만큼은 되어 보였다. 마르틴 베크는 노인의 손에서 가방을 덜어주려고 했으나 허사였다. 두 사람은 긴 복도를 걷다가 왼쪽으로 두 번 꺾었다. 노인은 양쪽으로 열게 되어 있는 어마어마하게 큰 문을 열쇠로 끄르고 가방을 안에 놓았다.

천장 높이가 삼 미터가 훌쩍 넘는 방은 굉장히 컸다. 가구는 색이 짙고 큼직큼직한 마호가니 가구들이었다. 욕실 문을 열어

연기처럼 사라진 남자

보았다. 커다란 구식 수도꼭지들과 샤워기가 달린 큼지막한 욕조가 있었다.

창문은 세로로 길쭉했고 안에 덧문이 달려 있었다. 희고 묵직한 레이스 커튼이 벽감 앞쪽으로 걸려 있었다. 그는 덧문을 한쪽으로 열고 밖을 보았다. 창문 바로 밑에서 가스등 하나가 노르스름한 초록 불빛을 사방으로 던지고 있었다. 저멀리에 불빛들이 보였다. 그는 한참을 바라보고서야 자신과 불빛들 사이에 강이 흐르며 불빛들은 강 너머에 있음을 알아차렸다.

창을 열고 몸을 내밀었다. 밑에는 식탁들과 의자들이 있었고, 돌로 된 난간과 커다란 항아리 화분들로 둥그렇게 에워싸여 있었다. 건물에서 흘러나온 불빛이 그것들을 비췄다. 귀를 기울이니 소규모 오케스트라가 슈트라우스의 왈츠를 연주하는 소리가 들렸다. 호텔과 강 사이에는 가로수와 가스등이 늘어선 도로가 강과 평행하게 달렸고, 전차로와 넓은 강둑도 있었다. 강둑에는 벤치들과 커다란 화분들이 설치되어 있었다. 마르틴 베크의 오른쪽에 하나, 왼쪽에 또 하나, 강을 가로지르는 다리들이 보였다.

그는 창을 열어둔 채 저녁을 먹으러 갔다. 홀에서 유리문을 열고 들어가니 푹 꺼지는 깊은 안락의자들과 낮은 탁자들이 있고 벽에 줄줄이 거울이 걸린 로비가 나왔다. 계단을 두 걸음 오르니 식당이었다. 식당 저 끝에는 방에서 소리가 들렸던 그 작은 오케스트라가 있었다.

식당은 으리으리했다. 거대한 마호가니 기둥이 두 개 버티고 섰고, 지붕 바로 밑 높은 위치에 삼면을 따라 발코니가 나 있었다. 검정 옷깃의 적갈색 재킷을 입은 웨이터 세 명이 문 안쪽에 서 있었다. 그들은 허리를 굽혀 마르틴 베크에게 인사하면서 한목소리로 반겼다. 그동안 네 번째 웨이터가 황급히 달려와서 그를 창문과 오케스트라가 가까운 자리로 안내했다.

마르틴 베크는 메뉴판을 한참 살펴본 뒤에야 겨우 독일어로 된 설명을 발견하고 읽기 시작했다. 한참 후에 친근한 권투 선수 같은 인상의 백발 웨이터가 나타나 그에게 몸을 기울였다.

"베리 굿 피슈주페, 손님."

마르틴 베크는 대뜸 생선 수프로 정했다.

"버러츠크?"

웨이터가 물었다.

"그게 뭡니까?"

마르틴 베크는 먼저 독일어로, 다시 영어로 물었다.

"베리 굿 아페리티프."

마르틴 베크는 버러츠크라 불리는 식전주를 마셨다. 버러츠크 팔린커는, 웨이터의 설명에 따르면, 헝가리 살구 브랜디였다.

그는 생선 수프를 먹어보았다. 시뻘겋고 매운 파프리카 수프는 정말로 아주 맛있었다.

그는 송아지 고기와 매운 파프리카 소스를 곁들인 감자를 먹고 체코슬로바키아 맥주를 마셨다.

역시 아주 진한 커피를 한 잔 마시고 덤으로 버러츠크도 한 잔 더 마시니 잠이 쏟아졌다. 곧장 방으로 올라갔다.

창과 덧문을 닫고 침대로 기어 올라갔다. 침대가 삐걱거렸다. 정겹게 삐걱거리는군, 이렇게 생각하며 그는 잠이 들었다.

8.

마르틴 베크는 길게 내지르는 거친 기적 소리에 잠이 깼다. 어슴푸레한 여명 속에서 눈을 깜박이며 정신을 차리려는 동안 기적이 두 번 더 울렸다. 그는 몸을 옆으로 돌려 곁탁자에 벗어 뒀던 손목시계를 집었다. 벌써 8시 50분이었다. 커다란 침대가 위엄 있게 삐걱거렸다. 어쩌면 콘라트 폰 회첸도르프* 육군 원수의 몸 아래에서도 이렇게 장엄하게 삐걱거렸을 테지, 그는 생각했다. 아침 햇살이 덧문 틈으로 새어 들었다. 방안은 벌써 따뜻했다.

일어나서 욕실로 들어간 그는 아침이면 으레 그러듯이 한참

---

* 1차세계대전에서 오스트리아-헝가리제국의 육군 원수를 지낸 군인.

기침을 했다. 생수를 한 모금 마신 뒤 목욕 가운을 걸치고 덧문과 창을 열었다. 실내의 어슴푸레한 빛과 선명하고 날카로운 바깥 햇살이 대비되어 그를 압도했다. 경치도 그랬다.

도나우 강이 그를 지나쳐 흐르고 있었다. 강은 유장하고 고르게, 북에서 남으로 흘러갔다. 딱히 푸르지는 않았지만 너르고 장엄했다. 그리고 이론의 여지 없이 굉장히 아름다웠다. 강 건너에는 경사가 완만한 언덕이 둘 솟아 있었는데, 한쪽 꼭대기에는 무슨 기념비 같은 것과 요새 성벽이 있었다. 비탈에 들어선 집들은 언덕을 조금 기어오르다가 주저하며 멈춘 듯했다. 반면에 훨씬 더 멀리 있는 다른 언덕들은 온통 집들로 덮여 있었다. 그곳이 그 유명한 부더 구역일 것이다. 그곳에 있으면 중유럽 문화의 중심에 있는 것이나 마찬가지였다. 마르틴 베크는 파노라마로 펼쳐진 경치에 두루 시선을 던지면서, 역사의 날갯짓 소리에 망연히 귀를 기울였다. 저곳에서 로마인들이 아쿠인쿰이라는 튼튼한 정주지를 세웠다. 저곳에서 1849년 헝가리 독립전쟁중 합스부르크 왕가의 대포들이 페슈트를 공격하여 폐허로 만들었다. 저곳에서 1945년 봄에 살라시가 이끄는 파시스트 대원들과 페퍼빌덴브루흐가 이끄는 나치 친위대가 꼬박 한 달을 주둔하며 무의미한 영웅심을 표출하다가 결국 전멸했다(그가 스웨덴에서 만난 늙은 파시스트들은 이 사건을 여태 자랑스럽게 이야기하곤 했다).

바로 아래에 흰 외륜선 한 척이 선창에 묶여 있었다. 빨간색, 흰색, 파란색이 섞인 체코슬로바키아 국기가 더위에 나른하게 늘어졌고, 배에 탄 관광객들은 갑판 의자에 누워 일광욕을 즐겼다. 유고슬라비아 외륜 예인선 한 척이 힘겹게 천천히 상류로 항해하는 모습을 보니, 어쩐지 정신이 들었다. 배는 크고 낡았다. 높은 굴뚝 두 개가 비대칭으로 기울어져 있었다. 배는 짐을 묵직하게 실은 바지선 여섯 척을 끌고 있었다. 맨 뒤에 끌려오는 바지선에는 해치들 사이에 있는 키 낮은 적재용 크레인에서 조타실까지 밧줄이 하나 묶여 있었다. 젊은 여자가 머릿수건을 쓰고 푸른 작업복 차림으로 바구니에서 빨래를 꺼내 하나씩 차분하게 널고 있었다. 아기 옷들이었다. 아름다운 강가 풍경도 여자의 시선을 빼앗지 못하는 것 같았다. 마르틴 베크의 왼쪽으로는 길고, 날렵하고, 날씬한 다리가 강 위로 아치를 그렸다. 다리는 기념비가 있는 언덕까지 직통으로 이어진 것 같았다. 기념비는 늘씬한 여인이 머리 위로 종려나무 잎을 받들고 선 모습의 청동상이었다. 다리 너머에는 자동차, 버스, 전차, 행인이 우글거렸다. 마르틴 베크의 오른쪽, 그러니까 북쪽으로는 예인선이 벌써 다음 다리에 다다랐다. 배는 다시금 거친 기적을 세 번 울려서 자신이 끌고 가는 바지선의 수를 알렸고, 이물과 고물의 굴뚝을 번갈아 내리면서 낮게 드리운 다리 아래를 미끄러져갔다. 마르틴 베크가 있는 창문 바로 앞으로, 아주 작은 기선이 물가로 접근했다. 배는 오십 미터쯤 물살을 거슬러 미끄러지듯 다가오더니 부교로부터 채 몇 센티미터도 안 떨어진 지점에 딱 멈췄다. 터무니없이 많은 수의 승객들이 배에서 뭍으로 내렸고, 마찬가지로 터무니없이 많은 수의 사람들이 올라탔다.

공기는 건조하고 따스했다. 태양이 높게 떠 있었다. 마르틴 베크는 창에 기대어 북쪽에서 남쪽까지 다시 한번 경치를 훑으면서, 부다페스트에 관한 몇 가지 사실을 상기했다. 비행기에서 읽은 소책자에서 주워들은 내용이었다.

'부다페스트는 헝가리 인민공화국의 수도다. 1873년에 부더, 페슈트, 오부더라는 세 마을이 통합하여 탄생한 도시라고 흔히 알려져 있지만, 고고학적 발굴에 따르면 그보다 수천 년 전에 이미 정주지가 있었다. 로마의 속주 저^低 판노니아의 수도인 아쿠인쿰도 이곳에 있었다. 오늘날 인구는 이백만 명에 육박하며, 도시는 23개의 구로 나뉘어 있다.'

확실히 대도시였다. 문득 1899년에 스웨덴의 전설적인 형사 반장 구스타프 리드베리가 스코그라는 위조범을 쫓아 뉴욕 땅을 밟았을 때 이렇게 생각했다는 이야기가 떠올랐다.

'개미굴 같은 이 도시 어디엔가 내가 찾는 누구인가 있다. 그

러나 과연 그 주소는 어디인가?'

물론 뉴욕은 당시에도 이 도시보다 컸을 것이다. 하지만 리드베리 형사에게는 한없이 긴 시간이 있었던 반면, 마르틴 베크에게는 딱 일주일뿐이었다.

그는 부다페스트의 역사와 도나우 강의 흐름을 각각의 운명에 맡겨두고 가서 샤워를 했다. 샌들을 신고, 옅은 회색 데이크론 천으로 된 바지를 입고, 셔츠를 걸쳤다. 거대한 옷장에 붙은 거울 앞에 서서 자신의 파격적인 복장을 비판적으로 살펴보노라니, 갑자기 마호가니 옷장 문이 저절로 열렸다. 옛날 스릴러 영화에서처럼, 천천히 불길하게 끼익끼익 거슬리는 소리를 내면서 열렸다. 그가 두방망이질하는 가슴을 채 진정시키지도 못했는데 이번에는 갑자기 전화가 울리기 시작했다. 다급한 듯 짧은 벨 소리가 이어졌다.

"웬 남자분이 손님을 뵙고 싶답니다. 로비에서 기다리고 계십니다. 스웨덴 분입니다."

"맛손 씨인가요?"

"네, 그렇다는 것 같습니다."

접수원이 쾌활하게 말했다. 그럼 그렇지. 마르틴 베크는 계단을 걸어 내려가면서 생각했다. 정말로 그 사람이라면, 이 기묘한 임무는 더없이 영예로운 결말을 맺을 것이다.

연기처럼 사라진 남자

하지만 알프 맛손이 아니었다. 대사관에서 나온 젊은 남자였다. 남자는 검은 양복에 검은 구두, 흰 셔츠, 연회색 실크 넥타이라는 흠잡을 데 없는 복장이었다. 남자의 눈이 마르틴 베크를 훑었다. 두 눈동자에 놀란 티가 떠올랐지만, 대번에 스쳐 사라졌다.

"이해하시겠지만 우리 대사관에서도 형사님의 임무를 알고 있습니다. 함께 그 문제를 논의해봐야 할 것 같습니다."

두 사람은 로비에 앉아 문제를 논의하기 시작했다.

"여기보다 더 좋은 호텔들도 있습니다."

대사관에서 나온 남자가 말했다.

"정말입니까?"

"네, 더 현대적인 최고급 호텔들. 수영장도 있고 말입니다."

"그렇군요."

"이곳은 나이트클럽도 그저 그렇습니다."

"그렇군요."

"알프 맛손이라는 사람 말입니다만."

남자는 목소리를 낮추고 로비를 두리번거렸는데, 사실 저멀리 구석에서 졸고 있는 한 흑인을 제외하면 아무도 없었다.

"그에게서 소식이 있었습니까?"

"아니요. 없었습니다. 우리가 확실히 아는 것은 그가 7월 22일 저녁에 페리헤지로 입국했다는 것뿐입니다. 아, 이곳 공항 이름입니다. 그날 밤에 그는 부더 구역에 있는 이퓨샤그라는 호텔에서 묵었습니다. 다음날 오전에 이쪽으로 옮겼고, 삼십 분쯤 뒤에 방 열쇠를 지닌 채 외출했습니다. 이후로 그를 본 사람은 아무도 없습니다."

"경찰은 뭐라고 합니까?"

"아무 말도."

"아무 말도 없다고요?"

"제가 이야기해본 경찰들은 전혀 흥미가 없는 것 같았습니다. 공식적인 차원에서는 충분히 이해되는 태도입니다. 맛손은 유효한 비자를 가졌고, 이 호텔 투숙객으로 제대로 등록했습니다. 그가 이 나라를 떠날 때까지는 이곳 경찰이 그에게 관심을 가질 이유가 조금도 없습니다. 그가 허가증의 체류 기간을 초과하지 않는다면 말입니다."

"그가 헝가리를 떠났을 가능성은 없습니까?"

"거의 불가능합니다. 불법으로 국경을 넘는 데 성공하더라도, 다음에 어디로 가겠습니까? 여권도 없는데요. 그리고 우리가 프라하, 베오그라드, 부쿠레슈티, 빈의 대사관에 문의를 해봤는데 다들 아무것도 모르더군요. 혹시나 싶어 모스크바에까지 연락해봤습니다."

연기처럼 사라진 남자

"맛손의 고용주에 따르면 그는 이곳에서 두 가지 볼일이 있었다더군요. 권투 선수 라슬로 퍼프*와 인터뷰가 잡혀 있었고, 유대 박물관에 관한 기사를 쓸 예정이었다고 하던데요."

"두 군데 모두 나타나지 않았답니다. 우리가 벌써 확인했습니다. 그가 스웨덴에서 이곳 유대 박물관의 학예사인 쇼시 박사에게 편지를 쓴 건 사실이지만 찾아오지는 않았답니다. 우리가 퍼프의 모친에게도 연락을 해봤는데, 맛손이라는 이름을 들어본 적도 없답니다. 게다가 퍼프는 지금 부다페스트에 있지도 않답니다."

"맛손의 짐은 아직 호텔방에 있습니까?"

"소지품은 전부 호텔에 있습니다만 방은 아닙니다. 맛손은 사흘만 예약을 했거든요. 우리가 호텔 측에 짐을 보관해달라고 요청했으니까 관리 사무실로 옮겨뒀을 겁니다. 저쪽입니다. 접수대 뒤쪽. 짐은 풀지도 않은 상태입니다. 요금은 우리가 냈습니다."

남자는 뭔가 골똘히 생각하는 것처럼 한참을 조용하다가 이내 엄숙하게 말했다.

"당연히 그의 회사에 비용을 청구해야겠지요."

---

* 세 번 연속 올림픽 금메달을 딴 헝가리의 권투 선수.

"아니면 맛손의 자산에서 받던가요."

마르틴 베크가 대꾸했다.

"네, 일이 나쁘게 풀릴 경우에는 그래야겠지요."

"그의 여권은 어디 있습니까?"

"제가 갖고 있습니다."

대사관에서 나온 남자는 납작한 서류 가방의 지퍼를 열고 여권을 꺼내 마르틴 베크에게 건넸다. 동시에 안주머니에서 만년필을 꺼냈다.

"여기 있습니다. 이쪽에 서명을 해주시겠습니까?"

마르틴 베크의 서명을 받은 뒤에 남자는 펜과 수령증을 집어넣었다.

"그럼, 다 됐습니다. 더 의논할 게 있을까요? 아, 그렇죠, 호텔 숙박비. 그건 걱정하실 것 없습니다. 대사관이 형사님의 경비 일체를 제공하라는 지시를 받았습니다. 제 생각에는 다소 예외적인 일입니다만. 보통의 경우라면 일일 비용을 산정해서 받으셨을 텐데요. 어쨌든 현금이 필요하면 대사관에서 받아 가십시오."

"고맙습니다."

"이제 다른 문제는 없는 것 같습니다. 맛손의 소지품은 언제든 보셔도 됩니다. 호텔 측에 말해놓겠습니다."

남자가 일어서더니 지나가는 말처럼 무심히 덧붙였다.

"형사님이 쓰는 방이 바로 맛손이 썼던 방입니다. 105호에 묵으시죠? 우리가 맛손의 이름으로 그 방을 계속 잡겠다고 우기에 망정이지, 아니면 형사님은 다른 호텔에 묵어야 했을 겁니다. 한창 성수기니까요."

헤어지기 전에 마르틴 베크가 물었다.

"개인적으로 이 사건을 어떻게 생각합니까? 그는 어디로 갔을까요?"

대사관에서 나온 남자는 무표정하게 마르틴 베크를 보았다.

"개인적인 의견이 있더라도 저 혼자만 품고 있는 게 나을 것 같습니다."

그러나 남자는 잠시 후에 덧붙였다.

"몹시 불쾌한 일이라고 생각합니다."

마르틴 베크는 방으로 올라갔다. 벌써 청소가 되어 있었다. 방을 둘러보았다. 알프 맛손도 이 방에 묵었다고 했다. 정말일까? 맛손은 길어야 한 시간쯤 머물렀을 것이다. 그 짧은 시간에 맛손이 무엇을 했을지, 그 단서가 여태 방에 남아 있기를 기대하는 건 지나친 바람이었다.

알프 맛손은 한 시간 동안 방에서 무엇을 했을까? 마르틴 베크처럼 창가에 서서 지나가는 배들을 구경했을까? 어쩌면 그랬을지도 모른다. 그러다가 밖에 있는 웬 사람이나 사물을 보고, 열쇠를 접수대에 맡기는 것도 잊을 만큼 급하게 호텔을 나섰을까? 가능한 일이다. 그렇다면 그 대상은 무엇이었을까? 알 수 없다. 그가 밖에서 차에 치였다면 당장 경찰에 보고되었을 것이다. 그가 강에 뛰어들 계획이었다면 어두워질 때까지 기다렸을 것이다. 그가 살구 브랜디로 숙취를 다스리려다가 그만 폭음에 빠졌더라도, 술을 깰 시간이 십육 일이나 있었다. 그가 그렇게까지 취했을 리는 없다. 게다가 그는 취재가 있을 때는 술을 마시지 않았다. 보안국 보고서의 어느 대목엔가 그는 현대적인 타입의 기자라고 적혀 있었다. 민첩하고 효율적이고 직설적인 기자라고 했다. 일부터 해두고 나중에 즐기는 타입이라는 것이다.

불쾌하다. 몹시 불쾌하다. 대단히 불쾌하다. 빌어먹게 불쾌하다. 지독하게 불쾌하다. 뼛속까지 불쾌하다.

마르틴 베크는 침대에 누웠다. 침대는 거창하게 삐걱거렸다. 그의 머릿속에서 콘라트 폰 회첸도르프 백작에 대한 생각은 사라졌다. 이 침대는 알프 맛손의 몸 아래에서도 삐걱거렸을까? 그랬으리라. 누구나 호텔방에 들어서자마자 제일 먼저 침대에 누워보는 법 아닌가? 그러니까 맛손도 여기에 드러누워 사 미터 위의 천장을 올려다보았을 것이다. 그러고는 짐도 안 풀고 열쇠도 안 맡긴 채 나가버렸다……. 전화가 걸려온 것일까? 무

연기처럼 사라진 남자

슨 놀라운 소식이라도 들었을까?

마르틴 베크는 부다페스트 지도를 펼쳐 한참 들여다보았다. 그러다 갑자기 어떤 방법으로든 임무를 수행해야 한다는 의무감에 사로잡혀 몸을 일으켰다. 그는 맷손의 여권과 지도를 뒷주머니에 넣고 남자의 짐을 조사하러 내려갔다.

직원은 조금 땅딸막한 초로의 남자였는데 태도가 친근하고 기품이 있었다. 그리고 감탄스러울 만큼 지적이었다.

아니요, 맷손 씨가 호텔에 있을 때 그분을 찾는 전화는 안 왔습니다. 나중에, 맷손 씨가 떠난 뒤에, 몇 통이 왔습니다. 그날 이후로 며칠 동안 계속 왔습니다. 전화를 건 사람이 한 사람이었느냐고요? 아니요, 여러 명이었습니다. 교환원이 확실히 그렇다고 했습니다. 다 남자였느냐고요? 남자도 있고 여자도 있었습니다. 여자가 적어도 한 명은 확실히 있었습니다. 그 사람들이 메모나 전화번호를 남겼느냐고요? 아니요, 아무도 메모를 안 남겼습니다. 자기 전화번호를 남긴 사람도 없었습니다. 나중에 스톡홀름에서 전화가 오고 이곳 스웨덴 대사관에서도 전화가 왔는데, 두 군데 모두 메모와 전화번호를 남겼습니다. 아직 메모가 보관되어 있습니다. 베크 씨가 대신 받으시겠습니까? 아, 그건 볼 필요가 없으시다고요.

맷손의 짐은 정말로 접수대 뒷방에 보관되어 있었다. 짐 조사는 간단했다. 에리카 상표의 표준형 이동식 타자기가 하나, 가죽끈이 둘러진 황갈색 돼지가죽 여행 가방이 하나. 그게 전부였다. 가방 손잡이에 매달린 가죽 이름표에는 명함이 끼워져 있었다. 알프 맛손, 기자, 플레밍가탄 34번지, 스톡홀름 K. 열쇠는 자물쇠에 꽂혀 있었다.

마르틴 베크는 타자기를 케이스에서 꺼내어 꼼꼼히 살펴보았다. 에리카 상표의 표준형 이동식 타자기라는 결론을 내리고, 여행 가방으로 넘어갔다.

가방은 얼핏 단정하고 세심하게 꾸려진 것 같았지만 숙련된 손길의 누군가 이미 한 차례 훑어보고 제자리에 넣어둔 것이라는 느낌이 들었다. 내용물은 체크무늬 셔츠 한 장, 갈색 스포츠 셔츠 한 장, 세탁소 끈이 둘러진 흰 포플린 셔츠가 한 장, 깔끔하게 다려진 연푸른색 바지가 한 벌, 카디건 같은 푸른 겉옷이 한 벌, 손수건이 세 장, 양말이 네 켤레, 색깔 있는 팬티가 두 장, 망사 짜임의 러닝셔츠가 한 장, 연갈색 스웨이드 구두가 한 켤레였다. 모든 것이 깨끗했다. 더불어 면도용품 일습, 타이핑 용지 한 다발, 타자용 지우개 하나, 전기면도기 하나, 소설 한 권, 여행사들이 공짜로 나눠주지만 비행기 표를 넣기에는 너무 작을 때가 많은 평범한 진푸른색 비닐 지갑이 하나 있었다. 면도용품 꾸러미에는 면도 크림 하나, 파우더 하나, 포장지를 뜯지 않은 비누 하나, 개봉된 치약 하나, 칫솔 하나, 구강 세정제 한 병, 아스피린 한 상자, 콘돔 한 상자가 들어 있었다. 진푸른색 비닐 지갑에는 20달러짜리 지폐로만 1500달러, 그리고 100크로 나짜리 지폐 여섯 장이 들어 있었다. 여행 경비치고는 놀랄 만큼 큰 돈이었지만 알프 맛손은 뭐든 사치스럽게 하고 다니는 데 익숙한 사람인 모양이었다.

마르틴 베크는 물건들을 최대한 깔끔하고 단정하게 제자리에 집어넣은 뒤에 다시 접수대에 맡겼다. 벌써 한낮이었다. 외출하기에 알맞은 시간이었다. 뭘 해야 할지는 여전히 오리무중이었지만, 좌우간 신선한 바깥공기를 쐬면서 그 뭔가를 하면 될 것 같았다. 가령 강둑에서 햇볕을 쐬면서. 그는 방 열쇠를 꺼내어 살펴보았다. 열쇠는 호텔 건물만큼이나 고색창연하고 견고해 보였다. 그것을 접수대에 올려놓았다. 직원이 얼른 손을 뻗어 열쇠를 가져갔다.

"이건 여벌 열쇠지요?"

"무슨 말씀입니까?"

"앞서 묵었던 손님이 열쇠를 갖고 나갔다고 들었는데요."

"네, 맞습니다. 하지만 다음날 열쇠가 돌아왔습니다."

"돌아왔다고요? 누가 가져왔습니까?"

"경찰이 가져왔습니다."

"경찰이? 어떤 경찰이?"

직원은 황당해하며 어깨를 으쓱했다.

"일반 경찰입니다. 다른 경찰이 있습니까? 어떤 경찰관이 와서 도어맨에게 열쇠를 건네주었습니다. 맛손 씨가 어디서 떨어뜨렸던 모양입니다."

"어디서?"

"죄송합니다만 그건 모르겠습니다, 손님."

마르틴 베크는 마지막으로 물었다.

"나 말고 맛손 씨의 짐을 살펴본 사람이 있었습니까?"

직원은 잠시 머뭇거리다가 대답했다.

"없을 겁니다."

마르틴 베크는 회전문을 나왔다. 희끗희끗한 콧수염에 챙모자를 쓴 도어맨은 발코니 그늘에 서 있었다. 등짐을 지고 미동도 없이 선 모습이 에밀 야닝스*의 살아 있는 표본을 보는 듯했다.

"두 주 전에 경찰이 와서 방 열쇠를 넘겨줬던 것을 기억합니까?"

노인은 무슨 일이냐는 듯이 마르틴 베크를 보았다.

"물론입니다."

---

* 제1회 아카데미 주연상을 받은 독일 출신의 세계적 영화배우.

"제복을 입은 경찰관이었습니까?"

"네, 네…… 순찰차가 이 앞에 서더니 경찰 한 명이 내려서 열쇠를 줬습니다."

"뭐라고 말하던가요?"

노인은 잠시 생각했다.

"'분실물입니다'라고 말했습니다. 다른 말은 없었습니다."

마르틴 베크는 몸을 돌려 걷기 시작했다. 세 발짝을 걸은 뒤, 팁을 주는 것을 깜박했다는 생각이 들었다. 그는 돌아가서 가벼운 금속으로 만들어진 낯선 헝가리 동전을 잔뜩 노인의 손에 쥐여주었다. 도어맨은 오른팔을 들어 손가락 끝으로 모자챙을 가볍게 건드리면서 말했다.

"고맙습니다. 하지만 이러지 않으셔도 됩니다."

"독일어가 정말 훌륭하십니다."

마르틴 베크가 말했다. 그리고 속으로 생각했다. 적어도 나보다는 한참 낫군.

"1916년에 이손초 전선에서 배웠습니다."

마르틴 베크는 길모퉁이를 돌면서 지도를 꺼내어 살펴보았다. 그리고 지도를 손에 쥔 채 부두 쪽으로 걸어 내려갔다. 굴뚝이 두 개인 커다란 흰 기선이 상류로 착실히 나아가고 있었다. 그는 시무룩하게 배를 바라보았다.

이 사건에는 뭔가 근본적으로 잘못된 점이 있었다. 분명히 뭔가 정상적이지 않은 점이 있었다. 그게 무엇인지는 그도 알 수 없었다.

9.

아주 푸근한 일요일이었다. 옅은 아지랑이가 산비탈에 어른 거렸다. 강둑은 이리저리 산책하는 사람들, 강으로 내려가는 계 단에 앉아 해를 쬐는 사람들로 붐볐다. 강을 왕복하는 소형 기 선들과 모터보트들에는 여름옷을 입은 사람들이 그득그득 탔 다. 수영장이나 관광지에 다녀오려고 나선 사람들이었다. 매표 소에는 줄이 길게 늘어섰다.

마르틴 베크는 오늘이 일요일이라는 사실을 잊고 있었기 때 문에 많은 인파에 놀랐다. 그는 산책하는 사람들의 물결에 휩쓸 려 강둑을 걸으면서 활발하게 강을 통행하는 배들을 구경했다. 원래는 다음 다리까지 걸어가서 강 중앙에 있는 머르기트 섬으 로 넘어가 하루를 시작한다는 계획이었지만, 섬에서 일요일을 만끽하고 있을 수많은 부다페스트 시민들을 상상하고는 마음을 바꿨다.

그는 번잡함에 살짝 짜증이 났다. 자유로운 일요일을 행복하게 즐기는 사람들을 보고 있자니 갑자기 뭐든 일을 해야겠다는 충동이 일었다. 알프 맛손이 첫날 묵었던 호텔을 찾아가보기로 마음먹었다. 아마도 맛손이 부다페스트에 묵은 날은 그날 하루뿐이었을 것이다. 대사관 사람에 따르면 부더 쪽에 있는 유스호스텔 같은 곳이라고 했다.

마르틴 베크는 사람들의 물결을 헤치고 강둑 위쪽의 도로로 올라갔다. 어느 집의 돌출 지붕 그늘에 서서 지도를 펴 들었다. 오랫동안 살펴보았지만 이퓨샤그라는 호텔은 지도에서 찾을 수 없었다. 그는 끝내 지도를 접어버리고 섬과 부더 구역으로 넘어가는 다리를 향해 걷기 시작했다. 걷는 내내 경찰이 어디 있나 둘러보았지만 한 명도 찾지 못했다. 다리가 시작되는 지점에 택시 승강장이 있었고 택시가 한 대 서 있었다. 빈 차 같았다.

운전사는 헝가리어밖에 할 줄 몰랐다. 마르틴 베크의 말을 한마디도 알아듣지 못했다. 호텔의 이름이 적힌 종이쪽지를 보고서야 비로소 알겠다는 눈치였다.

택시는 다리를 건너 초록이 우거진 섬을 통과했다. 섬을 지날 때 마르틴 베크는 나무들 사이로 높게 일렁이는 강물을 보았다. 차는 이어 쇼핑가를 달리다가 좁고 가파른 도로를 올라가서 어느 광장으로 진입했다. 광장에는 남녀 한 쌍이 마주보고 앉은 모습을 묘사한 현대적인 청동상이 서 있었고 바닥에는 잔디가 깔려 있었다.

택시는 그곳에 멈췄고 마르틴 베크는 요금을 지불했다. 어쩌면 돈을 너무 많이 건넸는지도 몰랐다. 운전사가 알아듣지 못할 말로 입에서 침이 튀도록 감사했기 때문이다.

호텔은 나지막한데다가 광장을 둘러싸고 길게 뻗어 있어서, 흡사 도로를 연장한 공간에 화단과 주차장만 갖춰둔 것처럼 보였다. 건물은 최근에 지어진 듯했다. 광장을 에워싼 다른 건물들과는 대조적이었다. 건축양식이 현대적이었고 전면은 전체가 발코니였다. 입구로 난 계단은 낮고 넓었다.

유리문 안에 길쭉하고 환한 로비가 있었다. 한쪽에 기념품 판매대가 있었고(닫혀 있었다), 엘리베이터가 있었고, 의자들이 두 군데로 나뉘어 놓여 있었고, 접수대가 있었다. 접수원은 없었다. 로비 어디에도 사람은 보이지 않았다.

로비에 잇닿아 커다란 휴게실이 있었다. 안락의자와 낮은 탁자가 많이 놓여 있었고 저멀리 맞은편 벽은 전체가 통유리로 된 방이었다. 이 방도 비었다.

마르틴 베크는 방을 가로질러 통유리창까지 가서 밖을 보았다.

야외 잔디밭에 수영복을 입은 젊은이 몇 명이 누워 햇볕을 쬐고 있었다.

호텔은 건너편 페슈트 구역을 조망하는 언덕 위에 자리했다. 호텔과 강 사이 비탈에 지어진 집들은 낡고 허름해 보였다. 택시를 타고 오면서 그는 그 집들의 앞면에 총알구멍이 많이 난 것을 보았다. 회반죽이 거의 싹 떨어져나간 집도 많았다.

뒤돌아 로비를 보았다. 여전히 괴괴했다. 그는 휴게실의 안락의자에 앉아 기다렸다. 이퓨샤그 호텔 방문에 큰 기대를 품은 것은 아니었다. 맛손은 이곳에 하룻밤을 묵었을 뿐이다. 부다페스트는 여름이면 방이 부족하므로, 그가 이곳에 묵은 것은 그저 우연히 이곳에 빈방이 있었기 때문일 것이다. 성수기인 여름 시즌에 저녁 늦게 들어와서 이튿날 아침에 떠난 손님을 호텔 사람들이 기억하고 있을 가능성은 낮았다.

그는 마지막 개비였던 플로리다 담배를 끄고, 잔디밭에서 몸을 태우는 청년들을 울적하게 바라보았다. 개인적으로 전혀 관심 없는 인물을 찾기 위해서 이렇게 부다페스트를 쏘다닌다는 사실이 돌연 우스꽝스럽게 느껴졌다. 예전에 언제 또 이처럼 가망 없고 의미 없는 임무를 맡았었나, 기억도 나지 않았다.

로비 쪽에서 발걸음 소리가 들리기에 일어나서 그쪽으로 갔다. 한 청년이 접수대에 서서 수화기를 들고 천장을 쳐다보며 상대의 이야기에 귀기울인 채 엄지손톱을 물어뜯고 있었다. 그러더니 청년이 말을 하기 시작했다. 처음에 마르틴 베크는 청년이 핀란드어를 하는 줄 알았지만, 곧 핀란드어와 헝가리어가 같은 어족에 속한다는 사실을 떠올렸다.

청년이 수화기를 내리고 무슨 일이냐는 눈길로 마르틴 베크를 보았다. 마르틴 베크는 어떤 언어로 말을 꺼낼지 잠깐 망설였다.

"무엇을 도와드릴까요?"

젊은이가 완벽한 영어로 물었다. 마르틴 베크는 안도했다.

"7월 22일 밤에 이곳에 묵었던 손님에 대해서 묻고 싶습니다. 그날 밤에 누가 근무했는지 혹시 아십니까?"

청년은 벽에 걸린 달력을 보았다.

"정확하게 기억은 안 나네요. 이 주도 더 지났으니까요. 잠깐만요, 찾아보겠습니다."

청년은 책상 밑 선반을 한참 뒤지다가 작은 검정색 공책을 꺼내어 훌훌 넘겼다.

"저였네요. 금요일 밤이라, 맞아요……. 어떤 사람인가요? 딱 하루 숙박한 사람인가요?"

"네, 내가 알기로는 그렇습니다. 물론 나중에 다시 와서 또 묵었을 가능성은 있습니다만. 알프 맛손이라는 스웨덴 기자입니다."

청년은 천장을 쳐다보며 손톱을 씹다가 고개를 흔들었다.

"스웨덴 손님은 기억이 안 납니다. 여기까지 찾아오는 스웨덴 사람은 드물거든요. 어떻게 생긴 분인가요?"

마르틴 베크는 알프 맛손의 여권 사진을 보여주었다. 청년은 한참 바라보다가 머뭇머뭇 말했다.

"모르겠네요. 봤던 사람인 것도 같지만. 정확하게는 기억이 안 나네요."

"장부가 있습니까? 투숙객 등록부?"

청년은 인덱스카드들이 든 서류함을 당겨 뒤지기 시작했다. 마르틴 베크는 잠자코 기다렸다. 흡연 욕구가 솟아서 온 주머니를 뒤졌지만 한 개비도 남지 않았는지 허탕이었다.

"여기 있네요." 청년이 서류함에서 카드 한 장을 뽑았다. "알프 맛손. 스웨덴. 네, 말씀하신 대로 7월 22일에 이분이 하룻밤 묵었네요."

"그날 밤 이후로는 온 적이 없고요?"

"네, 이후에는 없습니다. 오월 말에도 며칠 묵은 적 있네요. 하지만 그때는 제가 일하기 전이었어요. 그때 저는 아직 시험을 치르던 중이라."

마르틴 베크는 카드를 받아 살펴보았다. 알프 맛손은 5월 25일에서 28일까지도 이곳에 머물렀다고 적혀 있었다.

"그때 근무했던 분은 누굽니까?"

청년은 잠깐 생각했다.

"슈테피였을 겁니다. 아니면 제 전임으로 일했던 남자일 거예요. 그 남자 이름은 생각이 안 나지만요."

"슈테피라는 남자분은 아직 여기에서 일합니까?"

"여자예요. 슈테파니어라는 아가씨예요. 슈테피하고 제가 교대로 일하죠."

"그분은 언제 출근합니까?"

"여기 있을걸요. 자기 방에 있을 거예요. 슈테피는 이 호텔에서 살거든요. 하지만 이번 주는 야간 근무니까 자고 있을 겁니다."

"어디 있는지 알아봐줄 수 있습니까? 그분이 일어났다면 잠깐 이야기를 해보고 싶습니다만."

청년은 전화기를 들고 번호를 돌렸다. 한참 후에 수화기를 내려놓았다.

"안 받네요."

청년이 접수대의 들어열개를 올려 밖으로 나왔다.

"방에 있나 보고 오겠습니다. 잠깐 기다리세요."

청년은 엘리베이터를 탔다. 엘리베이터의 신호는 2층에서 멈쳤다. 한참 뒤에 청년이 돌아왔다.

"룸메이트 말이 일광욕하러 나갔답니다. 잠깐 기다리시면 제가 데려오겠습니다."

청년은 휴게실로 사라졌다가 잠시 뒤에 웬 아가씨를 데리고 돌아왔다. 여자는 작고 토실토실했다. 샌들을 신었고, 비키니 수영복 위에 체크무늬의 면 겉옷을 걸쳤다. 겉옷의 단추를 채우면서 마르틴 베크를 향해 걸어왔다.

"귀찮게 해서 미안합니다."

"괜찮아요. 뭘 도와드릴까요?"

슈테피라는 아가씨가 대답했다.

마르틴 베크는 오월의 그 날짜에 그녀가 근무했느냐고 물었다. 여자는 접수대로 들어가서 검정색 공책을 보며 끄덕였다.

"네, 낮에만 일했어요."

마르틴 베크는 알프 맛손의 여권을 보여주었다.

"스웨덴 사람인가요?"

그녀는 고개를 들지 않고 물었다.

"네, 기자입니다."

그는 여자를 쳐다보면서 기다렸다. 여자는 계속 여권 사진을 보면서 고개를 갸웃거렸다. 그러다 주저하듯 말했다.

"네에, 기억나는 것 같아요. 이분은 원래 침대가 세 개 있는 방을 혼자 썼는데요. 호텔에 러시아 손님들이 들어오는 바람에 그 방이 필요하게 되어서 이분에게 옮겨달라고 했어요. 그랬더니 새 방에 전화가 없다면서 무진장 화를 내더라고요. 모든 방에 전화가 있는 것은 아니거든요. 전화가 없다고 어찌나 난리 법석을 피우던지 하는 수 없이 전화가 필요 없다는 다른 손님과 방을 바꿔드려야 했어요."

여자는 여권을 덮고 접수대에 놓았다.

"그 손님이 맞는다면 말이지만요. 이 사진은 잘 나오지 않았네요."

"그 사람을 찾아온 손님이 있었는지 없었는지 기억합니까?"

"아마 없었을걸요. 제 기억으로는 없었어요."

"그 사람이 전화를 많이 썼습니까? 아니면 어떤 전화가 걸려왔는지 기억합니까?"

"웬 여자분이 여러 번 전화했던 것 같은데 분명하지는 않아요."

마르틴 베크는 한동안 생각에 빠졌다가 물었다.

"달리 기억나는 것은 없나요?"

여자는 머리를 흔들었다.

"타자기를 갖고 있었던 건 확실해요. 옷을 잘 입었던 것도 기억나요. 그 밖에는 특별히 생각나는 게 없어요."

마르틴 베크는 여권을 주머니에 도로 넣었다. 문득 담배가 떨어졌다는 것이 생각났다.

"여기서 담배도 팝니까?"

아가씨는 몸을 앞으로 숙이며 서랍 속을 보았다.

"그럼요. 테르브밖에 없지만요."

"그거면 됩니다."

마르틴 베크는 회색 종이로 된 담뱃갑을 받았다. 높은 굴뚝들이 달린 공장이 그려져 있었다. 지폐로 계산을 치르고 잔돈은 여자에게 가지라고 했다. 접수대에 놓인 펜과 메모지를 당겨 자신의 이름과 호텔 이름을 쓰고는 한 장을 찢어 여자에게 건넸다.

"또 생각나는 게 있으면 이리로 전화 주십시오."

여자는 얼굴을 찡그리며 메모를 보았다.

"그걸 쓰시는 동안 다른 게 떠올랐어요. 우이페슈트의 어느 주소로 가는 길을 물었던 게 그 스웨덴 손님인 것 같아요. 어쩌면 그분이 아니라 다른 손님이었을지도 모르지만요. 아무튼 제가 간단히 지도를 그려드렸거든요."

여자가 입을 다물기에 마르틴 베크는 기다렸다.

"그 손님이 물었던 거리 이름은 기억나는데 번지는 잊었어요. 우리 이모가 그 거리에 살아서 거리 이름만 기억에 남았나 봐요."

마르틴 베크는 메모지를 여자에게 밀었다.

"거리 이름을 적어주시겠습니까?"

그는 호텔을 나서면서 쪽지에 적힌 이름을 보았다. 베네티어네르 거리.

그는 종이를 주머니에 넣고 테르브 담배를 한 대 피워 문 뒤 강을 향해 느긋하게 걸어 내려갔다.

10.

8월 8일 월요일이었다. 마르틴 베크는 전화벨 소리에 깼다. 잠에 겨운 채로 팔꿈치를 받치고 일어나 앉아 더듬거리며 수화기를 찾았다. 교환원이 못 알아들을 말로 한참 뭐라고 하더니, 이어 익숙한 목소리가 들려왔다.

"여보세요."

그는 찬물을 맞은 듯 놀라 대답하는 것도 잊었다.

"여보세요오, 안 들립니까?"

콜베리의 목소리는 옆방에 있는 것처럼 또렷했다.

"어디에서 거는 거야?"

"당연히 사무실이지. 벌써 9시 15분이야. 여태 침대에서 코를 골고 있었다는 말은 제발 하지 말라고."

"거긴 날씨가 어때?"

마르틴 베크는 이렇게 말하고는 얼른 입을 다물었다. 자신의 질문이 너무도 멍청하게 들렸기 때문이다.

"비가 와. 하지만 그것 때문에 전화한 건 아니야. 자네 어디 아픈가?"

콜베리가 의아하다는 듯이 물었다.

마르틴 베크는 겨우 침대에 걸터앉았다. 포장지에 공장이 그려진 낯선 헝가리 담배를 한 대 물었다.

"아니. 무슨 일이야?"

"내가 여기서 그 사건을 좀 파헤쳐봤는데 말이야, 알프 맛손은 그다지 좋은 남자는 아니더군."

"어째서?"

"글쎄, 근거라면 내가 받은 인상밖에 없지만. 어느 모로 보나 기막힌 무뢰한인 것 같던데."

"그 말을 하려고 전화했나?"

"아니, 그건 아니야. 자네가 알아야 할 것 같은 일이 하나 있어. 토요일에 내가 무료해서 텐스토페트라는 카페에 가서 앉아 있었는데 말이야."

"이봐, 너무 쑤석대고 다니지 말라고. 공식적으로 자네는 이 사건에 대해서 아무것도 모르는 거야. 내가 여기 있다는 사실도 모르고."

콜베리는 틀림없이 맘이 상한 듯했다.

"내가 그렇게 얼간이로 보이나?"

"아주 가끔만 그래."

마르틴 베크는 상냥하게 대꾸했다.

"그 사람들에게 말을 걸진 않았단 말이야. 그냥 패거리 근처에 앉아서 잡담을 귀동냥했지. 장장 다섯 시간이나. 그치들은 술깨나 하더군."

교환원이 끼어들어 알아듣지 못할 말로 뭐라고 말했다.

"자네 때문에 정부가 파산할지도 모르겠군. 대체 무슨 일이야? 얼른 속엣말을 털어놔."

"글쎄, 그 인간들이 시시덕거리면서 아페에 대해서 뒷말을 지껄이더라고. 자기들끼리는 아페라고 부르더군. 서로 등뒤에서 험담을 해대는 부류야. 한 사람이 취해서 쓰러지면 남은 사람들끼리 그 사람을 헐뜯는 거지."

"장황하지 않게 말해봐."

"개중에서도 몰린이라는 남자가 최악이었어. 내가 지금 하려는 말을 처음 꺼낸 것도 그 작자였어. 역겨운 험담이긴 하지만 새빨간 거짓말은 아닐걸."

"자, 빨리빨리, 렌나르트."

"다른 사람도 아니고 자네가 그렇게 말하다니! 어쨌든, 맛손이란 남자가 쏜살같이 헝가리로 내뺀 건 거기에 여자가 있어서라는 거야. 여자는 별로 대단치 않은 운동선수인 모양인데, 맛손이 스톡홀름에서 스포츠 기자로 일할 때 만났대. 무슨 국제 스포츠 행사 따위에서. 맛손이 아직 아내와 함께 살았던 시절에."

"흐음."

"그 사람들 말에 따르면 맛손은 그 아가씨가 프라하나 베를린 등지에서 경기가 있을 때 일부러 그쪽으로 출장을 잡았대."

"신빙성 없는 말로 들리는데. 여자 운동선수들은 보통 꼼짝 없이 갇혀 지내지 않나."

"사실 여부는 모르겠지만 어쨌든 이야기는 그렇다는 거야."

"고마워." 마르틴 베크는 일말의 흥분도 없이 말했다. "이만 끊을게."

"잠깐만. 아직 이야기 안 끝났어. 그치들은 여자의 이름은 언급하지 않았어. 애당초 아는 것 같지도 않고. 하지만 그 사람들 말에서 단서는 충분했기 때문에…… 그리고 어제는 비가 왔기 때문에……."

"렌나르트." 마르틴 베크는 절망적으로 다그쳤다.

"어제 내가 육중한 몸을 이끌고 왕립도서관으로 행차해서 온종일 옛날 잡지를 넘겨 봤다는 말씀이야. 그렇게 알아낸 바에 따르면, 아가씨 이름은 이게 틀림없어. 불러줄게."

마르틴 베크는 침대 옆 전등을 켜고 부다페스트 지도 가장자리에 철자를 받아썼다. A–R–I B–Ö–K–K.

"적었어?"

"물론."

"여자는 독일 출신이지만 헝가리 시민이야. 어디에 사는지는 모르겠고, 철자가 정확한지도 모르겠어. 유명한 선수는 아니야. 작년 오월 이후로는 그 이름의 선수가 활약했다는 뉴스가 전혀 없던걸. 틀림없이 보결선수겠지. 2부 팀에서 뛰는."

"끝났나?"

"하나 더. 맛손의 차는 있어야 할 곳에 있었어. 알란다 공항 주차장 말이야. 오펠사＊의 레코르트. 차에 특별한 점은 없고."

"그렇군. 이제 끝났어?"

"응."

"그러면 이만 끊지."

"안녕."

마르틴 베크는 방금 받아쓴 글자를 무기력하게 바라보았다. 어리 뵈크. 사람 이름 같지도 않았다. 어쩌면 세부 사항들이 틀릴 것이다. 전혀 가치 없는 정보일지도 모른다.

그는 일어나서 덧문을 열고 여름을 방으로 들였다. 강과 부더 구역을 굽어보는 경치는 스물네 시간 전과 다름없이 여전히 환상적이었다. 체코슬로바키아 외륜선이 떠난 자리에 낮은 굴뚝이 두 개 달려 있고 모터로 프로펠러를 돌리는 배가 들어와 있었다. 그것 역시 체코슬로바키아 배였고, 이름은 드루주바였다. 여름옷을 입은 사람들이 호텔 앞 야외 탁자에서 아침을 먹고 있었다. 벌써 9시 30분이었다. 자신이 의무에 태만한 밥벌레라는 생각이 들어, 황급히 씻고 옷을 입었다. 지도를 주머니에 넣고 서둘러 현관홀로 내려갔다. 총총 계단을 다 내려와서는 우뚝 섰다. 아무리 서둘러서 어딘가로 간들, 무엇을 해야 할지 모르는 상황에서는 다 소용없었다. 그는 이 사실을 오래 곱씹다가 식당으로 들어갔다. 열린 창문 옆에 앉아서 차려진 아침을 먹었다. 다양한 크기의 배들이 곁을 지나갔다. 커다란 소련 예인선이 석유 바지선 세 척을 끌고 상류로 올라갔다. 아마도 바투미*에서 왔을 것이다. 참으로 먼 거리를 항해해 온 셈이었다. 선장은 흰 모자를 썼다. 웨이터들은 마르틴 베크가 록펠러라도 되는 양 떼지어 그의 식탁을 감돌며 시중을 들었다. 길에서는 소년들이 공을 찼다. 커다란 개가 공놀이에 끼고 싶어 덤벼들다가 목줄을 잡은 여자를 고꾸라뜨릴 뻔했다. 여자는 돌난간의 기둥 하

---

* 대형 항구가 있고 송유관의 종점인 탓에 흑해 교역의 중심이었던 도시로, 현재는 조지아의 수도다.

나를 얼른 움켜쥐어 위기를 모면했다. 얼마 뒤에 기둥을 놓았지만 여전히 목줄을 바싹 쥐어야 했다. 여자는 몸을 뒤로 젖히다시피 하면서 공놀이하는 아이들을 헤치고 개를 쫓아 뛰었다. 날은 벌써 따스했다. 강물이 반짝거렸다.

마르틴 베크는 건설적인 아이디어가 전혀 떠오르지 않는 말짱한 백지상태였다. 무심코 고개를 돌렸다가 자신을 뚫어져라 쳐다보는 사람을 발견했다. 자신과 연배가 엇비슷한 남자였는데, 햇볕에 그은 얼굴, 희게 세어가는 머리카락, 쭉 뻗은 코, 갈색 눈동자, 회색 양복, 검정 구두, 흰 셔츠, 회색 넥타이 차림이었다. 오른손 새끼손가락에는 문장이 새겨진 큼직한 반지를 꼈다. 옆의 탁자에는 나풀거리는 작은 깃털이 띠에 꽂혀 있고 챙이 좁고 얼룩덜룩한 초록색 모자가 놓여 있었다. 남자는 더블에스프레소로 눈을 깔았다.

마르틴 베크는 시선을 돌려, 역시 자신을 응시하고 있는 또다른 사람을 보았다. 흑인 여성이었다. 젊고 굉장히 아름다웠다. 윤곽이 뚜렷한 얼굴, 빛나는 큰 눈, 흰 치아, 길고 늘씬한 다리, 그리고 발등이 높은 편이었다. 은색 샌들을 신었고, 소재가 뭔지는 몰라도 반짝거리는데다 몸에 착 달라붙는 연푸른색 원피스를 입었다.

어쩌면 두 사람이 그를 쳐다보는 것은 그가 너무 잘생겨서인지도 모른다. 남자는 질투심에, 여자는 숨길 수 없는 욕망에 쳐다보는 것인지도 모른다.

마르틴 베크가 재채기를 하자 웨이터 세 명이 동시에 가호를 빌었다. 그는 웨이터들에게 고맙다고 하고 현관홀로 나왔다. 주머니의 지도를 꺼내어 포터에게 여백에 적힌 글자를 보여주었다.

"혹시 이런 이름을 가진 사람을 압니까?"

"모릅니다, 손님."

"무슨 운동선수라는 것 같던데요."

"정말인가요?"

포터는 정중하게 그의 말을 수긍하는 태도였다. 당연히 그렇겠지, 손님은 왕이니까.

"유명하지 않은 선수인가 봅니다, 손님."

"이게 남자 이름입니까, 여자 이름입니까?"

"어리는 여자 이름입니다. 별칭에 가깝습니다. 아이 이름이 어런커일 때 부르는 별칭입니다."

포터는 고개를 옆으로 꼬고 글자를 살폈다.

"근데 뒤쪽 단어는, 글쎄요, 정말 사람 이름입니까?"

"전화번호부를 빌릴 수 있을까요?"

당연히 뵈크라는 이름은 없었다. 적어도 사람 이름으로 기재된 것은 없었다. 하지만 그는 간단히 포기하지 않았다. (무엇을 해야 좋을지 모르는 사람이 발휘할 만한 시시한 미덕이다.) 다른 가능성들을 여러 가지로 확인해보았다. 소득은 이것이었다. BOECK ESZTER. 뵈크 에스터. 베네티어네르 거리 6번지 펜지오 XII, 292-173.

그날 처음으로 뭔가 직감이 느껴졌다. 그는 전날 호텔의 아가씨가 써준 메모를 꺼냈다. 베네티어네르 거리. 우연의 일치일 리 없었다.

접수대에는 위엄 있는 초로의 직원 대신에 젊은 여자가 일을 보고 있었다.

"이게 무슨 뜻입니까?"

"펜지오는 펜션, 그러니까 하숙집이라는 뜻입니다. 대신 전화를 걸어드릴까요?"

그는 고개를 저었다.

"이게 어디에 있는 거리입니까?"

"제4구입니다. 우이페슈트예요."

"어떻게 갑니까?"

"물론 택시가 가장 빠릅니다. 아니면 마르크스 광장에서 3번 전차를 타셔도 됩니다. 하지만 그보다는 저기 바깥에 댄 배를 타시는 편이 편할 겁니다. 북쪽으로 가는 배요."

11.

　우퇴뢰라는 이름의 배는 마르틴 베크의 눈을 즐겁게 해주었다. 석탄을 때는 작은 기선인데, 높게 쭉 뻗은 굴뚝이 하나 있고 갑판이 드러난 배였다. 우퇴뢰가 차분하고 순조롭게 칙칙 강을 거슬러 올라 의사당 건물을 지나고 푸른 머르기트 섬을 지나는 동안, 마르틴 베크는 난간에 서서 엔진이라는 가증스러운 신흥 종교에 대해 숙고했다. 그러다가 엔진실로 가서 안을 훔쳐보았다. 보일러실에서 뜨거운 열기가 불기둥처럼 솟았다. 화부는 수영복 차림이었다. 남자의 근육질 등이 땀으로 번들거렸다. 석탄을 푸는 삽이 덜컥거렸다. 남자는 저 지옥 같은 열기 속에서 무슨 생각을 할까? 모르긴 몰라도 엔진이라는 새로운 축복에 관해 생각하고 있을 것이다. 틀림없이 경유 엔진, 솜 지스러기, 기름통을 손닿는 곳에 두고 편안하게 앉아 신문을 읽는 자기 모습을 상상할 것이다. 마르틴 베크는 돌아서서 다시 배를 구경하려 했지만 화부의 모습 때문에 이미 즐거움을 잡쳤다. 무슨 일이나 그런 법이다. 이것도 갖고 저것도 가질 수는 없는 법이다.

배는 널따랗게 탁 트인 공원들과 야외 수영장들을 지나고 넘쳐나는 카누와 유람선을 요리조리 피하며 다리 두 개를 지나 좁은 어귀로 들어섰다. 좁다란 지류를 계속 나아갔다. 승리의 경적을 거칠고 짧게 한 번 울린 뒤에 배는 우이페슈트에 섰다.

마르틴 베크는 뭍에 오른 뒤에 몸을 돌려 기선을 보았다. 생김새도 기능도 더할 나위 없이 탁월한 배였다. 최소한 기선들의 전성기에는 그랬을 것이다. 화부가 갑판으로 나와 태양을 보며 웃더니만 강물로 첨벙 뛰어들었다.

부다페스트의 이 부분은 그가 지금까지 보아온 도시와는 분위기가 사뭇 달랐다. 그는 널찍하고 황량한 광장을 대각선으로 가로지르며 몇몇 행인들에게 소심하게 길을 물어보았으나 아무도 그의 말을 알아듣지 못했다. 지도가 있는데도 그는 길을 잃었고, 그러다 어느 유대교 회당의 뒷마당에 다다랐다. 보아하니 유대인 노인들의 양로원으로 쓰이는 듯했다. 건물 벽을 따라 좁게 드리운 그늘에 고리버들 의자를 내놓고 노인들이 앉아 있었다. 악의 시대를 살아낸 노쇠한 생존자들이 그를 보며 쾌활하게 고개를 끄덕였다.

오 분 뒤에 그는 베네티어네르 거리 6번지 건물 앞에 섰다. 이 층 건물이었다. 외관에서는 하숙집이라는 인상을 풍기지 않았지만, 앞길에 외국 번호판을 단 자동차가 두 대 서 있었다. 현관으로 들어서자마자 여주인과 마주쳤다.

"프라우 뵈크?"

"네. 죄송하지만 다 찼습니다."

쉰 살쯤 되어 보이는 풍채 좋은 여자였다. 그녀의 독일어는 유창했다.

"어리 뵈크라는 아가씨를 찾습니다만."

"내 조카예요. 한 층 위로 가세요. 오른쪽 두 번째 문입니다."

그 말만 하고 여자는 가버렸다. 이렇게 간단하다니. 마르틴 베크는 흰 페인트칠이 된 방문 앞에 우두커니 서서 안에서 누군가 왔다갔다하는 소리를 들었다. 가볍게 슬쩍 노크를 했다. 문이 벌컥 열렸다.

"프로일라인 뵈크?"

여자는 놀란 표정이었다. 누군가를 기다리고 있던 것 같았다. 여자는 짙은 푸른색의 비키니 수영복을 입었고, 오른손에 고무로 된 초록색 잠수 마스크와 스노클을 들었다. 두 다리를 넓게 벌리고 선 채로, 왼손은 움직이는 도중에 마비되기라도 한 듯 계속 손잡이를 쥐고 있었다. 검은 머리카락은 짧고 이목구비가 뚜렷했다. 두꺼운 눈썹은 짙었고, 콧등은 곧고 넓고, 입술이 두툼했다. 치아는 건강해 보였지만 조금 비뚤비뚤했다. 입은 반쯤 벌어져, 혀끝이 아랫니에 닿아 금방이라도 말을 내뱉을 모양새였다. 키는 155센티미터를 넘지 않을 것 같았지만 체격이 튼튼하고 균형이 잡혀 있었다. 어깨는 잘 발달했고 엉덩이가 넓고 허리는 상당히 가늘었다. 다리는 근육질이고, 발은 볼이 넓고 작지만 발가락은 곧았다. 살갗은 짙게 탔다. 횡격막과 배 부근의 살결이 특히 부드럽고 탄력 있어 보였다. 겨드랑이는 면도를 했다. 가슴이 컸다. 볼록한 아랫배에는 꽤 두꺼운 솜털들이 나 있었는데, 색깔이 옅은 털들이 검게 태운 살갗에 대비되어 도드라졌다. 길고 꼬불꼬불한 검은 음모가 수영복 고무줄을 비집고 여기저기 튀어나와 있었다. 나이는 많아야 스물둘이나 스물셋일 것 같았다. 통상적인 의미에서 미인은 아니었지만, 인간이라는 종의 표본으로서 제격일 듯한 몸이었다.

의문을 담뿍 담아 커다랗게 뜬 진갈색 눈동자. 이윽고 그녀가 물었다.

"네, 저예요. 저를 찾으시나요?"

독일어가 이모만큼 유창하지는 않았지만 거의 막힘이 없었다.

"저는 알프 맛손을 찾아왔습니다."

연기처럼 사라진 남자

"그게 누구죠?"

여자의 반응은 충격을 받은 어린아이의 태도에 가까웠다. 남자의 이름에 대한 반응이 정확하게 어떤지를 확실히 파악하기 어려웠다. 그녀에게 완전히 낯선 이름인 것 같았다.

"스톡홀름에서 온 스웨덴 기자입니다."

"그 사람이 자기가 여기 산다고 말했나요? 우리 하숙에는 지금 스웨덴 사람이 한 명도 없어요. 착각하신 모양이네요."

그녀는 찌푸린 얼굴로 한참 생각했다.

"그런데 제 이름은 어떻게 아셨죠?"

여자의 등뒤로 보이는 방은 평범한 하숙방이었다. 옷들이 가구 위에 너저분하게 널려 있었다. 마르틴 베크의 판단에 따르면 전부 여자옷이었다.

"그 사람이 나한테 이 주소를 알려줬습니다. 맛손은 내 친구입니다."

여자는 의심하는 눈초리로 그를 보았다.

"이상한 일이네요."

그는 주머니에서 맛손의 여권을 꺼내 사진이 붙은 장을 펼쳤다. 그녀는 진지하게 들여다보았다.

"아니요. 한 번도 본 적 없는 사람이에요."

그러더니 한참 뒤에 덧붙였다.

"연락이 끊어졌나 보죠?"

마르틴 베크가 미처 대답하기 전에 뒤에서 발소리가 들렸다. 그는 한 발 옆으로 비켰다. 삼십 대로 보이는 남자가 그를 지나쳐 방으로 들어갔다. 수영복을 입은 남자는 키가 평균보다 작고 금발에 단단한 체격이었다. 살갗을 여자만큼이나 심하게 태웠다. 남자는 여자의 뒤에 턱 선 뒤, 한쪽으로 몸을 숙여 호기심 가득한 눈으로 여권을 훔쳐보았다.

"이게 누구야?"

남자가 독일어로 물었다.

"나도 몰라. 이분이 이 남자를 잃어버렸대. 이 남자가 여기에 묵는 줄 알았대."

"잃어버렸다." 금발 남자가 중얼거렸다. "안됐네. 여권도 없을 거 아니야. 그게 얼마나 성가신 일인지는 내가 잘 알지. 나도 비슷한 처지니까."

남자가 장난스럽게 여자의 수영복 고무줄을 최대한 멀리 잡아당긴 뒤에 찰싹 놓았다. 여자가 귀찮다는 듯이 잽싸게 남자를 흘겼다.

"수영하러 안 가?"

남자가 물었다.

"가야지. 준비 다 했어."

"어리 뵈크. 이름이 귀에 익은데요. 혹시 수영 선수 아닙니까?"

마르틴 베크가 물었다. 처음으로 여자의 눈동자가 가물거렸다.

"이제는 경기에 안 나가요."

"스웨덴에서도 경기하지 않았습니까?"

"네, 딱 한 번. 이 년 전에요. 꼴찌를 했어요. 그 남자분이 제 주소를 댔다니 이상한 일이네요."

금발 남자가 궁금한 눈으로 여자를 보았다. 아무도 말이 없었다. 마르틴 베크는 여권을 치웠다.

"그럼, 안녕히 계십시오. 귀찮게 해서 미안합니다."

"안녕히 가세요."

여자가 처음으로 미소를 보였다.

금발 남자도 말했다.

"친구를 꼭 찾으시길 바랍니다. 그런데 로마 욕탕 옆의 캠프 장은 찾아보셨나요? 바로 요 위에, 강 건너편에 있는데요, 사람들이 많이 모이는 곳입니다. 배를 타고 건너갈 수 있죠."

"당신은 독일 분인가 보군요. 아닌가요?"

"맞습니다. 함부르크에서 왔죠."

남자가 여자의 검고 짧은 머리카락을 헝클었다. 여자가 왼쪽 손등으로 남자의 가슴을 가볍게 비볐다. 마르틴 베크는 뒤로 돌아 나왔다.

현관홀은 비어 있었다. 접수대 구실을 하는 탁자 너머 선반에 여권이 몇 개쯤 쌓여 있었다. 맨 위는 핀란드 여권이었고, 그 아래 두 개는 그의 눈에 익숙한 모스그린색 여권이었다. 그는 지나가는 동작처럼 슬며시 팔을 뻗어 하나를 집었다. 열어보니 어리 뵈크의 방문에서 만난 남자가 무표정한 얼굴로 그의 시선을 받았다. 테츠 라데베르거, 여행사 직원, 함부르크, 1935년생. 그에게 일부러 거짓말한 사람은 없는 모양이었다.

호텔로 돌아가는 길에도 운이 나빴다. 갑판에 덮개가 덮여 있고 그르렁거리는 경유 엔진으로 달리는 현대적인 쾌속 페리에 탄 것이다. 승객은 몇 없었다. 그와 가까운 곳에는 화려한 숄과 밝은색 드레스를 차려입은 두 노부인이 앉아 있었다. 둘 다 큼지막한 흰 보퉁이를 갖고 있었다. 시골에서 상경한 것 같았다. 저멀리 선실 안에는 심각한 표정의 중년 남자가 앉아 있었다. 갈색 펠트 모자를 쓰고 서류 가방을 든 남자는 공무원처럼 보이는 인상이었다. 푸른 양복을 입은 키 큰 남자도 있었다. 이 남자는 나른하게 칼로 막대기를 깎고 있었다. 부교 근처에는 제복을 입은 경찰관이 서서 종이 깔때기에서 8자 모양의 비스킷을 꺼내 먹으면서 옆에 선 다른 남자에게 간간이 말을 건넸다. 옆의 남자는 키가 작고, 옷을 잘 입었고, 대머리에, 검은 턱수염을 길렀다. 마지막으로 젊은 부부와 인형 같은 두 아이가 어중

이떠중이들의 집합을 완성했다.

마르틴 베크는 함께 탄 승객들을 울적하게 관찰했다. 원정은 실패였다. 어리 뵈크가 거짓말을 한다고 볼 근거는 없었다.

그는 알 수 없는 충동에 이끌려 무의미한 임무를 수락한 자신을 저주했다. 사건 해결의 가능성은 점점 희박해졌다. 그는 혼자였고, 머릿속에 아무 아이디어도 없었다. 설령 무슨 아이디어가 있더라도 그것을 실행할 방도가 부족할 것이다.

최악의 문제는 따로 있었다. 마음 깊은 곳에서는 자신이 충동에 이끌려 이곳까지 온 게 아님을 깨닫고 있다는 점이었다. 달리 뭐라고 표현해야 할지 모르겠지만, 사실 그를 내몬 것은 경찰로서의 자아였다. 휴가를 희생하고 일을 하는 콜베리의 본능과 같은 종류였다. 일종의 직업병이다. 그것 때문에 그는 온갖 임무를 도맡아 해결하는 데 최선을 다하게 되었다.

호텔로 돌아오니 4시 15분이었다. 식당은 닫혀 있었다. 그러고 보니 점심을 걸렀다. 그는 방으로 올라가서 샤워를 하고 가운을 입었다. 비행기에서 구입한 위스키를 한 모금 마셨는데 잡스럽고 불쾌한 맛이 났다. 욕실로 가서 이를 닦은 뒤, 넓은 창턱에 팔꿈치를 괴고 몸을 밖으로 내밀어 배를 구경했다. 그래도 기분이 나아지지 않았다. 바로 밑의 야외 테이블에 페리에서 봤던 승객이 앉아 있었다. 푸른 양복을 입은 남자였다. 남자는 탁자에 맥주잔을 두고 앉아 아직도 막대기를 깎고 있었다.

마르틴 베크는 이마를 찡그리며 삐걱거리는 침대에 누웠다. 상황을 다시 정리해보았다. 언제가 되었든 별수없이 헝가리 경찰과 접촉해야 할 것이다. 물론 그래봤자 효과가 있을지는 의심스러웠다. 게다가 아무도 반기지 않을 일이다. 자신도 지금 단계에서는 딱히 내키지 않았다.

저녁 식사를 할 때까지 남은 시간은 로비의 안락의자에 앉아 빈둥빈둥 흘려보냈다. 건너편에 문장이 새겨진 반지를 낀 회색 머리카락의 남자가 헝가리 신문을 읽고 있었다. 아침 식사 자리에서 마르틴 베크를 쳐다보았던 남자였다. 그는 남자를 한참 쳐다보았지만, 남자는 주변 일에 무심한 듯이 마시던 커피를 평온하게 계속 마셨다.

저녁으로는 벌러톤 호수*에서 잡았다는 농어류 생선과 버섯 수프를 먹고 화이트 와인으로 행복하게 입가심했다. 작은 오케스트라는 리스트나 슈트라우스 같은 고상한 빈 작곡가들을 연주했다. 최고의 식사였지만 마음은 밝아지지 않았다. 웨이터들은 독재자의 병상을 지키는 의사들처럼 가련한 손님을 에워싸며 시중을 들었다.

---

* 중유럽 최대의 호수이자 관광지로, '헝가리의 바다'라고도 불린다.

연기처럼 사라진 남자

그는 로비로 나와 커피와 브랜디를 마셨다. 문장 반지를 낀 남자는 여태 건너편에서 신문을 읽고 있었다. 또 커피잔이 앞에 놓여 있었다. 몇 분이 지난 뒤, 남자가 손목시계를 보았다. 그러더니 시선을 들어 마르틴 베크를 보고, 신문을 접은 뒤 로비를 가로질러 걸어왔다.

마르틴 베크는 경찰에 접촉하는 수고를 덜게 되었다. 그쪽에서 먼저 행동에 나섰기 때문이다. 이십삼 년의 경찰 경력 덕분에 그는 걸음걸이만 보고도 다가오는 남자가 경찰이라는 것을 알 수 있었다.

12.

　회색 양복의 남자는 윗주머니에서 명함을 꺼내 탁자 모서리에 놓았다. 마르틴 베크는 자리에서 일어나면서 시선을 내려 그것을 읽었다. 이름뿐이었다. 빌모시 슬루커.

　"앉아도 되겠습니까?"

　남자는 영어로 물었다. 마르틴 베크는 고개를 끄덕였다.

　"경찰에서 나왔습니다."

　"나도 그렇습니다."

　마르틴 베크가 대꾸했다.

　"알고 있습니다. 커피 들겠습니까?"

　그는 또 끄덕였다. 경찰에서 나온 남자가 손가락 두 개를 쳐들자 웨이터가 부리나케 커피 두 잔을 갖고 왔다. 커피깨나 마

연기처럼 사라진 남자

시는 나라가 분명했다.

"당신이 여기에서 모종의 수사를 하고 있다는 것도 압니다."

마르틴 베크는 즉각 대답하지 않았다. 코를 문지르면서 생각을 해보았다. 지금은 분명 이렇게 말할 시점이었다.

'그렇지 않습니다. 나는 관광객으로 왔습니다. 하지만 이 기회에 만나고 싶은 친구가 있어서 찾고 있는 것뿐입니다.'

그가 취해야 옳은 반응은 이런 것이리라.

슬루커는 별반 급한 것 같지 않았다. 무척 즐거워하는 분위기로 더블 에스프레소를 홀짝였다. 몇 잔째인지 모를 노릇이었다. 마르틴 베크가 오늘 본 것만 벌써 세 잔이었다. 남자는 점잖지만 딱딱한 태도였다. 눈빛은 친근했지만 프로다웠다.

마르틴 베크는 계속 궁리했다. 이 사람은 정말로 경찰이다. 하지만 그가 아는 한, 세계 어느 나라에도 시민이 경찰에게 진실만을 말해야 한다는 법은 없다. 안타깝게도.

마침내 그는 말했다.

"그렇습니다. 맞습니다."

"그러면 먼저 우리를 찾아오는 것이 합당한 순서 아닙니까?"

이 질문에는 대답하지 않기로 했다. 남자는 몇 초쯤 말이 없다가 스스로 생각을 발전시켰다.

"물론 실제로 수사를 요하는 일이 벌어졌을 경우에 말이지만."

"나는 공식적으로 임무를 띤 것은 아닙니다."

"우리도 공식적으로 신고를 받은 것은 없습니다. 아주 모호한 말로 문의를 받았을 뿐입니다. 한마디로, 우리가 보기에는 아무 일도 벌어지지 않았습니다."

마르틴 베크는 커피를 삼켰다. 엄청나게 썼다. 대화는 예상보다 불쾌하게 흘러갔다. 그러나 어떤 상황이라도 그가 호텔 로비에서 제 신분도 밝히지 않은 딴 나라 경찰의 훈계를 잠자코 듣고 있어야 할 이유는 없었다.

"그런데도 이 나라 경찰은 알프 맛손의 소지품을 뒤져봐야겠다고 판단했더군요."

그냥 넘겨짚어본 것이었는데 정곡을 찌른 모양이었다.

"그 일에 대해서는 아는 바 없습니다. 그건 그렇고, 당신은 신분을 증명할 수 있습니까?"

슬루커는 뻣뻣하게 말을 받았다.

"그러는 당신은?"

마르틴 베크의 눈이 남자의 갈색 눈동자와 마주쳤다. 이 남자는 결코 만만한 상대가 아니었다.

슬루커는 안주머니에 손을 넣어 지갑을 꺼낸 뒤 재빨리 펼쳐서 선선히 보여주었다. 마르틴 베크는 구태여 꼼꼼히 살펴보지 않았다. 자신은 열쇠고리에 달린 배지를 보여주었다.

"그건 유효한 신분증이 아닙니다. 우리 나라에서는 그런 배지 따위는 장난감 가게에서 입맛대로 살 수 있습니다."

남자의 말이 일리가 없는 것은 아니기에, 그는 더이상 입씨름하지 않기로 했다. 그래서 신분증을 꺼내 보여주면서 말했다.

"여권은 접수대에 있습니다."

남자는 마르틴 베크의 경찰 신분증을 꼼꼼하게 오랫동안 살펴본 뒤에 돌려주면서 물었다.

"얼마나 머물 계획입니까?"

"비자는 월말까지 유효합니다."

슬루커는 대화를 시작한 뒤 처음으로 미소를 지었다. 진심에서 우러나온 미소는 결코 아니었다. 무슨 뜻인지 알 수 없었다. 헝가리 경찰은 남은 커피를 홀짝이고는 재킷을 잠그며 말했다.

"나도 당신을 막고 싶진 않습니다. 하지만 내게는 당연히 그럴 권한이 있습니다. 다만 아직까지는 당신의 행동을 사적인 것으로 봐도 될 듯합니다. 앞으로도 계속 그렇기를 바랍니다. 당신의 행동이 일반 대중이나 특정 개인의 이해관계를 침해하는 일은 없기를 바랍니다."

"언제든 나를 미행해도 좋습니다."

슬루커는 대꾸하지 않았다. 남자의 시선은 차갑고 적대적이었다.

슬루커가 입을 열었다.

"당신이 지금 뭘 하고 있다고 생각합니까?"

"그러는 당신은 어떻게 생각합니까?"

"나야 아무 생각도 없습니다. 아무 일도 벌어지지 않았으니까요."

"한 사람이 실종되었다는 것을 제외하고서 말이지요."

"누가 그렇게 말합디까?"

"내 생각이 그렇습니다."

"그렇다면 당국에 가서 정식으로 수사를 요청하십시오."

슬루커가 뻣뻣하게 말했다.

마르틴 베크는 손가락으로 탁자를 두드리며 말했다.

"남자가 실종되었다. 그 점에는 의문의 여지가 없습니다."

슬루커는 그만 일어나려는 것 같았다. 몸을 막대기처럼 곧게 세우고 앉아 오른손으로 팔걸이를 붙들고 있었다.

남자가 말했다.

"내가 이해하기로, 그 발언의 실제 의미는 문제의 남자가 지난 이 주 동안 이 호텔에 나타나지 않았다는 것뿐입니다. 그 사람에게는 유효한 체류 허가증이 있으니까 헝가리 국경 내에서 자유롭게 여행 다닐 수 있습니다. 현재 헝가리에는 이십만 명의 관광객이 들어와 있는데, 텐트나 차에서 자는 사람도 많습니다. 어쩌면 그 남자는 세게드나 데브레첸에 가 있을지도 모르죠. 벌러톤 호수로 수영하러 갔을지도 모릅니다."

"알프 맛손은 헝가리에 수영하러 온 게 아닙니다."

"그렇습니까? 어쨌든 그는 관광 비자를 받았습니다. 당신은 실종이라고 하는데, 왜 그가 실종된단 말입니까? 따져봅시다. 그가 돌아가는 비행기 표를 예매했던가요?"

마지막 질문은 생각해볼 가치가 있었다. 남자가 질문을 던진 방식으로 보아 그는 답을 아는 게 분명했다. 남자가 자리에서 일어났다.

"잠깐." 마르틴 베크가 남자를 붙들었다. "묻고 싶은 게 하나 있습니다."

"그러세요. 뭘 알고 싶습니까?"

"알프 맛손은 호텔을 나설 때 방 열쇠를 갖고 갔습니다. 그런데 다음날 제복 경찰이 호텔로 와서 열쇠를 돌려주었답니다. 경찰이 어떻게 열쇠를 손에 넣었습니까?"

슬루커는 족히 십오 초 동안 마르틴 베크를 똑바로 바라보았다.

"안타깝게도 그 질문에는 대답할 수 없습니다. 그럼."

남자는 재빨리 로비를 가로질러 코트 보관소로 갔다. 깃털이 꽂힌 회갈색 모자를 받아들고는 생각에 잠긴 듯이 가만히 서 있다가 뒤로 돌아 마르틴 베크에게 왔다.

"여기, 당신 여권입니다."

"고맙습니다."

"접수대에 있는 줄 알았겠지만 아닙니다. 잘못 알고 계셨습니다."

"그렇군요."

마르틴 베크는 심드렁하게 대답했다. 남자의 태도에 전혀 흥미로운 구석이 없었기 때문에, 번거롭게 고개를 들 생각조차 하지 않았다. 슬루커는 계속 서 있었다.

"헝가리 음식은 어땠습니까?"

갑자기 남자가 물었다.

"맛있었습니다."

"그렇다니 기쁩니다."

헝가리 남자의 말에는 진심이 담겨 있었다. 마르틴 베크는 고개를 들었다.

"당신도 알겠지만, 요즘 우리 나라에서는 극적인 사건이나 흥미로운 사건은 전혀 일어나지 않습니다. 당신네 나라나 런던이나 뉴욕과는 다릅니다."

그 도시들의 조합은 좀 이해가 가지 않았다.

슬루커는 엄숙하게 말을 이었다.

연기처럼 사라진 남자

"우리도 과거에는 그런 일을 물리도록 겪었습니다. 이제 우리는 평화와 고요를 원합니다. 다른 데 신경을 쓰지요. 음식 같은 데 말입니다. 나는 오늘 아침에 두꺼운 베이컨 네 조각과 달걀 프라이 두 개를 먹었습니다. 점심으로는 생선 수프와 빵가루를 입혀 튀긴 잉어를 먹었습니다. 디저트로는 아펠슈투르델을 먹었고요."

남자는 잠시 말을 멎었다가 신중하게 덧붙였다.

"물론 아이들은 두꺼운 베이컨 같은 건 좋아하지 않습니다. 아이들은 보통 코코아나 버터 바른 스위트롤을 먹고 학교에 갑니다."

"아하."

"그렇습니다. 그리고 오늘 저녁에 나는 송아지 고기를 튀긴 슈니첼에 쌀과 파프리카 소스를 곁들여 먹을 겁니다. 나쁘지 않습니다. 그건 그렇고, 이 호텔의 생선 수프를 맛보셨습니까?"

"아니요."

사실 그는 첫날 저녁에 그것을 먹었다. 하지만 헝가리 경찰이 왜 그런 것을 상관하는지 알 수 없었다.

"꼭 드세요. 훌륭합니다. 하긴 마차시 식당이 더 낫긴 합니다. 여기에서 꽤 가까운 데 있으니까 시간을 내서 그 식당에도 가보세요. 외국인도 많이 찾는 곳입니다."

"아하."

"하지만 내 생각에 생선 수프를 그보다도 더 맛있게 하는 곳은 따로 있습니다. 부다페스트에서 최고의 생선 수프지요. 러요시 거리에 있는 작은 식당입니다. 그곳까지 찾아가는 관광객은 많지 않습니다. 그 정도로 훌륭한 수프를 다른 데서 맛보려면 세게드까지 나가야 할 겁니다."

"아하."

헝가리 요리를 논하는 슬루커는 드러내놓고 신난 모습이었다. 이제 슬루커는 생각을 정리하듯 시계를 보았다. 아마 슈니첼을 생각하고 있을 것이다.

"부다페스트를 구경할 짬은 있었습니까?"

"조금은. 아름다운 도시더군요."

"그렇지요? 혹시 팔라티누스 욕탕에도 다녀왔습니까?"

"아니요."

"가볼 만합니다. 나도 내일 갈까 하는데, 함께 가겠습니까?"

"안 될 거 없지요."

"좋습니다. 그러면 오후 2시에 욕탕 입구에서 만납시다."

"그럽시다."

마르틴 베크는 앉은 채로 생각에 잠겼다. 불쾌하고 심란한 대화였다. 슬루커가 끝에 가서 갑자기 태도를 바꾸긴 했지만,

전반적인 인상이 바뀌지는 않았다. 뭔가 아귀가 안 맞는 데가 있다는 느낌이 어느 때보다 강하게 들었다. 동시에 자신의 무능이 점점 더 명확해지는 것 같았다.

11시 30분쯤부터 로비와 식당이 한산해졌다. 그는 방으로 올라왔다. 옷을 갈아입고 열린 창가에 서서 한동안 따스한 밤공기를 마셨다. 초록, 빨강, 노랑 불빛을 환하게 밝힌 외륜선 한 척이 강을 미끄러져 갔다. 앞 갑판에서 사람들이 춤을 췄다. 음악 소리가 간간이 강을 넘어 그에게까지 들려왔다.

호텔 앞 야외 테이블에는 아직도 손님이 몇 명 있었다. 검은 곱슬머리에 키 큰 삼십 대 남자가 또 앉아 있었다. 탁자에는 맥주잔이 있었다. 남자는 집에 들러서 푸른 양복을 연회색 양복으로 갈아입은 게 분명했다.

마르틴 베크는 창을 닫고 침대로 갔다. 캄캄한 방에 누워서 생각했다. 헝가리 경찰은 알프 맛손에게는 별 관심이 없지만 마르틴 베크에게는 확실히 관심이 있나 보군.

그는 한참 지나서야 잠이 들었다.

13.

마르틴 베크는 호텔 앞 돌난간의 그늘에 앉아 늦은 아침을 먹었다. 부다페스트에서 맞는 사흘째 아침이었다. 지난 며칠과 다름없이 포근하고 아름다운 날이 될 조짐이었다.

아침 식사 시간은 거의 끝났다. 그와 몇 자리 건너에 묵묵히 앉아 있는 노부부만 남았다. 길거리와 저 아래 강둑에는 돌아다니는 사람이 제법 많았다. 작고 하얀 탱크처럼 보이는 유선형의 나지막한 유모차를 미는 엄마들과 아이들이 대부분이었다.

키가 크고 잘 그을었고 막대기를 든 남자는 보이지 않았지만 그렇다고 해서 마르틴 베크가 감시당하지 않는다는 뜻은 아니었다. 경찰은 인력이 충분하니까 교대자가 있을 것이다.

웨이터가 건너와서 그의 식탁을 치웠다.

"프뤼스튁 니히트 구트?(아침 식사가 별로입니까?)"

웨이터가 손대지 않은 살라미를 보면서 섭섭한 듯 물었다.

마르틴 베크는 아침 식사가 정말로 맛있었다고 말해 웨이터를 안심시켰다. 웨이터가 가버리자, 호텔 매점에서 구입한 사진 엽서를 꺼냈다. 외륜선이 도나우 강을 올라가는 사진이었다. 배경에 다리가 하나 보였다. 판매원이 엽서에 우표를 붙여주었다. 마르틴 베크는 그것을 누구에게 보낼까 잠깐 고민하다가 결국 "모탈라 경찰서, 군나르 알베리 앞"이라고 쓰고, 인사말을 몇 마디 덧붙였다. 그리고 엽서를 주머니에 넣었다.

그가 알베리를 만난 것은 이 년 전 여름이었다. 모탈라 근처의 예타운하에서 여자 시체가 발견된 때였다. 두 사람은 반년 동안 함께 수사하면서 친구가 되었고 이후로도 간간이 연락했다. 그때 마르틴 베크는 살인범을 수색하는 일에 개인적으로 집착하다시피 했다. 몇 달 동안 그 사건 외에 다른 것은 아무것도 생각하지 않았다. 그의 내면에 있는 경찰 기질 때문만은 아니었다.

반면 지금 이곳에서는 그는 주어진 임무에 쥐꼬리만한 흥미라도 느끼려고 안간힘을 쓰고 있었다.

멍하니 앉아만 있는 자신이 쓸모없고 한심하게 느껴졌다. 슬루커와 만나기로 한 시각까지 몇 시간이 남아 있었지만 머릿속에 떠오르는 생산적인 활동이라고는 알베리에게 쓴 엽서를 우체통에 넣는 것뿐이었다. 어제 슬루커가 맞손이 귀국 편 비행기를 예매했는지 확인해보았느냐고 물었던 것을 떠올리니 (스스로 그 문제를 생각해내지 못했다는 사실에) 짜증이 났다. 그는 지도를 꺼냈다. 호텔에서 가까운 광장에 항공사 사무실이 있는 것을 확인했다. 자리에서 일어나 식당과 로비를 가로질러 가서는 호텔 출입구 밖에 있는 빨간 우체통에 엽서를 넣었다. 그리고 시내 쪽으로 걸었다.

그곳은 널찍한 광장이었다. 상점과 여행사 사무실이 많았고 통행도 많았다. 노천카페의 작은 탁자에서 커피를 마시는 사람들이 벌써 많았다. 카페 앞에 지하로 이어지는 계단이 보였다. "푈덜러티"라고 적힌 표지판이 걸려 있었는데 아마도 '화장실'이라는 말일 것 같았다. 날이 덥고 끈적했기 때문에 그리로 내려가서 세수라도 한 뒤에 항공사 사무실로 가기로 했다. 그는 대각선으로 길을 건너서 서류 가방을 든 두 신사를 따라 지하로 내려갔다.

내려온 곳은 그가 평생 본 것 중에서 가장 작은 지하철역이었다. 녹색과 흰색으로 칠한 나무 가판대 같은 것에 유리를 끼운 작은 매표소가 있었고, 장식이 새겨진 무쇠 기둥들이 낮은 플랫폼 천장을 받치고 있었다. 지하철이 벌써 와서 서 있었다. 효율적인 운송 수단이라기보다 난장이만 한 놀이공원 열차처럼 보

연기처럼 사라진 남자

였다. 부다페스트 지하철이 유럽 대륙 최초의 지하철이라는 사실이 떠올랐다.

매표소에 요금을 치르고 표를 받아, 니스칠이 된 작은 목조 열차에 올라탔다. 지난 세기말 지하철이 처음 개통했을 때 프란츠 요제프 황제가 탔던 바로 그 차량이라고 해도 믿을 것 같았다. 열차는 플랫폼에 한참 서 있다가 문을 닫았다. 출발할 무렵에는 차량이 승객들로 거의 찼다.

좁은 객차 중앙에 남자 셋과 여자 하나가 서 있었다. 다들 귀가 안 들리는 사람들인지 수화로 활기차게 대화를 나눴다. 열차가 세 번째로 멈추자 그들은 여전히 손짓으로 열심히 이야기를 나누면서 내렸다. 차량이 다시 승객으로 채워지기 전에, 마르틴 베크는 저쪽에서 그에게 반쯤 몸을 돌린 채로 서 있는 남자를 발견했다.

가무잡잡하게 햇볕에 그을린 그 남자였다. 마르틴 베크는 한눈에 알아보았다. 남자는 오늘 회색 재킷 대신에 녹색 셔츠를 입고 목 단추를 푼 복장이었다. 어제 하루 종일 다듬던 막대기는 몽땅 깎여나가서 아무것도 안 남은 모양이었다.

열차가 덜컥거리면서 터널을 빠져나간 뒤에 갑자기 속도를 늦췄다. 그리고 짙푸른 공원으로 진입했다. 햇살을 받아 가물거리는 커다란 수영장이 있었다. 열차가 멈췄다. 사람들이 모두 내렸다. 노선의 종점인 것 같았다.

마르틴 베크는 마지막으로 내리면서 가무잡잡한 남자가 어디 있나 둘러보았다. 어디에도 보이지 않았다.

공원으로 들어가는 널찍한 길이 보였다. 시원한 공원이 손짓하며 부르는 것 같았지만 더이상의 유람은 하지 않기로 했다. 플랫폼에 붙어 있는 시간표를 보았다. 지하철 노선은 그가 탔던 광장에서 이곳까지 오는 것이 전부인 듯했고, 열차는 십오 분 후에 돌아온다는 것 같았다.

그가 헝가리 항공사인 멀레브의 사무실에 들어선 시각은 11시 30분이었다. 카운터의 다섯 여자가 모두 손님 응대에 바빴기 때문에 그는 거리에 면한 유리창 옆에 앉아 기다렸다.

공원에서 이곳으로 돌아오는 길에는 검은 곱슬머리의 남자를 보지 못했지만, 그래도 남자가 근처 어딘가에 있을 것이라고 생각했다. 나중에 그가 슬루커와 만날 때도 미행이 계속될지 궁금했다.

카운터의 의자 하나가 빈 것을 본 그는 그리로 가서 앉았다. 카운터 너머의 젊은 여자는 검은 머리카락에 공들여 컬을 넣어 이마에 드리운 헤어스타일이었다. 일을 능률적으로 잘할 것 같은 인상을 한 아가씨는 진홍색 필터의 담배를 피웠다.

마르틴 베크는 용건을 꺼냈다. 알프 맛손이라는 이름의 스웨덴 기자가 7월 23일 이후 스톡홀름으로 가는 비행기를 예약했습니까?

여자는 그에게 담배를 권하고는 서류를 넘겨 보기 시작했다. 한참 그러다가 전화를 들어 누군가와 이야기를 나누고는 고개를 젓더니 옆자리로 건너가서 동료와 또 이야기를 나눴다.

여자 다섯 명이 각자 자신의 목록을 확인하고 나니 어느새 12시가 넘어 있었다. 머리에 동그랗게 컬을 넣은 아가씨는 알프 맛손이 부다페스트를 떠나는 비행기를 예매한 내역은 없다고 말해주었다.

그는 점심을 거르기로 하고 곧장 방으로 올라갔다. 창문을 열어 밑에서 점심을 먹는 사람들을 구경했다. 녹색 셔츠를 입은 키 큰 남자는 안 보였다.

한 테이블에서 삼십 대로 보이는 남자 여섯 명이 맥주를 마시고 있었다. 문득 어떤 생각이 스쳤다. 그는 전화기로 가서 스톡홀름을 연결해달라고 요청했다. 그리고 침대에 누워 기다렸다.

십오 분 뒤에 전화벨이 울렸다. 콜베리의 목소리가 들렸다.

"여어! 잘 되어가나?"

"처참해."

"뵈크라는 아가씨는 찾았어?"

"그래. 헛수고였어. 그 아가씨는 맛손이 누군지도 모르던걸.

곁에서 금발의 근육질 청년이 여자를 더듬고 있고 말이야."

"그 패거리의 이야기가 헛소리였단 거로군. 하긴 죽마고우를 자처하는 그자들의 이야기로 볼 때 맛손이란 작자는 꽤나 허풍선이인 것 같았어."

"자네, 지금 일이 많나?"

"전혀 없어. 왜, 염탐을 좀더 해줄까?"

"자네가 해줬으면 하는 일이 하나 있어. 텐스토페트에 모이는 사람들의 인적 사항을 알아봐줬으면 해. 가능할까?"

"오케이. 그 밖에는?"

"조심하는 게 좋을 거야. 그 사람들이 다들 기자일지도 모른다는 점을 명심하라고. 이만 끊을게. 슬루커라는 사람하고 수영장에 가기로 했거든."

"뭐 그런 여자 이름이 다 있나. 그런데 마르틴, 맛손이 귀국편 비행기를 예약했는지는 알아봤나?"

"안녕."

마르틴 베크는 수화기를 내렸다. 그리고 가방을 뒤져 수영복을 꺼냈다. 호텔 수건에 수영복을 돌돌 말아 들고 보트 선착장으로 내려갔다.

오부더라는 이름의 배는 그가 싫어하는 지붕 달린 타입이었다. 하지만 이미 약속 시간에 늦었다. 이 배는 석탄을 때는 배보다 빠르다는 장점이 있었다.

그는 머르기트 섬의 대형 호텔 아래에서 내려 섬 내부로 들어가는 길을 걸었다. 짙푸른 잔디밭을 따라 나무 그늘로만 발을 디디면서 빨리 걸었다. 테니스장을 지나니 곧 목적지였다.

슬루커는 입구 밖에서 기다리고 있었다. 손에 서류 가방이 들려 있었다. 어제와 같은 옷차림이었다.

"기다리게 해서 미안합니다."

"나도 막 왔습니다."

두 사람은 요금을 내고 탈의실로 들어갔다. 흰 속옷을 입은 대머리 노인이 슬루커에게 인사하면서 사물함을 두 개 열어주었다. 슬루커는 서류 가방에서 검은 트렁크 수영복을 꺼내고는 재빨리 옷을 벗은 뒤에 옷가지를 꼼꼼하게 옷걸이에 걸었다. 벗어야 하는 옷의 개수는 마르틴 베크가 훨씬 적은데도 두 사람은 동시에 수영복을 끌어올렸다.

슬루커가 서류 가방을 든 채 앞장서서 탈의실을 나갔다. 마르틴 베크는 수건을 말아 쥐고 따라갔다.

그곳은 까맣게 태운 사람들로 넘쳤다. 탈의실 바로 앞의 원형 풀장에서는 분수들이 높다랗게 물줄기를 쏘아 올렸다. 아이들이 빽빽 소리를 지르면서 폭포를 들락날락 뛰어다녔다. 분수 풀장의 한쪽 옆에는 더 작은 풀장이 있고, 아래로 경사진 계단을 걸어 물로 들어가게 되어 있었다. 반대쪽 옆에는 더 큰 풀장이 있었는데, 투명한 녹색 물은 가운데로 갈수록 색이 짙어졌다. 그 풀장은 남녀노소를 불문하고 헤엄치며 물장구치는 사람들로 인산인해였다. 풀장들과 잔디밭 사이의 바닥은 돌판으로 덮여 있었다.

마르틴 베크는 슬루커를 따라 큰 풀장을 빙 둘러갔다. 저 앞쪽에 반원형 회랑이 보였는데 슬루커의 목적지가 그곳인 것 같았다.

장내 스피커에서 뭐라 뭐라 방송이 나왔다. 그러자 사람들이 무리 지어 계단이 붙은 풀장 쪽으로 뛰어가기 시작했다. 하마터면 사람들에 부딪혀 거꾸러질 뻔한 마르틴 베크는 슬루커의 모범을 따라 얼른 옆으로 물러섰다. 달리기가 끝나기를 기다리면서 의아하게 슬루커를 보았더니 그가 말해줬다.

"파도타기 하는 시간입니다."

작은 풀장이 눈 깜박할 사이에 사람들로 채워졌다. 마침내 사람들은 통조림 속의 정어리들처럼 빽빽하게 붙어 섰다. 거대한 펌프 한 쌍이 풀장의 깊은 쪽을 향해 물을 밀어내기 시작했고, 사람떼는 높은 파도에 휘청거리면서 즐거운 환성을 질러댔다.

"가서 파도타기를 해보시든가요."

슬루커가 말했다. 마르틴 베크는 그를 쳐다보았다. 그의 표정은 진지했다.

"됐습니다."

"나는 주로 유황 온천에서 목욕합니다. 몸이 아주 좍 풀립니다."

타원형 풀장의 중앙에 놓인 돌무더기에서 온천수가 흘러나왔다. 물은 무릎 깊이였고, 풀장의 건너편 가장자리는 하늘이 회랑 지붕으로 가려져 있었다. 풀장은 미로 같았다. 수면에서 이십오 센티미터쯤 올라오는 낮은 벽이 꼬불꼬불 나 있었는데, 벽을 따라 안락의자 모양의 좌석들이 물에 잠겨 있었다. 벽은 그 좌석들의 등받이가 되었다. 한 좌석에 한 명씩 사람이 앉아 턱까지 물에 담그고 있었다.

슬루커는 풀장으로 성큼 들어가 줄줄이 앉은 사람들을 헤치고 나아갔다. 손에는 여전히 서류 가방이 들려 있었다. 마르틴 베크는 슬루커가 가방을 끼고 다니는 데 이력이 붙은 나머지 놔두고 오는 것을 깜박했나 싶으면서도 아무 말 없이 뒤를 따라 풀장으로 들어가서 물을 헤치고 걸어갔다.

물은 뜨끈했고 증기에서 유황 냄새가 났다. 슬루커는 회랑 기둥 사이로 들어갔다. 벽의 튀어나온 부분에 서류 가방을 세워놓고 물속에 앉았다. 마르틴 베크도 나란히 앉았다. 큼직한 돌 의자는 아주 편했다. 수면에서 십오 센티미터쯤 밑에 널찍한 팔걸이도 있었다.

슬루커는 머리를 등받이에 기대고 눈을 감았다. 마르틴 베크는 수영하는 사람들을 묵묵히 구경했다.

거의 정면에는 작고, 파리하고, 야윈 남자가 뚱뚱한 금발 여인을 무릎에 앉힌 채 위아래로 통통 튕기고 있었다. 남녀는 자기들 앞에서 배에 고무 튜브를 끼고 물장구를 치는 여자아이를 진지하고 멍한 눈으로 바라보았다.

주근깨가 많은 희멀건 피부에 흰 수영복을 입은 소년이 느릿느릿 물을 헤치며 왔다. 소년은 물에 벌렁 누운 웬 청년의 엄지발가락을 느슨하게 거머쥐어 끌고 왔다. 다부져 보이는 청년은 두 손을 포개어 배에 얹고 둥둥 뜬 채 하늘을 감상했다.

그리고 풀장 가장자리에 검은 곱슬머리의 크고 까만 사내가 서 있었다. 남자의 수영복은 연푸른색에 통이 컸다. 수영복이라기보다는 팬티 같았다. 마르틴 베크는 정말로 팬티일지도 모른다고 생각했다. 남자에게 수영장에 갈 거라고 말해줘야 했는지도 모른다. 그러면 남자도 집에 들러서 수영복을 챙겨 왔을 텐데.

갑자기 슬루커가 눈을 감은 채로 입을 열었다.

"열쇠는 경찰서 계단에 놓여 있었습니다. 어느 순경이 발견했습니다."

연기처럼 사라진 남자

마르틴 베크는 놀라서 슬루커를 보았다. 슬루커는 더없이 느긋하게 옆에 누워 있었다. 햇볕에 그은 가슴팍의 털들이 가물거리는 녹색 온천수에 쓸려서 흰 해초처럼 나른하게 나부꼈다.

"그게 어떻게 거기 갔을까요?"

슬루커는 고개를 돌려 반쯤 뜬 눈꺼풀 아래로 마르틴 베크를 보았다.

"그건 나도 모릅니다. 믿지 않으시겠지만."

사람들이 실망한 듯 한목소리로 길게 한탄하는 소리가 작은 풀장 쪽에서 들려왔다. 파도타기가 끝난 모양이었다. 큰 풀장이 다시 사람들로 채워지기 시작했다.

"어제는 열쇠의 출처를 알려주기 싫어했으면서 지금은 왜 알려줍니까?"

"내가 뭐라고 말하든 당신은 오해를 풀지 않는 것 같은데다, 이 정보는 어차피 다른 곳에서라도 얻어낼 테니 직접 말하는 게 낫다고 판단했습니다."

한참 뒤에 마르틴 베크가 물었다.

"왜 나를 미행합니까?"

"무슨 말인지 모르겠습니다."

"점심은 뭘 드셨습니까?"

"생선 수프와 잉어."

슬루커가 대답했다.

"그리고 아펠슈투르델?"

"아니요. 산딸기에 휘핑크림과 가루 설탕을 얹은 것. 맛있었지요."

마르틴 베크는 주변을 둘러보았다. 팬티 바람의 남자는 사라졌다.

"열쇠를 언제 발견했습니까?"

"호텔에 넘겨주기 전날입니다. 7월 23일 오후."

"알프 맛손이 사라진 당일이군요."

슬루커는 상체를 세우고 마르틴 베크를 보았다. 몸을 돌려 서류 가방을 열더니 수건을 꺼내 손을 닦았다. 그리고 파일을 하나 꺼내 내용물을 뒤적였다.

"사실은 우리도 조사를 좀 했습니다. 공식적으로 수사 요청을 받은 적은 없지만."

슬루커는 파일에서 종이 한 장을 꺼내며 말을 이었다.

"당신은 이 문제를 겉보기보다 훨씬 심각하게 받아들이는 것 같습니다. 알프 맛손이라는 사람이 중요한 인물입니까?"

"그가 어떻게 사라졌는지가 설명되지 않는 한, 그렇습니다. 그것만으로도 그의 신상에 무슨 일이 벌어졌는지 알아봐야 할 근거는 충분하지 않습니까."

"그의 신상에 무슨 일이 벌어졌다는 증거가 있습니까?"

"없습니다. 하지만 그가 사라졌다는 것은 사실입니다."

슬루커는 종이를 보았다.

"여권국과 세관에 따르면, 알프 맛손이라는 이름의 스웨덴 국적자가 7월 22일 이후 헝가리를 떠난 기록은 없습니다. 어차피 그는 여권을 호텔에 두고 갔으니 국경을 넘기는 어려웠을 겁니다. 문제의 기간 동안, 신원이 밝혀진 인물이든 신원 미상의 인물이든 알프 맛손일지도 모르는 사람이 병원이나 영안실에 실려온 일도 없습니다. 여권이 없으면 헝가리 내의 다른 호텔에 투숙할 수도 없었을 겁니다. 결론적으로, 모든 사실을 종합해보면 당신의 동포는 무슨 이유에서든 헝가리에 좀더 체류하기로 마음먹은 것 같습니다."

슬루커는 종이를 파일에 도로 넣고 가방을 닫았다.

"그 남자는 예전에도 헝가리에 온 적이 있습니다. 어쩌면 그때 사귀었던 친구와 함께 있는지도 모르지요."

슬루커는 몸을 다시 물에 담갔다.

"그래도 그가 호텔을 떠난 이유, 그리고 아무에게도 현재의 행방을 알리지 않는 이유는 합리적으로 설명되지 않습니다."

마르틴 베크는 잠시 뜸을 들이다 대꾸했다.

슬루커는 일어서서 가방을 들었다.

"일전에도 말했듯이, 그의 비자가 유효한 이상 우리는 이 문제에 대해서 아무런 조치도 취할 수 없습니다."

마르틴 베크도 따라서 일어나려고 하자 슬루커가 제지했다.

"좀더 계십시오. 아쉽게도 나는 가야 합니다만. 다시 만날 일이 있겠지요. 그럼."

두 사람은 악수를 했다. 마르틴 베크는 슬루커가 서류 가방을 들고 물을 헤치며 걸어가는 모습을 바라보았다. 슬루커의 외모만 보면 그가 아침으로 두꺼운 베이컨을 네 장씩 먹는 사람이라는 것을 꿈에도 짐작할 수 없을 것이다.

슬루커가 사라지자 마르틴 베크는 가운데의 큰 풀장으로 건너갔다. 뜨끈한 물과 유황 증기 때문에 현기증이 났다. 맑고 차가운 물에서 한참 헤엄치다가 풀장가에 앉아 햇볕에 몸을 말렸다. 죽도록 진지한 얼굴을 한 중년 남자 두 명이 얕은 물에 서서 빨간 공을 튕기고 받았다. 마르틴 베크는 그 광경을 한참 구경했다.

이윽고 그는 옷을 갈아입으러 들어갔다. 갈피를 잃은 기분이었다. 슬루커를 만난 뒤에도 조금도 더 알게 된 게 없었다.

14.

　목욕을 하고 나오니 아까만큼 푹푹 찌는 것 같지는 않았다. 마르틴 베크에게는 일부러 힘을 뺄 이유가 없었다. 그는 광활한 공원의 오솔길을 느긋하게 산책하며 종종 멈춰서 둘러보았다. 미행의 기색은 없었다. 어쩌면 그들도 마침내 그가 무해한 존재임을 알아차리고 미행을 그만두었을지도 모른다. 다르게 생각하면, 온 섬이 인파로 바글대고 있으니 그가 군중 속에 묻힌 특정한 사람을 알아보기가 어려울 것이다. 특히 그 인물이 어떻게 생겼는지 요만큼도 모르는 상황에서는. 그는 섬의 동쪽 물가로 내려가서 강변을 따라 죽 걸었다. 이윽고 그동안 부다페스트에서 탄 몇 척의 배들이 모두 와서 닿았던 익숙한 부교에 다다랐다. 그 선착장의 이름도 외운 것 같았다. 카지노였던가 그랬다.

부교 위쪽의 강둑에 벤치들이 나란히 놓여 있었고, 사람 몇 명이 거기 앉아 배를 기다리고 있었다. 가만 보니 부다페스트에서 그가 아는 몇 안 되는 사람들 중 한 명이 그곳에 있었다. 우이페슈트의 하숙집에서 만났던, 쉽게 얼어붙는 아가씨였다. 어리 뵈크는 선글라스를 쓰고 샌들을 신고 어깨끈이 달린 흰 원피스를 입었다. 옆자리에 나일론으로 된 망태기 가방을 놓아두고서 독일어 문고본을 읽고 있었다. 퍼뜩 든 생각은 모른 척 지나치자는 것이었지만, 곧 반성하고 앞에 가서 인사했다.

"안녕하십니까."

여자가 고개를 들어 멍하니 그를 보다가, 곧 그를 알아본 듯 미소를 지었다.

"아, 당신이군요. 친구분은 찾았나요?"

"아니요. 아직."

"어제 그렇게 가신 뒤로 저도 곰곰이 생각해봤어요. 그래도 왜 친구분이 당신에게 제 주소를 주었는지 이해가 안 되더라고요."

"나도 이해가 안 됩니다."

"그 생각을 하느라 어젯밤에 잠까지 설쳤어요."

여자는 얼굴을 찡그렸다.

"그러게요. 정말 이상한 일이죠."

(귀여운 아가씨, 사실은 전혀 이상하지 않답니다. 참으로 간

단한 설명이 있답니다. 우선, 그 남자가 나에게 주소를 준 적이 없어요. 그리고 아마도 이런 상황이었을 겁니다. 당신이 스톡홀름에 수영 경기를 하러 왔을 때 그 남자가 당신을 보았고, 저 깜찍한 아가씨를 내가 어떻게 해봐야지, 하고 생각한 겁니다. 분명 그랬을 겁니다. 남자는 반년 뒤에 헝가리에 오게 되었고, 어떻게 해서인지 당신의 주소와 집 위치를 알아냈지만 방문할 시간은 없었던 겁니다.)

"앉지 그러세요? 그렇게 서 있기에는 날이 너무 더워요."

여자가 나일론 가방을 옆으로 치웠다. 그는 자리에 앉았다. 가방에는 그가 아는 물건이 두 개 들어 있었다. 짙푸른 수영복과 초록 고무 마스크였다. 돌돌 만 수영 수건과 선탠오일 한 통도 들어 있었다.

(마르틴 베크, 타고난 형사이자 탁월한 관찰자인 나는, 언제나 쓸데없는 것들까지 열심히 관찰해서 나중에 쓸 일이 있을지도 모른다며 머리에 저장해두지. 나는 머리가 이상해질 틈도 없을걸. 허섭스레기 같은 것들이 원체 꽉꽉 들어차 있어서 말이야.)

"당신도 배를 기다리나요?"

"네, 하지만 우리는 서로 반대 방향일 겁니다."

"저는 딱히 할 일이 없어서 빈둥대고 있었어요. 물론 집에 가려는 참이기는 했지만."

"수영하고 왔습니까?"

(이런 걸 추리의 기술이라고 하지.)

"그렇긴 한데요, 왜요?"

(아, 그것참 좋은 질문입니다.)

"오늘은 남자친구와 뭘 했나요?"

(그게 나랑 무슨 상관이람? 아, 그저 취조 기술을 발휘하는 것뿐인가.)

"테츠요? 테츠는 어딜 간댔어요. 그리고 테츠는 내 남자친구가 아니에요."

"아, 그렇습니까?"

(그저 정신적인 관계라 이거지.)

"그냥 아는 친구예요. 우리 하숙에 때때로 묵거든요. 좋은 사람이에요."

그녀는 어깨를 으쓱했다. 그는 여자의 발을 보았다. 여전히 작고 볼이 넓었으며, 여전히 발가락이 곧았다.

(타락을 모르는 마르틴 베크는 여자의 젖꼭지 색깔보다는 신발 사이즈에 더 흥미가 있다고.)

"으음. 그리고 이제 집에 가려던 참이고요?"

(이런 게 바로 차근차근 공략해서 무너뜨리는 전략이지.)

연기처럼 사라진 남자

"글쎄요, 그럴까 했어요. 여름의 이 시기에는 특별히 할 일이 없어요. 당신은 뭘 하려고 했는데요?"

"모르겠습니다."

(드디어 거짓말이 아닌 말을 하기는 하는군.)

"혹시 겔레르트 언덕에서 경치를 구경해봤나요? 독립기념관에서?"

"아니요."

"거기서는 도시 전체가 쟁반에 쏙 들어간 것처럼 다 보여요."

"아하."

"같이 가실래요? 어쩌면 그 위에는 바람이 좀 불지도 몰라요."

"안 될 것 없죠."

(언제 어디서든 정신만 바짝 차리면 괜찮지.)

"그럼 지금 들어오는 저 배를 타야 해요. 당신은 어차피 저 배를 탔겠지만."

이퓨가르더라는 이름의 배는 그가 전날 탔던 기선과 동일한 설계인 듯했다. 하지만 통풍관의 구성이 조금 달랐고, 굴뚝이 약간 후미로 치우친 듯했다.

두 사람은 난간에 섰다. 배는 잽싸게 강폭의 중앙으로 미끄러져 간 뒤에 머르기트 섬을 향해 나아갔다. 다리 밑을 지날 때 그녀가 물었다.

"그런데 이름이 뭐예요?"

"마르틴."

"저는 어리예요. 하지만 당신은 제 이름을 벌써 알죠. 어떤 영문인지는 몰라도."

그는 그 말에 대꾸하지 않고 한참 있다가 물었다.

"이퓨가르더가 무슨 뜻입니까?"

"청년 호위병이라는 뜻이에요."

독립기념관에서 보는 경치는 그녀의 장담에 부합했다. 사실 그 이상이었다. 높은 곳이라 바람도 약간 불었다. 두 사람은 배의 종점인 젤레르트 호텔 앞에서 내렸고, 그 유명한 호텔로부터 벨러 버르토크의 이름을 딴 도로를 한참 걸어가서 버스에 탔다. 버스는 천천히 힘겹게 언덕을 올라 두 사람을 꼭대기에 내려놓았다.

이제 그들은 기념비 위쪽의 요새 흉벽에 서 있었다. 발아래에 도시가 펼쳐져 있었다. 수만 개의 창문들이 늦은 오후 햇살을 받아 이글거렸다. 두 사람은 아주 가깝게 서 있었기 때문에, 그녀의 몸이 흔들거릴 때마다 스치듯이 그의 몸에 닿았다. 닷새 만에 처음으로 그는 알프 맛손에 대한 생각이 아닌 다른 생각에 빠지는 자신을 내버려두었다.

"저 건너편에 제가 일하는 박물관이 있어요. 여름에는 문을 닳아요."

"아하."

"일이 없을 때는 대학에 다녀요."

"아하."

그들은 강둑을 구불구불 가로지르는 길을 걸어서 강으로 내려왔다. 지은 지 얼마 안 된 새 다리를 건넜더니 금세 그의 호텔 근처였다. 태양은 북서쪽 언덕들 뒤로 가라앉았고, 부드럽고 포근한 어스름이 강에 깔렸다.

"자, 이제 뭘 할까요?"

어리 뵈크가 물었다.

그녀는 가볍게 그의 팔을 쥐고선 몸을 까불까불 흔들었다. 두 사람은 그런 자세로 둑을 따라 걸었다.

"알프 맛손에 대해서 이야기할 수도 있겠죠."

그가 대답했다.

여자는 질책의 눈길을 던졌지만, 얼른 웃음을 띠며 말했다.

"그래요, 안 될 것 없죠. 그는 어떤 사람인가요? 친한 친구예요?"

"아니요, 전혀 아닙니다. 그냥…… 아는 사이예요."

이 시점에서 그는 여자가 사실대로 말하고 있다는 생각이 들었다. 그를 우이페슈트의 하숙으로 이끌었던 막연한 단서는 잘

못된 실마리였다는 생각이 거의 확실해졌다. 하지만 아무리 나쁜 바람도 누군가에게는 도움이 되는 법이지, 그는 생각했다.

그녀는 그의 팔에 좀더 매달리듯이 하더니 발을 지그재그로 엇갈려 몸을 앞뒤로 크게 흔들면서 걸었다.

"저건 무슨 배입니까?"

그가 물었다.

"야간 유람선인데 상류로 올라갔다가 머르기트 섬을 돌아서 다시 내려와요. 한 시간쯤 걸려요. 요금은 얼마 안 돼요. 타볼래요?"

그들은 배에 올랐다. 배는 금세 출항하여 검은 물결을 헤치며 평화롭게 나아가기 시작했다. 지구상에 만들어진 모든 종류의 엔진 추진식 선박들 가운데 외륜선만큼 기분 좋게 움직이는 배는 없었다.

두 사람은 조타실 위에 서서 스쳐가는 강변을 구경했다. 그녀가 그에게 기댔다. 가볍게 닿은 것뿐이었지만 그는 진작에 눈치챘던 사실 하나를 이제 몸으로 분명히 느낄 수 있었다. 그녀가 원피스 밑에 브래지어를 하지 않았다는 것을.

작은 실내악단이 후갑판에서 연주를 했다. 많은 사람들이 춤을 추고 있었다.

"춤추고 싶어요?"

연기처럼 사라진 남자

그녀가 물었다.

"아니요."

"잘됐네요. 저도 춤추는 게 그렇게 재미있는 줄을 모르겠어요."

그러더니 잠시 뒤에 덧붙였다.

"그래도 춰야 할 때는 춰요."

"나도 그렇습니다."

마르틴 베크가 대답했다.

배는 머르기트 섬과 우이페슈트를 지난 뒤에 방향을 틀어, 소리 없이 조용히 물살을 따라 남쪽으로 미끄러졌다. 두 사람은 굴뚝 뒤로 가서 열려 있는 해치 속을 한참 구경했다. 엔진은 침착한 심장박동처럼 규칙적으로 뛰었고, 동 파이프들은 번쩍거렸고, 후끈하고 기름내 나는 공기가 두 사람이 서 있는 곳으로 솟구쳐 올랐다.

"전에도 이 배에 타봤나요?"

그가 물었다.

"네, 많이 타봤어요. 무지무지 더운 밤에 이 도시에서 할 수 있는 최고의 놀이예요."

그는 여자가 어떤 사람인지 잘 알 수 없었다. 자신이 그녀를 어떻게 생각하는지도 잘 알 수 없었다. 이 점이 무엇보다도 신경쓰였다.

배는 늠름한 의사당을 지나쳤다. 중앙의 둥근 지붕 꼭대기에는 작고 붉은 별이 점잖게 걸려 있었다. 배는 굴뚝을 낮추어서 커다란 사자상이 새겨진 다리 밑을 지나 두 사람이 출발했던 장소를 향해 전진했다.

트랩을 걸어 내리는 동안, 마르틴 베크는 선창을 쓱 둘러보았다. 매표소 옆 전깃불 아래에 검은 머리카락을 뒤로 넘긴 키 큰 남자가 서 있었다. 다시 푸른 양복 차림으로 돌아간 남자가 마르틴 베크와 여자를 똑바로 쳐다봤다. 그러다 몸을 돌려 어둠 속으로 잽싸게 사라졌다. 여자는 마르틴 베크가 쳐다보는 쪽으로 시선을 던지면서 자신의 왼손으로 그의 오른손을 잡았다. 갑작스럽지만 조심스러운 동작이었다.

"저 남자를 봤지요?"

그가 물었다.

"네."

"아는 사람입니까?"

그녀는 고개를 저었다.

"몰라요. 당신은요?"

"나도 모릅니다."

마르틴 베크는 더럭 허기가 졌다. 그러고 보니 점심을 먹지 않았다. 잠시 뒤면 저녁 시간이 끝날 것이다.

"함께 저녁이나 먹을까요?"

"어디서요?"

"호텔에서요."

"이런 옷차림으로 가도 되나요?"

"그럼요."

하마터면 '여기는 스웨덴이 아니니까요.'라고 덧붙일 뻔했다.

아직도 꽤 많은 사람들이 식당 안은 물론이고 열린 창문 밖 난간을 따라 배열된 야외 자리에 앉아 있었다. 벌레떼가 등불을 둘러싸고 춤을 췄다. 그녀가 말했다.

"작은 각다귀들. 이 녀석들은 물지 않아요. 이 녀석들이 사라지면 여름이 끝난 거예요. 아세요?"

음식은 언제나처럼 훌륭했다. 와인도 그랬다. 그녀는 배가 고팠는지, 젊은이다운 건강한 식욕으로 거하게 먹었다. 다 먹은 뒤에는 가만히 음악을 들었다. 두 사람은 커피를 마시면서 담배를 피우고, 초콜릿 맛이 감도는 체리브랜디도 한 잔씩 마셨다. 그녀는 재떨이에 담배를 끄면서 손가락 끝으로 그의 오른손을 스쳤다. 마치 우연히 닿은 것처럼. 잠시 뒤에 손짓이 반복되었다. 곧 탁자 밑에서 그녀가 자기 발을 그의 발목에 가져다 대는 것이 느껴졌다. 샌들을 벗은 맨발이었다.

한참 뒤에 그녀는 손과 발을 떼고 화장실로 갔다.

마르틴 베크는 오른손 손가락들을 세워 이마 선을 꾹꾹 누르면서 생각에 잠겼다. 식탁 위로 몸을 굽혀서 옆 의자에 놓인 나일론 망태기를 집었다. 가방에 손을 넣어, 접힌 수영복을 펼쳐 만져보았다. 천은 완전히 말라 있었다. 솔기나 고무줄도 마찬가지였다. 이렇게 바짝 마른 것을 보면 지난 이십사 시간 안에 물에 닿았을 리가 없었다. 그는 수영복을 다시 말아놓고, 가방을 조심스럽게 의자에 돌려놓은 뒤, 주먹을 씹으며 생각에 잠겼다. 여기에 반드시 무슨 뜻이 있다고는 할 수 없었다. 어쨌든 그가 바보처럼 행동하고 있다는 것만은 변함없었다.

그녀가 돌아와서 그에게 미소를 지으면서 앉았다. 그러고는 다리를 꼬고 담배에 불을 붙이면서 빈 음악가들의 선율에 귀를 기울였다.

"정말 아름답죠."

그녀가 말했다. 그는 그냥 끄덕였다.

식당이 한산해지기 시작했다. 웨이터들이 삼삼오오 뭉쳐 잡담을 했다. 연주자들은 〈푸른 도나우 강〉을 마지막으로 그날 밤의 콘서트를 마쳤다. 그녀가 시계를 보았다.

"집에 가야겠어요."

그는 열심히 생각해보았다. 한 층 위에 재즈를 틀어주는 나이트클럽 스타일의 바가 있었지만, 그는 그런 곳을 몹시 싫어했다. 피할 수 없는 중요한 용무가 있어야만 그런 곳에 발을 들여놓았다. 지금이 그런 경우일까?

"집에는 어떻게 가죠? 배로?"

"아니요. 배는 벌써 끊겼어요. 전차를 타고 갈 거예요. 어차피 그게 더 빨라요."

그녀가 대답했다.

그는 계속 생각했다. 지극히 단순한 상황임에도 불구하고 어쩐지 복잡하게 느껴졌다. 왜일까. 알 수 없었다.

그는 아무것도, 아무 말도 하지 않기로 했다. 탈진한 연주자들이 허리 숙여 인사하고 사라졌다. 그녀가 또 시계를 보았다.

"이제 정말 가야겠어요."

야간 근무 직원이 현관에서 인사를 했다. 도어맨이 짐짓 격식을 차린 태도로 두 사람을 냉큼 회전문에 집어넣었다.

두 사람은 보도에 섰다. 둘 말고는 아무도 없었다. 밤공기가 푸근했다. 그녀는 몇 발 걸어와서 그를 마주보고 섰다. 그녀의 오른다리가 그의 두 다리 사이에 왔다. 그녀는 까치발을 하고서 그에게 입을 맞췄다. 아주 확실하게, 얇은 원피스 천을 통해서, 그녀의 가슴과 배와 사타구니와 허벅지가 느껴졌다. 그녀는 가까스로 그의 입술에 닿았다.

"우와, 키가 정말 크네요."

대수롭지 않다는 듯이 그렇게 한 뒤, 그녀는 그로부터 몇 센티미터 떨어진 곳에 다시 두 발을 버티고 섰다.

"오늘 고마웠어요. 또 봐요. 안녕."

그녀는 걸어가다가 고개를 돌리고 오른손을 들어 인사했다. 수영용품이 든 그물 가방이 여자의 왼다리 옆에서 대롱거렸다.

"안녕."

마르틴 베크도 말했다. 그는 홀로 돌아가 열쇠를 받아서 방으로 올라갔다. 공기가 텁텁했다. 얼른 창을 열었다. 셔츠와 신발을 벗고 욕실로 가서 얼굴과 가슴에 찬물을 끼얹었다. 스스로가 전에 없이 한심한 바보로 느껴졌다.

그는 혼자 중얼거렸다.

"내가 정신이 나갔지. 아무도 나를 못 본 게 얼마나 다행이야."

그 순간, 문에서 가볍게 똑똑 소리가 났다. 손잡이가 돌아가고 그녀가 들어왔다.

"몰래 숨어 들어왔어요. 아무도 나를 못 봤어요."

그녀는 재빨리, 그리고 조용하게 등뒤로 문을 닫았다. 방안으로 두 걸음 들어와 바닥에 그물 가방을 떨어뜨리고 샌들을 벗었다. 그는 그녀를 응시했다. 그녀의 눈동자는 아까와는 분위기가 달랐다. 마치 베일이 한 겹 드리운 것처럼 흐렸다. 그녀는 상

연기처럼 사라진 남자

체를 숙이면서 양팔을 엇갈려 원피스의 아랫단을 쥐고는 단번에 잽싸게 옷을 끌어올렸다. 원피스 밑에는 아무것도 입지 않았다. 그다지 놀랄 일은 아니었다. 늘 같은 수영복을 입고 일광욕을 하는지, 가슴과 엉덩이에 뚜렷하게 경계선이 그어져 있었다. 다갈색으로 그은 부분에 대비되어 그을지 않은 부분은 백묵처럼 허예 보였다. 가슴은 매끈하고 희고 둥글었고, 젖꼭지는 크고 분홍색이고 바다에 띄우는 부표 같은 원통 모양이었다. 사타구니에서 위로 자라난 새카만 거웃들도 뚜렷하게 경계선을 그리고 있었다. 검게 새겨진 삼각형 같은 두덩은 직사각형의 띠처럼 그을지 않은 흰 부분에서 상당히 넓은 면적을 차지했다. 거웃은 꼬불꼬불하고 두껍고 뻣뻣해서 꼭 전선 같았다. 젖꼭지를 둘러싼 젖꽃판은 둥글고 연갈색이었다. 그녀는 기하학적 패턴으로 색깔이 칠해진 노인처럼 보였다.

마르틴 베크는 풍기단속반에서 우울한 몇 년을 보낸 경험이 있기에, 이런 종류의 도발에는 면역이 있었다. 설령 그녀가 그를 도발하려고 이러는 것은 아닐지라도, 삼십 분 전에 식당에서 묘한 기분에 휩싸였던 상황보다는 이런 상황을 대처하기가 훨씬 더 쉬웠다. 그녀가 원피스를 머리 위로 벗겨낼 겨를도 없이 그가 그녀의 어깨에 손을 얹었다.

"잠깐만."

그녀는 옷을 약간 내려 옷단 너머로 그를 보았다. 유리처럼 초점 없는 갈색 눈동자는 그의 말에 반응한 것도, 그의 말을 이해한 것도 아니었다. 그녀가 옷에서 왼팔을 뺐다. 그 팔을 뻗어 그의 오른손을 잡고 천천히 자기 가랑이 사이로 가져갔다. 그녀의 성기는 부풀어서 열려 있었다. 그의 손가락을 타고 질 분비물이 흘러내렸다.

"느껴봐요."

그녀는 좋고 나쁨을 초월한 듯 어쩐지 무기력한 말투였다. 마르틴 베크는 잡힌 팔을 풀고, 복도로 난 문을 열었다. 그리고 교과서 수준의 독일어로 말했다.

"부탁이니 옷을 입어요."

그녀는 한동안 가만히 서 있었다. 그가 우이페슈트의 방문을 두드렸을 때처럼 어찌할 바를 모르겠다는 반응이었다. 마침내 그녀는 그의 말을 따랐다.

그는 셔츠를 입고 신발을 신었다. 그녀의 그물 가방을 주워 들고, 그녀의 팔을 가볍게 잡고서 호텔 현관으로 내려갔다.

"택시를 불러줘요."

그가 야간 포터에게 말했다.

택시는 금세 왔다. 그는 차문을 열고 그녀가 타는 것을 도와주려고 했지만 그녀는 격렬하게 저항하며 몸을 뺐다.

"택시비는 내가 낼게요."

그가 말했다. 그녀가 그에게로 눈을 돌렸다. 뿌옇던 베일은
걷혔다. 흡사 병자가 치유된 것 같았다. 그녀의 눈은 또렷하고
깊었으며 혐오에 차 있었다.

"어련하겠어요."

그녀는 운전사에게 가자고 말했다. 탕 하고 문을 닫자 택시
가 굴러갔다.

마르틴 베크는 사방을 둘러보았다. 벌써 자정을 한참 넘겼
다. 조금 남쪽으로 걸어가서 다리로 올라갔다. 야간 전차가 몇
대 다닐 뿐 다리에도 인적은 없었다. 그는 다리 중앙에 멈춰 난
간에 몸을 기댄 채 흐르는 강물을 잠자코 내려다보았다. 따뜻하
고, 적적하고, 조용했다. 생각하기에 알맞은 장소였다. 무슨 생
각을 해야 좋을지 안다면 말이지만. 한참 후에 호텔로 돌아왔
다. 방바닥에 필터가 붉은 담배 한 개비가 떨어져 있었다. 어리
뵈크가 남긴 것이었다. 그것을 주워서 피워보았다. 맛이 불쾌했
다. 그는 꽁초를 창밖으로 던졌다.

15.

전화벨이 울렸을 때 마르틴 베크는 욕조에 드러누워 있었다.

그는 아침을 거를 정도로 늦게까지 잤고, 부두로 산책을 다녀와서 점심을 먹기로 했다. 태양은 어느 때보다도 뜨거웠고, 강가에서도 공기가 전혀 움직이지 않았다. 호텔로 돌아왔을 때는 식사보다도 얼른 목욕하고 싶은 마음이 더 컸기 때문에 점심은 좀 미루기로 했다. 그래서 지금 그는 미지근한 물에 잠긴 채, 짧고 급하게 전화벨이 울리는 소리를 듣고 있었다.

그는 욕조를 타고 넘어, 커다란 목욕 수건을 몸에 두르고, 수화기를 들었다.

"베크 씨?"

"그렇습니다만?"

"직함으로 부르지 않는 것을 양해해주십시오. 아시겠지만, 순전히…… 글쎄요, 뭐랄까, 그…… 주의하는 의미에서 그러는 겁니다."

대사관에서 나왔던 청년이었다. 마르틴 베크는 자신이 경찰이라는 사실을 호텔 직원들도 슬루커도 다 아는 마당에 누구를 주의한다는 건지 의아했지만, 그냥 넘겼다.

"그렇겠지요."

"일은 어떻습니까? 진전이 있었습니까?"

마르틴 베크는 목욕 수건이 떨어지게 내버려두고 침대에 앉았다.

"아니요."

"아무 단서도 못 잡으셨습니까?"

"그렇습니다."

잠시 침묵이 흐른 뒤 마르틴 베크가 이어 말했다.

"이곳 경찰하고 이야기를 나눴습니다."

"그건 대단히 현명하지 못한 처사인 것 같습니다만."

대사관 남자가 말했다.

"그럴지도 모르지요. 하지만 내가 피할 수 있는 일이 아니었습니다. 빌모시 슬루커라는 사람이 나를 찾아왔더군요."

"슬루커 소령 말씀이군요. 그가 뭐라고 요구하던가요?"

"아무것도. 그가 나한테 한 말을 당신에게도 진작 했을 텐데요. 이 사건에 신경쓸 이유가 없다고 본다는 말을."

"알겠습니다. 이제 뭘 하실 생각입니까?"

"점심을 먹을까 하는데요."

"우리가 논의중인 문제에 관해서 말입니다."

"모르겠습니다."

또 침묵이 흘렀다. 결국 젊은 남자가 말했다.

"그러시다면, 뭐. 문제가 있으면 어디로 전화하면 되는지는 아시지요."

"압니다."

"이만 끊겠습니다."

"그럼."

마르틴 베크는 수화기를 내려놓고 욕실로 건너가 욕조 마개를 뽑았다. 옷을 입고 아래로 내려가서 식당 바깥의 차양 아래에 앉아 점심을 주문했다.

차양 그늘에 앉아 있어도 불쾌할 정도로 후텁지근한 날이었다. 그는 찬 맥주를 꿀꺽꿀꺽 삼키면서 천천히 식사를 했다. 누가 자신을 계속 감시하는 것 같다는 불편한 느낌이 들었다. 키 큰 검은 머리 남자는 눈에 띄지 않았지만 주시당한다는 느낌을 지울 수 없었다.

주변 사람들을 둘러보았다. 특별할 것 없는 점심 손님들이었다. 대부분은 그와 마찬가지로 외국인이자 이 호텔에 묵는 사람들이었다. 단편적으로 들려오는 대화에 귀를 기울여보았다. 주로 독일어와 헝가리어였지만 영어도 있었고, 그가 모르는 다른 나라 말도 있었다.

갑자기 뒤에서 스웨덴어가 또렷이 귀에 들어왔다. "크넥케브뢰드*." 고개를 돌려보니 틀림없이 스웨덴 사람인 듯한 두 여성이 창가 자리에 앉아 있었다.

그중 한 여자가 말했다.

"응, 언제나 챙겨 다닌다니까. 그리고 화장지도. 외국 화장지는 질이 너무 나빠. 아예 없는 곳도 수두룩해."

"맞아. 내가 스페인에 갔을 때⋯⋯."

마르틴 베크는 너무나 전형적인 스웨덴식 대화를 귀동냥하기를 그만두고, 주변 손님들 가운데 누가 자신을 미행하는 사람인지 밝혀내는 데 집중했다. 한동안은 중년을 훌쩍 넘긴 한 남자를 의심했다. 남자는 그에게서 제법 떨어진 곳에 등을 돌리고 앉았는데, 자꾸만 고개를 돌려 어깨 너머로 그를 쳐다봤다. 그러다가 남자가 일어났다. 그리고 털이 복슬복슬한 강아지를 내

---

* 딱딱하고 얇은 크래커 같은 빵으로, 스웨덴 사람들이 즐겨 먹는다.

려놓았다. 강아지는 무릎에 앉아 있어 그에게는 보이지 않았던 모양이었다. 남자와 강아지는 호텔 모퉁이를 돌아 사라졌다.

마르틴 베크가 식사를 마치고 예의 진한 커피를 마시는 동안 오후가 성큼 저물었다. 진이 빠질 정도로 더웠지만 그늘만 밟으려고 노력하면서 시내 쪽으로 조금 걸었다. 경찰서가 호텔에서 겨우 몇 블록 떨어진 곳에 있다는 것은 알고 있었다. 실제로 찾기가 어렵지 않았다. 경찰서 계단, 그러니까 슬루커에 따르면 방 열쇠가 발견되었다는 바로 그 계단에 청회색 제복을 입은 순경이 서서 이마의 땀을 훔치고 있었다.

그는 경찰서를 한 바퀴 돌아 다른 길로 호텔로 돌아오는 내내 감시당한다는 불쾌한 느낌을 지울 수 없었다. 그에게는 꽤 신선한 경험이었다. 경찰로 이십삼 년을 일하면서 용의자를 주시하거나 미행하는 일에 허다하게 관여했지만, 미행을 당하는 것이 어떤 느낌인지는 이제야 비로소 이해할 수 있었다. 끊임없이 관찰당하고 주시당하는 느낌, 내가 하는 모든 행동이 체크된다는 느낌, 누군가 근처 어딘가 몸을 숨긴 채 내 걸음을 한 발 한 발 쫓아온다는 느낌.

그는 방으로 올라가서, 상대적으로 서늘한 실내에서 남은 하루를 보냈다. 탁자에 종이를 깔고 펜을 쥐고 앉아, 자신이 알프맛손 사건에 대해 아는 내용을 요약 정리해볼까 했다.

연기처럼 사라진 남자

결국 종이를 잘게 찢어 변기에 내렸다. 그가 아는 내용은 쥐 꼬리만한 분량이라서 그걸 적어둔다는 것 자체가 멍청하게 느껴졌다. 뇌를 혹사하지 않고도 얼마든지 외울 수 있었다. 자신이 아는 내용은 새우의 머리에도 충분히 담길 거라고 생각했다.

태양이 넘어가면서 강을 붉게 물들였다. 어스름이 살그머니 깔렸다가 어느새 벨벳 같은 어둠으로 변했다. 어둠과 함께 그날 처음으로 서늘한 바람이 강 건너 언덕으로부터 불어왔다.

그는 창가에 앉아 저녁 산들바람이 강물에 가볍게 파문을 일으키는 풍경을 바라보았다. 창 바로 밑 나무 옆에 남자 하나가 서 있었다. 담뱃불이 붉게 빛났다. 키 크고 검은 머리의 그 남자인 것 같았다. 남자가 거기 있는 것을 보니 어떤 면에서는 안도감마저 들었다. 눈에 보이지 않는 사람이 근처에서 늘 맴돈다고 느꼈던, 막연하고 오싹한 기분에서 벗어날 수 있었다.

마르틴 베크는 양복을 입고 식당으로 내려가 저녁을 먹었다. 최대한 천천히 식사를 하고 버러츠크 팔린커를 두 잔 마셨다. 그리고 방으로 올라왔다.

저녁 바람은 사라졌다. 강은 검게 번득였다. 숨막히는 더위는 밖이나 안이나 마찬가지였다.

창문과 덧문을 그대로 열어두고 커튼도 걷었다. 옷을 벗고 삐걱거리는 침대로 들어갔다.

16.

열기가 정말로 드센 날이라면, 오히려 태양이 졌을 때가 더 견디기 어렵다. 더위에 익숙한 사람은 누구나 이 공식을 알기 때문에 잘 때 창과 덧문을 닫고 커튼도 친다. 여느 스칸디나비아 사람처럼, 마르틴 베크에게는 그런 본능이 부족했다. 그는 커튼과 창을 열어둔 채 어둠 속에 누워 시원한 바람이 불어 들기를 기다렸다. 바람은 불지 않았다. 곁탁자의 등을 켜고 책을 읽으려 해보았다. 이것도 신통치 않았다. 욕실에 수면제가 한 통 있었지만 그런 식으로 해결하기는 싫었다. 오늘 하루가 아무런 성과 없이 흘러갔으니 긴장을 늦추지 말고 내일은 어떻게든 뭔가 결과를 내야 할 처지였다. 수면제를 먹으면 이튿날 오전은 내내 몽롱한 상태일 것이다. 그는 오래전 경험으로 알고 있었다.

그는 일어나서 열린 창가에 앉았다. 차이가 미미했다. 밖에서 들어오는 바람은 전혀 없었다. 정확하게 어디인지는 모르겠지만 하여간 헝가리 스텝이라는 곳에서 불어온다는 더운 바람마저도 없었다. 도시도 숨쉬기 어려워하는 듯했다. 도시는 가사상태에 빠져 열기에 무감각해진 것 같았다. 한참 후에 강 건너편에서 노란 전차 한 대가 외롭게 나타났다. 전차는 천천히 에르제베트 다리를 건넜다. 바퀴가 선로와 마찰하며 내는 소리가 아치 아래에서 메아리를 일으켜, 전차가 강을 넘어올수록 점점 더 시끄러워졌다. 거리가 꽤 있는데도 전차가 텅 빈 것을 알아볼 수 있었다. 스물세 시간 전에 그는 저 다리에 서 있었다. 우이페슈트에 사는 여자와의 기묘한 만남을 곱씹으면서. 괜찮은 장소였다.

그는 바지와 셔츠를 입고 나섰다. 접수대는 비어 있었다. 길가에 있던 녹색 슈코다 한 대가 마침 시동을 걸고 내키지 않는다는 듯이 천천히 모퉁이를 돌아 사라졌다. 자동차에서 사랑을 나누는 연인들이란 세계 어디에서나 같은가 보았다. 그는 부두를 걸으며 잠에 빠진 배들을 몇 척 지나쳤고, 헝가리 시인 샨도르 페퇴피의 동상을 지나 다리로 올라섰다. 다리는 전날 밤과 다름없이 조용하고 황량했다. 가로등이 꺼진 데가 많은 시내 거리들과 달리 환하게 불이 밝혀져 있었다. 그는 이번에도 다리 중앙까지 가서 난간에 팔꿈치를 대고 강물을 내려다보았다. 예인선 한 척이 아래를 지나갔다. 배가 끄는 짐은 한참 뒤에야 왔는데, 네 척의 기름한 바지선들이 둘씩 짝지어 묶여 있었다. 배들은 모든 불을 끈 채 적막하게 미끄러져 갔다. 밤의 어둠보다 더 어두운 그림자로 보일 뿐이었다.

그는 몇 미터쯤 걸었다. 자신의 발소리가 조용한 다리의 어느 부분에선가 반사되어 메아리로 돌아오는 것이 들렸다. 좀더 걸어갔다. 역시나 또 메아리가 들렸다. 메아리 소리가 아주 조금이기는 해도 지나치게 오래 끈다는 느낌이 들었다. 가만히 서서 한참 귀를 기울였지만, 아무 소리도 들리지 않았다. 다시 이십 미터쯤 빠르게 걷다가 갑자기 멈춰보았다. 소리가 또 들렸다. 이번에도 메아리라고 하기에는 지나치게 길게 울리는 듯했다. 최대한 조용히 다리 맞은편으로 건너가서 뒤를 보았다. 이제는 아주 조용했다. 아무 움직임도 없었다. 이때 마침 전차가 페슈트 쪽에서 다리로 올라오는 바람에, 그는 더는 관찰할 수가 없었다. 산보를 재개하여 다리를 건넜다. 자신이 피해망상에 시달리는 게 분명하다는 생각이 들었다. 이런 한밤중에 그를 감시할 에너지와 자원을 가진 상대는 경찰 외에는 없을 것이다. 그리고 경찰과는 문제가 거의 해결된 상태다. 물론 정말로 그런지……

그가 다리를 거의 다 건너 겔레르트 언덕 발치에 닿았을 때,

연기처럼 사라진 남자

전차가 덜컥거리며 그를 지나쳤다. 전차에 혼자 탄 승객은 창문에 기대어 입을 벌리고 자고 있었다.

그는 다리 남쪽에서 선창으로 내려가는 계단에 다다랐다. 계단을 걸어 내려가기 시작했다. 덜컹거리며 멀어지는 전차 소리 사이로 자동차 소리가 들렸다. 근처 어딘가에 차를 세우는 소리였다. 하지만 얼마나 먼지, 어느 방향인지는 감이 오지 않았다.

그는 부두에 다다랐다. 조용하고 신속하게 남쪽으로, 그러니까 다리에서 멀어지는 방향으로 걸어간 뒤에 어둠이 가장 짙은 지점을 골라 멈췄다. 몸을 돌리고 꼼짝 않고 서서 귀를 기울였다. 아무 소리도 들리지 않았고 아무것도 보이지 않았다. 다리에 다른 사람이 있을 가능성은 극히 낮았지만, 확신할 수는 없었다. 만약에 누가 다리에서 그가 걸어온 보도의 맞은편 길로 쫓아왔다면 수월하게 다리 끝까지 왔을 것이다. 그리고 교각의 북쪽 계단을 통해서 부두로 내려올 수 있었을 것이다. 남쪽 계단으로는 자기 외에는 아무도 내려오지 않은 게 분명했다.

희미하게 들려오던 소음은 이제 아주 먼 곳의 자동차들에서 나는 듯했다. 가까운 주변은 완벽한 침묵이었다. 마르틴 베크는 어둠 속에서 미소 지었다. 자신을 쫓아온 사람은 없다는 것을 이제 거의 확신했지만, 이 놀이가 자못 재미있었다. 솔직한 심정으로는 교각 건너편 어둠 속에 웬 정신 나간 인간이 하나 서 있어도 좋겠다는 생각이었다. 그는 이런 갈팡질팡 술래잡기에 대해서 잘 알았다. 정말로 어떤 사람이 교각 반대편 계단으로 내려왔다고 하자. 그 사람은 같은 계단으로 도로 올라가서 교각을 넘은 뒤에 그가 있는 남쪽 계단으로 내려오는 위험은 차마 감수할 수 없을 것이다. 다리 아래에는 두 줄기 도로가 강둑에 평행하게 달렸다. 강에 가까운 쪽 도로는 강둑보다 이 미터쯤 높은 데 있었고, 그 강둑의 경사면에는 강 쪽으로 내려가는 계단이 있었다. 두 도로는 낮은 담으로 분리되어 있었다. 그보다 더 위쪽에는 교대橋臺를 통과하는 터널이 있었다. 하지만 이중 어느 길도 마르틴 베크를 미행하는 사람에게는 접근이 용이하지 않았다. 그 사람이 자기 일을 제대로 할 줄 안다면 말이다. 그 사람이 어느 길을 택해서 다리 밑 이쪽으로 오려고 해도, 반드시 등뒤로 불빛을 받게 되어 당장 그에게 발각될 것이다. 따라서 남은 대안은 하나였다. 넓게 반원을 그리면서 교대를 완전히 우회하여 오는 진입로를 여러 개 건너서 최대한 강둑 남쪽으로 내려오는 것이다. 설령 그 사람이 소리를 내는 위험을 무릅쓰면서까지 달려오더라도, 그렇게 오는 데는 시간이 걸릴 것이다. 그동안 미행을 당하는 사람은, 그러니까 스톡홀름에서 온 마르틴 베크 형사는 어느 방향으로든 맘대로 사라질 시간 여유가 있었다.

그리고 무엇보다도 그를 미행하는 사람 따위는 없는 것 같았다. 게다가 그는 강을 따라 북쪽으로 걸어서 다음 다리를 건너 호텔로 돌아갈 생각이었다. 몸을 가려주는 어둠에 묻혀 주변을 관찰하던 그는 이윽고 은신처를 벗어나 느긋하게 북쪽으로 걷기 시작했다. 두 도로 중 강에 가까운 길을 택했다. 다리 밑을 지났다. 강둑에서 이 미터 위에 있는 도로의 돌담을 따라 계속 걸었다. 강 건너편에 호텔이 보였다. 세로로 길쭉한 직사각형의 불빛이 두 개 있을 뿐, 그 외에는 캄캄했다. 그의 방 창문들이었다. 그는 낮은 돌담에 걸터앉아 담뱃불을 붙였다. 길가에는 19세기 말 양식으로 지어진 저택들이 서 있었고, 그 앞에 자동차들이 주차되어 있었다. 창문들은 모두 닫혔고 캄캄했다. 그는 가만히 앉아 침묵에 귀를 기울였다. 여전히 경계하고 있었지만 스스로는 그 사실을 의식하지 못했다.

길 건너편에서 차 한 대가 시동을 걸었다. 일렬로 주차된 차량들을 쓱 훑어보았지만 어느 차에서 소리가 나는지는 알 수 없었다. 천천히 발동이 걸리며 엔진이 그르렁거리는 소리가 들렸다. 삼십 초쯤 그 상태가 이어졌다. 이윽고 차에 기어가 들어갔다. 주차등 한 쌍에 불이 켜졌다. 오십 미터 넘게 떨어진 곳에서 모습을 드러낸 차가 보도에서 도로로 내려오는 참이었다. 차는 마르틴 베크 쪽으로 굴러왔다. 하지만 아직 길 건너편에 있었고, 속도가 아주 느렸다. 진한 녹색의 슈코다였다. 언젠가 본 적이 있는 차 같았다. 차가 더 가까이 왔다. 그는 돌담에 그대로 앉아서 눈으로 차를 좇았다. 차는 거의 그의 코앞까지 와서 왼쪽으로 꺾었다. 도로에서 유턴이라도 하려는 것 같았다. 하지만 완전히 다 꺾지는 않았다. 차는 전보다 더 느리게 굴러왔다. 그를 향해서 똑바로. 누군가 그를 만나고 싶어 하는 것이 분명했는데, 그렇기로서니 이런 식으로 접근한다는 건 황당한 일이었다. 그를 치어버리겠다는 생각일 리는 없었다. 이 속도로는 턱도 없었다. 더군다나 그는 필요하다면 눈 깜박할 새에 벽 뒤에 안전하게 숨을 수 있었다. 뒷좌석에 누가 웅크리고 있는 게 아니라면 차에는 운전자 한 명밖에 없었다.

마르틴 베크는 담배를 껐다. 겁은 나지 않았다. 무슨 일인지 궁금할 뿐이었다.

녹색 슈코다가 멈췄다. 엔진은 끄지 않았다. 마르틴 베크로부터 불과 삼 미터 떨어진 연석에 오른쪽 앞바퀴가 닿았다. 운전자가 전조등을 켜자 사방이 빛에 잠겼다. 하지만 몇 초뿐이었고, 곧 불이 다 나갔다. 차문이 열렸다. 운전하던 남자가 보도로 내려섰다.

갑작스러운 빛에 눈이 부셔 앞이 잘 보이지 않았지만, 마르틴 베크는 남자를 대번에 알아봤다. 자주 본 남자였기 때문이

연기처럼 사라진 남자

다. 검은 머리카락을 뒤로 넘긴 키 큰 남자였다. 남자는 빈손이었다. 남자가 한 발 다가왔다. 자동차엔진이 느긋하게 그르렁거렸다.

마르틴 베크는 뭔가를 감지했다. 그림자도 아니고 소리도 아니고, 바로 등뒤에서 공기가 살짝 흔들리는 듯한 느낌이었다. 너무나 희미한 변화라서 바람 한 점 없는 고요한 밤이 아니었다면 알아채지 못했을 것이다.

그는 담에 혼자 있지 않다는 걸 깨달았다. 자동차는 시선을 교란하기 위한 미끼였을 뿐, 그동안 다른 사람이 조용히 강둑 쪽에서 접근하여 등뒤에서 돌벽으로 몸을 끌어올렸던 것이다.

동시에, 이것이 단순한 미행이나 놀이가 아니라 더없이 심각한 일이라는 사실이 폐부를 찌르듯 또렷하게 느껴졌다. 어쩌면 그 이상일지도 모른다. 죽을지도 모른다. 이것은 그를 겨냥한 일이었고, 우발적인 것이 아니라 냉정하게 계산된 의도적인 접근이었다.

마르틴 베크는 싸움은 젬병이었으나 반사 신경이 뛰어났다. 미세한 공기의 흔들림을 감지한 순간, 그는 머리를 어깨 사이에 묻고 오른발을 돌벽에 붙여 힘껏 밀면서 몸통을 뒤틀어 몸을 뒤로 던졌다. 번개처럼 빠르게 하나로 이어진 동작이었다. 그의 목을 노리며 감아 들던 누군가의 팔이 그의 콧등과 눈썹에 세게 부딪히고는 이마로 미끄러져 지나갔다. 상대가 깜짝 놀라 뜨거운 숨을 내쉬는 것이 뺨 근처에서 느껴지는 동시에 칼날의 섬광이 눈에 들어왔다. 목표물을 놓친 칼은 그로부터 멀어졌다. 그는 뒤로 넘어져 둑에 내동댕이쳐졌고, 왼쪽 어깨를 세게 돌바닥에 부딪혔다. 그러면서도 그는 몸을 굴려 더 멀리 떨어졌다. 가능하다면 균형을 되찾아 두 발로 설 여유를 확보하고 싶었다. 벽에는 사람 두 명이 서 있었다. 별이 가득한 하늘을 배경으로 그들의 실루엣만 보였다. 순간 실루엣이 하나만 남았다. 마르틴 베크가 아직 한쪽 무릎을 바닥에 꿇고 있는 동안, 칼을 든 남자가 다시 돌진해 왔다. 그는 둑에 떨어질 때의 충격으로 왼팔이 일시적으로 얼얼한 상태였지만, 몇 초쯤은 빛이 그에게 유리했다. 그는 어둠에 몸을 감춘 반면, 상대의 윤곽은 밝은 배경을 바탕으로 또렷하게 보였기 때문이다. 공격자의 돌진은 빗나갔고, 잠시 후에 마르틴 베크는 어찌어찌 남자의 오른쪽 손목을 붙잡았다. 꽉 거머쥔 것은 아니었고 남자의 손목은 이상할 정도로 굵었지만, 그래도 그는 한사코 놓지 않았다. 이것이 마지막 기회라는 생각이 사무쳤다. 아주 짧은 순간에 두 사람의 몸이 쭉 펴져서 일어선 자세가 되었는데, 이때 마르틴 베크는 상대가 자신보다 키는 작지만 체격은 훨씬 더 좋다는 것을 느낄 수 있었다. 그는 거의 기계적으로 경찰대학에서 배웠던 고색창연한 제

연기처럼 사라진 남자

압 기술을 적용했고, 덕분에 상대를 땅에 넘어뜨리는 데 성공했다. 한 가지 문제라면 칼을 쥔 남자의 손을 감히 풀어줄 수가 없다는 것, 그리고 상대를 넘어뜨리면서 자신도 끌려 넘어졌다는 점이었다. 두 사람은 한 번 더 엎치락뒤치락 굴렀다. 둘은 이제 강으로 내려가는 계단이 시작되는 지점에 위험천만하게 가까워졌다. 그는 왼팔의 마비가 풀리자 남자의 반대편 손목도 잡으려 했지만, 그보다 센 상대는 차츰 그의 손아귀에서 벗어났다. 이때 누군가 마르틴 베크의 머리를 세게 내리쳤다. 그제야 그는 자신이 물리적으로 열세일 뿐만 아니라 수적으로도 열세라는 사실을 떠올렸다. 그는 계단에 붙다시피 누워 있었고, 발이 첫 번째 단에 걸쳐져 있었다. 칼을 쥔 남자가 그의 얼굴에 대고 깊은 숨을 헐떡였다. 땀냄새, 면도용품 냄새, 목 캔디 냄새가 났다. 상대는 서서히, 그러나 완강하게, 마르틴 베크의 손아귀에 잡힌 자신의 오른손을 풀어내고 있었다.

끝났다 싶었다. 끝이 머지않다 싶었다. 고동치며 흐릿해지는 의식에 벼락이 쳐대는 듯했고, 심장은 점점 더, 점점 더 부풀어 뻘겋게 곪은 뾰루지처럼 터지기 일보 직전인 것 같았다. 머리가 말뚝 박는 기계처럼 땅바닥에 덜덜 부딪혔다. 그때 어디선가 요란한 고함, 총성, 날카로운 비명이 들려오는 듯했고, 사방이 눈이 멀 듯 환한 빛에 휩싸여 모든 형태들과 생명들이 지워지는 듯했다. 마르틴 베크가 마지막으로 한 생각은 내가 여기 이 낯선 도시의 강둑에서 죽는구나 하는 것이었다. 아마도 알프 맛손이 그랬던 것처럼, 이유도 모른 채.

반사 행동이나 다름없는 최후의 안간힘으로, 마르틴 베크는 두 손으로 상대의 오른쪽 손목을 움켜쥔 뒤에 발을 힘껏 찼다. 그와 상대는 한덩어리가 되어 계단 모서리에서 떨어졌다. 그는 두 번째 단에 머리를 부딪히고는 의식을 잃었다.

마르틴 베크는 영원으로 느껴지는 시간이 흐른 뒤에 눈을 떴다. 영원까지는 아니라도 무척 긴 시간인 것 같았다. 사방이 흰 빛에 젖어 있었다. 그는 고개를 한쪽으로 기울이고 오른쪽 귀를 돌바닥에 댄 채 누워 있었다. 그가 처음 본 것은 반질반질 손질된 검정 구두 한 켤레였다. 구두는 시야를 가득채울 정도로 가까웠다. 그는 고개를 돌려 위를 보았다.

회색 양복을 입고 예의 한심한 사냥 모자를 머리에 얹은 슬루커가 내려다보며 말했다.

"좋은 밤입니다."

마르틴 베크는 팔꿈치로 짚고 몸을 일으켰다. 홍수 같은 빛살은 두 대의 경찰차에서 나오고 있었는데, 한 대는 강둑에 있고 다른 한 대는 위쪽 도로의 돌벽에 대어져 있었다. 슬루커로부터 삼 미터쯤 떨어진 곳에 챙모자를 쓰고 검은 가죽 부츠를 신고 연한 청회색 제복을 입은 경찰관이 서 있었다. 경찰관은 오른손에 검은 경찰봉을 쥐고서 자기 발치에 누운 사람을 신중하게 들여다보고 있었다. 그 사람은 테츠 라데베르거였다. 우이 페슈트의 하숙집에서 어리 뵈크의 수영복으로 장난쳤던 남자. 남자는 등을 대고 누워 있었다. 의식은 없었고 이마와 금발 머리카락에 피가 묻어 있었다.

"다른 남자는 어디 있습니까?"

마르틴 베크가 물었다.

"우리가 쏜 총에 맞았습니다. 물론 주의깊게 쐈습니다. 다리에."

슬루커가 대답했다.

도로에 면한 집들의 창문이 많이 열려 있었다. 주민들이 무슨 일인가 하고 둑을 내다보았다.

"가만 누워 계십시오. 구급차가 곧 옵니다."

"필요 없습니다."

마르틴 베크는 일어서기 시작했다. 돌벽에 앉아 있다가 목 뒤에서 심상치 않은 바람을 느낀 때로부터 정확하게 삼 분 하고 십오 초가 지나 있었다.

17.

 경찰차는 청색과 흰색이 섞인 바르샤바 1962년 모델이었다. 지붕에 푸른 경광등이 달려 있었다. 차는 우수 어린 듯 억제된 사이렌 소리를 길게 뿌리면서 텅 빈 밤거리를 달렸다. 앞문에는 흰 띠 속에 대문자로 "렌되르셰그"라고 적혀 있었는데, 경찰이라는 뜻이었다.

 마르틴 베크는 뒷좌석에 앉았다. 옆에는 제복 경관이 있었다. 슬루커는 운전사 오른쪽, 앞좌석에 앉았다. 슬루커가 말했다.

 "잘하셨습니다. 그 젊은이들은 다소 위험한 자들이더군요."

 "누가 라데베르거를 제압했습니까?"

 "옆에 앉은 친구입니다."

 슬루커가 대답했다. 마르틴 베크는 고개를 돌렸다. 경찰관은 검은 콧수염을 좁다랗게 길렀고, 갈색 눈동자에 연민의 빛을 띠고 있었다.

"그 친구는 헝가리 말밖에 모릅니다."

슬루커가 덧붙였다.

"이름이 뭡니까?"

"포티."

마르틴 베크는 손을 내밀었다.

"고맙습니다, 포티."

"놈들을 좀 거칠게 다루는 수밖에 없었습니다. 시간이 없어서요."

"이분이 근처에 있어서 다행이었습니다."

마르틴 베크가 말했다.

"우리 경찰은 언제나 근처에 있습니다. 풍자만화에서는 그렇지 않지만."

"그 청년들은 우이페슈트에 아지트가 있습니다. 베네티어네르 거리의 하숙집에."

"우리도 압니다."

슬루커는 잠깐 입을 다물었다가 물었다.

"어떻게 그들하고 접촉했습니까?"

"뵈크라는 여자를 통해서요. 맛손이 그 여자의 주소를 누구한테 물어본 적이 있답니다. 여자가 스톡홀름에 방문한 적도 있고요. 수영 선수로 시합을 하러 갔었답니다. 연관이 있을지도 모른다 싶어서 여자를 찾아가봤습니다."

"여자가 뭐라던가요?"

"자기는 대학에서 공부하면서 박물관에서 일한다고 하더군요. 맛손이라는 이름은 들어본 적도 없다고 했습니다."

데아크페렌츠테르에 있는 경찰서에 도착했다. 차는 콘크리트 마당으로 굽어 든 뒤에 섰다. 마르틴 베크는 슬루커의 사무실로 따라갔다. 사무실은 아주 널찍했고 벽에는 큼직한 부다페스트 지도가 붙어 있었지만, 그러거나 말거나 마르틴 베크에게는 스톡홀름에 있는 자신의 사무실이 곧장 연상되는 공간이었다. 슬루커는 사냥 모자를 걸어두고 마르틴 베크에게 의자를 가리켰다. 그리고 입을 벙끗 열었는데, 그가 말할 틈도 없이 냉큼 전화가 울렸다. 슬루커는 책상으로 가서 전화를 받았다. 마르틴 베크가 듣자니 수화기 너머에서 쉼 없이 말이 쏟아지는 듯했다. 아주 오랫동안 그랬다. 슬루커는 간간이 단음절로만 대답했다. 그러나 한참 뒤에 시계를 보더니, 버럭 폭발하여 짜증 섞인 설교를 속사포처럼 늘어놓고는 전화를 끊었다.

"제 아내입니다."

슬루커는 이렇게 말하고 지도로 걸어갔다. 그러고는 손님에

게 등을 보인 채 도시의 북쪽 지역을 한참 살펴보다가 이윽고
말했다.

"경찰은 직업이 아니지요. 사명도 절대로 아닙니다. 저주입
니다."

슬루커는 잠시 후 몸을 돌려 계속 말했다.

"물론 진심으로 하는 말은 아닙니다. 가끔 그런 생각이 들 때
가 있다는 것뿐입니다. 결혼하셨습니까?"

"네."

"그러면 잘 알겠군요."

제복 경관이 들어와서 커피 두 잔이 담긴 쟁반을 내려놓았
다. 두 사람은 커피를 마셨다. 슬루커가 시계를 보았다.

"지금 그 방을 뒤지는 중입니다. 곧 이리로 보고서가 올 겁
니다."

"어떻게 내 주변을 지킬 생각을 했습니까?"

슬루커는 차에서와 똑같은 문장으로 대답했다.

"우리 경찰은 언제나 근처에 있습니다."

그리고 웃으면서 덧붙였다.

"사실은 당신이 미행에 대해서 한 말 때문이었습니다. 당신
을 감시했던 것은 당연히 우리가 아니었거든요. 우리가 왜 그러
겠습니까?"

마르틴 베크는 코를 쑤셨다. 내심 좀 찔끔했다. 슬루커가 계속 말했다.

"사람들은 이것저것 잘도 상상합니다. 하지만 당신은 경찰이죠. 경찰이 그러는 경우는 거의 없습니다. 그래서, 당신을 미행하는 사람을 우리가 감시하기 시작했습니다. 미국식 표현으로는 뒤를 밟는다고 하나요. 감시를 맡은 경찰이 보니까, 오늘 오후에 웬 남자가 둘씩이나 당신을 주시하고 있더라는군요. 이상하다 싶어서 경보를 울린 겁니다. 단순합니다."

마르틴 베크는 끄덕였다. 슬루커가 염려하는 눈길로 그를 보았다.

"그런데도 일이 어쩌나 순식간에 벌어졌는지, 하마터면 우리가 늦을 뻔했습니다."

슬루커는 커피를 다 마시고 잔을 조심스럽게 내려놓았다.

"뒤를 밟는다." 표현을 음미하듯이 슬루커가 중얼거렸다. "미국에 가보신 적 있습니까?"

"아니요."

"저도 없습니다."

"이 년 전에 미국 경찰과 공조수사를 한 적은 있습니다. 카프카라는 경찰하고."

"체코 사람 이름 같네요."

"미국인 관광객이 스웨덴에서 살해당한 사건이었습니다. 추악한 이야기였죠. 수사도 복잡했고."

슬루커는 잠자코 앉아 있다가 돌연 물었다.

"그래서 어떻게 됐습니까?"

"잘 풀렸습니다."

"내가 미국 경찰에 대해서 아는 것이라고는 책에서 읽은 게 전부입니다. 그들은 조직이 좀 이상하더군요. 이해하기 어려웠습니다."

마르틴 베크는 고개를 끄덕거렸다.

"할 일도 많은 것 같고요. 뉴욕에서 일주일에 벌어지는 살인 사건의 수가 헝가리 전체에서 일 년에 벌어지는 사건의 수와 같답니다."

견장에 별이 두 개 달린 제복을 입은 경관이 방으로 들어왔다. 그는 슬루커와 뭔가 의논을 하고는 마르틴 베크에게 경례를 하고 나갔다. 문이 열린 동안, 때마침 어리 뵈크가 여자 안내인에게 이끌려 복도를 지나가는 모습이 보였다. 그녀는 어제와 같은 흰 원피스에 샌들 차림이었지만, 어깨에 숄을 걸쳤다. 그녀가 마르틴 베크를 향해 맥없고 공허한 시선을 던졌다.

"우이페슈트에서는 중요한 건 발견되지 않았답니다."

슬루커가 말했다.

"그래서 이제 자동차를 뜯어보고 있답니다. 라데베르거가 여기 도착하고 딴 녀석도 다친 데를 꿰매고 나면, 두 사람에게 이야기를 들어봅시다. 나는 아직 이해가 안 되는 점이 많습니다."

슬루커는 입을 다물었다가 주저하듯 덧붙였다.

"하지만 곧 모두 밝혀질 겁니다."

다시 전화가 울렸다. 슬루커는 한동안 통화에 매달렸다. 간간이 슈베드니 슈베도르사그니 하는 말이 들린 것 외에는 마르틴 베크가 알아들을 수 없는 대화였다. 그가 알기로 그 단어들은 스웨덴 사람, 스웨덴이라는 뜻이었다. 슬루커가 수화기를 내려놓고 말했다.

"분명히 이 일은 당신 동포인 맛손과 관련이 있을 겁니다."

"물론 그럴 겁니다."

"그건 그렇고, 그 아가씨가 당신에게 거짓말을 했습니다. 그녀는 대학생도 박물관 직원도 아닙니다. 아무 일도 안 하는 것 같습니다. 수영 선수였던 것은 맞지만 문란한 행실 때문에 징계를 받아 경기에 못 나가게 되었다는군요."

"분명히 관련이 있을 겁니다."

"그렇죠. 하지만 어떻게? 뭐, 그건 두고 보면 알겠지요."

슬루커가 어깨를 으쓱했다. 마르틴 베크는 엉망이 된 몸을 가볍게 비틀어보았다. 어깨와 팔이 욱신거렸고, 머리는 멀쩡한 것과는 거리가 멀었다. 몹시 피곤한데다 생각하는 것조차 힘겨웠지만 그래도 호텔로 돌아가서 침대에 눕고 싶은 마음은 없었다.

또 전화가 울렸다. 슬루커는 찡그린 얼굴로 이야기를 듣다가 눈을 반짝였다.

"슬슬 일이 굴러가기 시작하는군요. 수색조가 뭔가 찾았답니다. 딴 녀석, 그 키 큰 녀석도 이제 괜찮답니다. 참, 그 녀석 이름은 프뢰베입니다. 이제 만나봐야죠. 같이 가겠습니까?"

마르틴 베크는 일어서려 했다.

"아니면 잠깐 쉬는 편이 낫겠습니까."

"괜찮습니다."

마르틴 베크의 대답이었다.

18.

슬루커는 느슨하게 깍지 낀 손을 책상에 올리고 앉았다. 오른쪽 팔꿈치 옆에 덮개가 초록색인 여권이 놓여 있었다.

맞은편에 앉은 키 큰 남자는 눈 밑이 시꺼멨다. 남자가 스물네 시간 동안 잠을 별로 자지 못했다는 것은 누구보다도 마르틴 베크가 잘 알았다. 남자는 의자에 똑바르게 앉아 자기 손을 내려다보고 있었다.

슬루커가 속기사에게 고개를 끄덕여 시작을 알렸다.

남자가 눈을 들어 슬루커를 보았다.

"이름은?"

"테오도르 프뢰베."

슬루커: 생년월일은?

프뢰베: 1936년 4월 21일, 하노버.

슬: 그렇다면 서독 시민이고. 사는 곳은?

프: 함부르크. 헤르만슈트라세 12번지.

슬: 직업은?

프: 여행 가이드. 정확하게 말하면 여행사 직원입니다.

슬: 일하는 곳은?

프: 빙클러라는 여행사요.

슬: 부다페스트에서는 어디에 묵고 있지?

프: 우이페슈트에 있는 하숙집. 베네티어네르 거리 6번지입니다.

슬: 부다페스트에는 왜 왔지?

프: 여행사를 대표해서 부다페스트 단체 관광객들을 인솔합니다.

슬: 오늘밤에 당신은 테츠 라데베르거라는 남자와 함께 그로자 페트루 선창에서 한 남자를 습격하다가 현장에서 잡혔어. 둘 다 무기를 소지했고, 상대를 해치거나 죽이려는 의도가 분명했어. 이 남자를 아나?

프: 아니요.

슬: 이 남자를 전에 본 적이 있나?

프: …….

슬: 대답해!

프: 아니요.

슬: 이 남자가 누구인지 아나?

프: 아니요.

슬: 이 남자와 모르는 사이고, 만난 적도 없고, 남자가 누구인지도 모른다. 그런데 왜 덤볐지?

프: …….

슬: 왜 덤볐는지 설명해!

프: 우리는…… 돈이 필요해서…….

슬: 그래서?

프: 그런데 마침 남자가 선창으로 내려오기에…….

슬: 거짓말을 하는군. 나한테 거짓말할 생각은 집어치워. 소용없으니까. 그건 계획된 습격이었고, 당신들은 무기도 준비했어. 게다가 이 사람을 전에 본 적이 없다는 것도 거짓말이지. 이틀이나 졸졸 따라다녔잖아. 왜지? 대답해!

프: 다른 사람으로 착각했습니다.

슬: 누구로?

프: 우리가…… 우리한테…….

슬: 누구라고?

연기처럼 사라진 남자

프: 우리한테 돈을 빌려 간 사람으로요.

슬: 그래서 따라가서 덮쳤다?

프: 네.

슬: 내가 경고했을 텐데. 나한테 거짓말해서 좋을 것 없다고. 나는 당신이 어느 대목에서 거짓말을 하는지 정확하게 알아. 알프 맛손이라는 스웨덴 사람을 아나?

프: 아니요.

슬: 당신 친구 라데베르거와 뷔크는 당신이 그 사람을 안다고 진술했어.

프: 그냥 안면이 있을 뿐입니다. 이름도 제대로 못 외우는걸요.

슬: 알프 맛손을 언제 마지막으로 만났지?

프: 오월인 것 같습니다.

슬: 어디에서?

프: 여기 부다페스트에서.

슬: 그후로는 전혀 보지 못했다?

프: 네.

슬: 사흘 전에 이 남자가 자네 하숙집으로 찾아가서 알프 맛손에 관해서 물었지. 그후로 당신은 이 남자를 따라다녔고, 오늘밤에는 죽이려고 했어. 왜지?

프: 죽이려던 게 아니었습니다!

슬: 왜지?

프: 죽이려고 한 게 아니었습니다!

슬: 하지만 분명히 공격했잖아. 칼로 무장하고.

프: 네, 하지만 실수였어요. 이 사람한테 별일 없었잖아요! 다치지도 않았잖아요! 그러니까 경찰이 이렇게 나를 취조할 권리는 없다고요.

슬: 알프 맛손을 안 지 얼마나 됐지?

프: 일 년쯤. 정확하게는 기억이 안 납니다.

슬: 어떻게 만났지?

프: 여기 부다페스트에서, 서로 아는 친구의 집에 갔다가 만났습니다.

슬: 그 친구의 이름이 뭐지?

프: 어리 뷔크.

슬: 이후로 그를 자주 만났나?

프: 몇 번 안 됩니다. 자주 보진 않았습니다.

슬: 늘 부다페스트에서 만났나?

프: 프라하에서도 만났습니다. 바르샤바에서도.

슬: 브라티슬라바에서도 만났지.

프: 네.

슬: 콘스탄차에서도?

프: ……

슬: 아닌가?

프: 맞습니다.

슬: 왜지? 왜 당신들이 사는 곳과는 상관도 없는 도시에서 만나고 다녔지?

프: 나는 여행을 많이 합니다. 직업이 그러니까요. 그도 여행을 많이 합니다. 그렇다 보니 여기저기에서 만나게 된 겁니다.

슬: 왜 만났나?

프: 그냥 만났습니다. 친구니까요.

슬: 일 년이 좀 넘는 기간에 적어도 다섯 개 도시에서 만난 이유가, 친구라서 그렇다고? 좀 전에만 해도 안면이나 있는 정도라고 하지 않았나? 왜 그를 안다는 사실을 인정하지 않는 거지?

프: 여기서 이렇게 질문을 당하니까 초조해서 그랬습니다. 그리고 나는 죽도록 피곤하다고요. 다리도 아프고.

슬: 아, 그야 죽도록 피곤하긴 하겠지. 당신이 여기저기 돌아다니면서 알프 맛손을 만날 때, 테츠 라데베르거도 함께 있었나?

프: 네. 우리는 같은 여행사에서 일하고 여행도 함께 다닙니다.

슬: 그런데 자네 생각은 어때. 라데베르거도 처음에는 알프 맛손을 안다는 사실을 인정하지 않으려 했거든. 라데베르거도 죽도록 피곤해서 그랬을까?

프: 그걸 내가 어떻게 압니까.

슬: 알프 맛손이 지금 어디에 있는지 아나?

프: 아니요. 모릅니다.

슬: 내가 말해줄까?

프: 네.

슬: 아니, 말해주지 않을 거야. 빙클러 여행사에서 일한 지는 얼마나 됐지?

프: 육 년입니다.

슬: 벌이는 괜찮나?

프: 별로. 하지만 여행을 다닐 때는 다 공짜니까요. 밥도, 생활비도, 비용도.

슬: 하지만 월급은 많지 않다?

프: 네. 그래도 그럭저럭 살 만합니다.

슬: 그런 것 같군. 그럭저럭 살 만큼은 돈이 있는 것 같군.

프: 무슨 뜻입니까?

슬: 자네는 1500달러에, 830파운드에, 1만 마르크를 갖고 있지. 제법 큰돈이야. 어디서 났나?

프: 당신하고 상관없는 일이잖아요.

슬: 질문에 대답해. 그리고 또 그딴 말투를 썼다가는 두고 보라고.

프: 내가 돈을 어떻게 모았는지는 당신 알 바 아니라고요.

슬: 자네 지능은 내가 짐작했던 것의 절반밖에 안 되는 것 같군. 틀림없이 그런 것 같아. 하지만 그 닭대가리 같은 머리로도 내 질문에 고분고분 대답하는 게 현명하다는 건 알 텐데. 자, 어디에서 난 돈이지?

프: 다른 일을 해서 오랫동안 모은 거예요.

슬: 어떤 다른 일?

프: 여러 가지.

　

　슬루커는 프뢰베에게 시선을 고정시킨 채 책상 서랍을 열었다. 비닐에 싸인 꾸러미를 하나 꺼냈다. 꾸러미는 길이가 약 이십 센티미터에 폭은 약 십 센티미터였고, 테이프로 봉해져 있었다. 슬루커는 그것을 자신과 프뢰베 사이에 두었다. 그러면서 내내 프뢰베를 응시했다. 프뢰베의 눈동자가 흔들리면서 꾸러미를 외면하려고 했다. 슬루커는 여전히 프뢰베를 정면으로 바라보았다. 프뢰베가 콧잔등 주변에 송골송골 맺힌 땀을 닦았다. 슬루커가 말했다.

"아하. 여러 가지라. 예를 들면 대마초를 밀수해서 판매하는 일 같은 거겠지. 수지맞는 일이야. 하지만 장기적으로는 그렇지 않을걸, 헤어 프뢰베."

프: 무슨 말을 하는 건지 모르겠군요.

슬: 몰라? 이 작은 꾸러미도 못 알아보겠나?

프: 몰라요. 모릅니다. 내가 어떻게 알겠습니까?

슬: 라데베르거의 자동차 문과 내장재에 감춰져 있는 이 비슷한 꾸러미 열다섯 개도 모르고?

프: ······.

슬: 이렇게 작은 봉지 하나에도 대마초가 꽤 많이 담겼지. 헝가리 경찰은 이런 물건에 익숙하지 않기 때문에, 사실 나는 이게 요즘 시세로 얼마나 하는지 몰라. 자네의 그 소박한 물량을 다 팔면 자본을 얼마나 불릴 수 있나?

프: 무슨 말인지 모르겠군요.

슬: 여기 있는 당신 여권을 보니, 터키로 자주 여행을 갔더군. 올해만 벌써 일곱 번을 드나들었어.

프: 빙클러 여행사가 터키로도 단체 관광을 주선합니다.

나도 가이드로 자주 따라갑니다.

슬: 그래, 자네에게도 너무 잘된 일 아닌가? 터키에서는 대마초가 꽤 싸고 구하기 쉬운 편이니까. 그렇지, 프뢰베 씨?

프: …….

슬: 입을 꾹 닫고 있어서 좋을 게 없을 텐데. 우리는 증거를 충분히 찾아냈고, 심지어 증인도 한 명 있어.

프: 더러운 스컹크 같은 자식이 다 불었다는 거예요?

슬: 맞아.

프: 개자식 같은 스웨덴 새끼가!

슬: 길게 끌어봤자 아무 소용이 없다는 걸 이제 좀 아시겠나. 그렇다면 말하라고, 프뢰베! 전부 들어야겠어. 네가 기억하는 것을, 이름, 날짜, 숫자, 죄다. 언제부터 마약 밀매를 시작했는지, 그것부터 이야기하는 것도 좋겠군.

프뢰베가 갑자기 눈을 꼭 감더니 의자에서 옆으로 떨어졌다. 마르틴 베크는 남자가 엎드린 자세로 바닥에 쓰러지기 전에 손을 살짝 앞으로 내미는 것을 보았다.

슬루커가 일어나서 속기사에게 고개를 끄덕이자, 속기사가 공책을 덮고 방을 나갔다.

슬루커는 바닥에 엎드린 남자를 내려다보았다.

"허풍입니다. 진짜 기절한 게 아닙니다."

마르틴 베크가 말했다.

"나도 압니다. 하지만 잠시 쉬게 한 다음에 계속하는 게 좋겠
군요."

슬루커는 프뢰베에게 가서 발끝으로 남자를 쿡쿡 찔렀다.

"일어나, 프뢰베."

프뢰베는 움직이지 않았지만 눈꺼풀이 파르르 떨렸다. 슬루
커는 방문으로 가서 복도에 대고 뭐라고 소리쳤다. 그러자 경찰
관이 들어왔고, 슬루커가 경찰에게 또 뭐라고 말했다. 경찰관이
프뢰베의 팔을 잡았다. 슬루커가 말했다.

"어지럽게 거기 누워 있지 마, 프뢰베. 제대로 누울 침대를
마련해줄 테니까. 그게 더 편하잖아."

프뢰베는 몸을 일으켰다. 마음이 상한 듯이 슬루커를 노려보
다가 절뚝거리면서 경찰관을 따라갔다. 마르틴 베크는 남자가
나가는 모습을 바라보았다.

"다리는 어떻답니까?"

"위험하지 않습니다. 경상입니다. 우리는 총을 쏠 일이 거의
없지만 쏴야 할 때는 정확하게 쏩니다."

"결국 그가 얽힌 일이 그거였군요. 대마초 밀수. 저자들이 그
에게 무슨 짓을 했는지 궁금하군요."

마르틴 베크가 말했다.

"알프 맛손요? 저자들에게서 알아낼 수 있기를 기대해야죠. 하지만 놈들이 휴식을 좀 취하도록 기다리는 게 좋겠습니다. 당신도 피곤하겠지요."

슬루커는 책상에 앉으면서 말했다. 마르틴 베크는 정말로 몹시 피곤했다. 벌써 아침이었다. 몸이 만신창이가 된 기분이었다.

"호텔로 가서 몇 시간 주무십시오. 내가 나중에 전화하겠습니다. 바래다드릴 차를 불러놓을 테니 현관으로 내려가세요."

마르틴 베크는 이의가 없었다. 그는 슬루커와 악수를 하고 떠났다. 문을 닫는데 슬루커가 전화로 뭐라고 말하는 소리가 들렸다.

경찰서 밖으로 나가보니 벌써 차가 기다리고 있었다.

19.

   청소부가 방을 정리하면서 불을 끄고 덧문도 닫아두었다. 그는 군이 창을 열어보지 않았다. 이제 창문 밑에 키 크고 검은 남자가 서서 올려다보는 일은 없을 것이다.

   마르틴 베크는 불을 켜고 옷을 벗었다. 머리와 왼팔이 아팠다. 옷장에 붙은 긴 거울에 몸을 비춰보았다. 오른쪽 무릎 위에 커다란 멍이 들었고, 왼쪽 어깨도 거무튀튀하게 부어 있었다. 손으로 머리통을 더듬어보니 뒤통수에 커다란 혹이 잡혔다. 다른 상처는 찾을 수 없었다.

   보드랍고 시원해 보이는 침대가 그를 불렀다. 그는 불을 끄고 이불 속으로 기어 들어갔다. 등을 대고 똑바로 누워서 한참 눈을 뜬 채로 어슴푸레한 공간을 응시했다. 그러다가 모로 누워 잠이 들었다.

전화벨 소리에 깨어보니 2시 가까이 되었다. 슬루커였다.

"좀 잤습니까?"

"네."

"잘됐네요. 여기로 올 수 있습니까?"

"네. 지금 갈까요?"

"차를 보내겠습니다. 삼십 분 뒤에 도착할 겁니다. 괜찮습니까?"

"네. 삼십 분 뒤에 내려가겠습니다."

그는 샤워를 하고 옷을 입은 후에 덧문을 열었다. 이글거리는 태양이 따가운 햇살을 그의 눈에 쏘았다. 건너편 강둑을 바라보았다. 간밤의 사건이 까마득하고 비현실적인 일로 느껴졌다.

아까 그를 호텔로 데려다주었던 운전사가 차를 몰고 와서 기다리고 있었다. 마르틴 베크는 알아서 슬루커의 방을 찾아가 노크한 뒤에 들어섰다.

슬루커는 혼자였다. 서류 뭉치, 그리고 없으면 서운할 커피 잔을 놓고 앉아 있었다. 슬루커는 고개를 끄덕이며 프뢰베가 앉았던 의자를 향해 손짓했다. 그러고는 수화기를 들어 뭐라고 지시했다.

슬루커가 마르틴 베크를 보며 물었다.

"기분은 어떻습니까?"

"좋습니다. 잘 잤습니다. 여기는 어떻습니까? 일은 어떻게 되고 있습니까?"

경관이 들어와서 커피 두 잔을 탁자에 놓고 슬루커의 빈 잔을 들고 나갔다.

"다 끝났습니다. 전부 여기에 정리되어 있습니다."

슬루커가 종이 다발을 잡으면서 말했다.

"알프 맛손도요?"

"글쎄, 그게 딱 하나 분명치 않은 대목입니다. 그 점에 관해서는 아무것도 알아내지 못했습니다. 그자들은 맛손이 어디에 있는지 모른다고 딱 잡아뗍디다."

"어쨌든 맛손도 일당이었답니까?"

"네. 어떤 의미에서는. 맛손은 중간상인이었답니다. 사업은 프뢰베하고 라데베르거가 다 조직했고요. 여자는 그냥 일을 중개하는 교환소처럼 이용되었답니다. 뵈크라고 했나, 이름은 잊었지만."

슬루커는 서류를 더듬었다.

"어리." 마르틴 베크가 말해주었다. "어린커."

"맞아요, 어리 뵈크. 프뢰베하고 라데베르거는 여자를 알기 전부터 터키에서 대마초를 몰래 들여오고 있었습니다. 둘 다 여자와 관계를 맺은 것 같습니다. 한참 그렇게 지내다가 여자를 다른 방식으로도 써먹을 수 있겠다고 판단해서 마약 밀수에 대한 이야기를 털어놓은 겁니다. 여자는 아무런 거리낌 없이 끼겠다고 했답니다. 그래서 여자가 우이페슈트로 이사한 뒤에, 둘 다 여자와 함께 지냈답니다. 상당히 행실이 문란한 아가씨 같습니다."

"그래요. 그럴 것 같습니다."

마르틴 베크가 응수했다.

"라데베르거와 프뢰베는 여행 가이드로 터키에 갔습니다. 터키에서 대마초를 구했습니다. 그곳에서는 대마초가 꽤 싸고 손에 넣기도 쉽답니다. 그리고 그것을 헝가리로 몰래 들여왔습니다. 그다지 어렵지 않은 일입니다. 특히 그자들은 단체 인솔자라서 관광객들의 짐을 모두 취급했을 테니까요. 어리 뵈크는 여기 부다페스트에 있으면서 중간상인들과 접촉하여 마약을 파는 것을 도왔습니다. 라데베르거와 프뢰베는 폴란드, 체코슬로바키아, 루마니아, 불가리아 같은 나라로도 여행하면서 대마초를 암매상들에게 팔았습니다."

"알프 맛손이 그중 하나입니까?"

"알프 맛손도 암매상입니다. 그 밖에도 영국, 독일, 네덜란드 사람들이 여기로 오거나 다른 동유럽 국가로 와서 라데베르거와 프뢰베를 만났답니다. 그 사람들은 파운드, 달러, 마르크 같은 서구 화폐를 지불하고 대마초를 사서 고국으로 가지고 돌아가 판 겁니다."

"다들 한밑천 잡았겠군요. 그 마약을 구입해서 사용하는 사람들을 제외하고는. 어떻게 그자들이 이렇게 오랫동안 발각되지 않고 마약을 팔았는지 이상하군요."

슬루커는 자리에서 일어나 창가로 갔다. 뒷짐을 지고 가만히 선 채로 한동안 거리를 내다보았다. 그러다가 돌아와서 다시 앉으면서 말했다.

"아니요. 그렇게까지 이상한 일은 아닙니다. 여기나 다른 사회주의국가에서 물건을 팔지 않는 이상, 물론 중개상들에게는 예외입니다만, 얼마든지 빠져나갈 길이 있었을 겁니다. 자본주의국가들은 동구권에서 밀수해 들여올 물건이 뭐가 있느냐고 생각하기 때문에, 사회주의국가를 여행하고 돌아오는 사람에 대해서는 세관 단속을 거의 하지 않습니다. 반면에 그들이 여기에서 물건을 팔려고 했다면 당장 덜미가 잡혔을 겁니다. 어차피 여기에서 팔아봐야 돈이 되지 않겠지요. 그들이 원하는 것은 서구 화폐니까요."

"저 두 사람은 돈을 상당히 많이 벌었겠군요."

"네. 하지만 중간상인들도 한몫 단단히 잡았을 겁니다. 전체

연기처럼 사라진 남자

적으로 상당히 약삭빠르게 조직된 사업이라고 인정하지 않을 수 없습니다. 당신이 이곳으로 와서 알프 맛손을 찾아다니지 않았다면 그 사업의 전모가 밝혀지기까지 꽤 시간이 걸렸을 겁니다."

"그자들은 알프 맛손에 대해서는 뭐라고 합니까?"

"맛손이 스웨덴의 중개인이라는 사실은 시인했습니다. 일 년이 좀 넘는 기간 동안 그가 그들에게서 상당한 양의 대마초를 사갔답니다. 하지만 오월 이후로는 그를 못 봤다고 우깁니다. 오월에 그가 물건을 받으러 왔었는데 당시에는 원하는 만큼 잔뜩 가져가지를 못해서, 얼마 지나지 않아 다시 어리 뵈크에게 연락을 했던 모양입니다. 그래서 삼 주 전에 부다페스트에서 다시 만나기로 약속했는데 그가 나타나지 않았답니다. 차에 숨긴 물건은 그를 위해 떼어둔 것이었답니다."

마르틴 베크는 한동안 잠자코 있다가 말했다.

"무슨 이유에서인지 서로 말다툼이 붙어서, 그가 그들에 대한 기사를 쓰겠다고 협박했을지도 모릅니다. 그래서 그들이 겁을 먹고 그를 처치했을지도 모릅니다. 어젯밤에 나를 없애려 했던 방식으로."

슬루커는 대꾸가 없었다. 한참 뒤에 마르틴 베크가 작은 목소리로, 혼잣말인 듯이 덧붙였다.

"분명히 그랬을 겁니다."

슬루커가 일어나서 오락가락 걷다가 말했다.

"나도 그렇게 생각합니다."

슬루커는 다시 입을 닫고 지도 앞에 섰다.

"이제 어쩔 생각입니까?"

마르틴 베크가 물었다.

슬루커가 몸을 돌려 그를 보았다.

"모르겠습니다. 당신이 직접 녀석들 중 하나를 취조해보면 어떨까 생각했습니다. 라데베르거를요. 어젯밤에 드잡이했던 남자 말입니다. 그는 수다스러운데다가 너무 멍청해서 거짓말도 제대로 못 할 것 같은 인상입니다. 직접 그를 신문해보겠습니까? 어쩌면 당신이 나보다 더 잘할지도 모르지요."

"기꺼이 하겠습니다. 꼭 직접 물어보고 싶습니다."

마르틴 베크가 대답했다.

20.

테츠 라데베르거가 방으로 들어왔다. 어젯밤과 같은 옷차림이었다. 몸에 붙는 풀오버 스웨터, 허리가 고무줄로 된 얇은 데이크론 바지, 고무 밑창이 달린 밝은색의 천 신발. 살인하려는 자의 옷차림. 남자는 문으로 들어선 뒤에 허리를 굽혀 인사했다. 남자를 데려온 경찰관이 그의 등을 가볍게 밀었다.

마르틴 베크는 책상 건너편의 의자를 가리켰다. 독일인은 자리에 앉았다. 남자의 짙고 푸른 눈동자에는 마음을 못 정한 사람처럼 관망하는 기색이 있었다. 이마에 반창고가 붙어 있었고, 머리카락이 난 부분에 멍든 혹이 나 있었다. 그 밖에는 괜찮아 보였다. 여전히 튼튼하고 말짱해 보였다.

"알프 맛손에 대해서 이야기를 해보지."

마르틴 베크가 말을 꺼냈다.

"그가 어디에 있는지 저는 모릅니다."

라데베르거가 대뜸 말했다.

"그럴지도 모르지. 어쨌든 우리는 그에 대해서 이야기할 거야."

슬루커가 녹음기를 꺼냈다. 마르틴 베크는 오른쪽에 놓인 녹음기로 손을 뻗어 버튼을 눌렀다. 독일인은 마르틴 베크의 행동을 빈틈없이 관찰했다.

"알프 맛손을 언제 처음 만났지?"

"이 년 전에요."

"어디에서?"

"여기 부다페스트에서요. 이퓨샤그라는 곳에서요. 유스호스텔 같은 뎁니다."

"어떻게 만나게 됐지?"

"어리 뵈크를 통해서요. 그 애가 그때 거기서 일했습니다. 우이페슈트로 이사 오기 한참 전이었죠."

"그때 무슨 일이 있었지?"

"별로 특별한 일은 없었습니다. 테오하고 나는 터키에서 막 돌아온 참이었습니다. 손님들을 데리고 터키 관광을 했거든요. 루마니아와 불가리아 휴양지에도 들렀고요. 이스탄불에서 오면서 물건을 조금 갖고 왔습니다."

"그때부터 마약을 밀수했나?"

"조금요. 우리가 직접 쓸 것만요. 자주 피우지는 않았습니다. 지금은 전혀 안 하고요." 남자는 잠시 말을 멎었다가 이어 말했다. "몸에 안 좋습니다."

"그렇다면 왜 그걸 구했지?"

"글쎄요, 여자들한테 주고 그러려고요. 여자들이 좋아하거든요. 그걸 하면 여자들이…… 좀더…… 뭐랄까……."

"그러면 맛손은? 맛손은 어떻게 끼게 되었지?"

"우리가 그에게 좀 피우라고 권했습니다. 그도 별로 흥미는 없었어요. 그는 주로 술을 마셨습니다."

남자는 한참 생각하다가 멍청하게 덧붙였다.

"그것도 몸에 안 좋기는 마찬가지예요."

"그때 맛손에게 마약을 팔았나?"

"아니요. 우리가 그냥 조금 줬습니다. 당시에는 우리도 그다지 많이 갖고 있지 않았어요. 그런데 이스탄불에서 그걸 사는 게 얼마나 쉬운지 말해줬더니 그가 점점 흥미를 보였어요."

"그때부터 자네들은 대규모로 밀수할 생각을 했나?"

"이야기를 해본 적은 있었죠. 문제는 팔았을 때 돈이 되는 나라로 물건을 반입하기가 어렵다는 거였습니다."

"예를 들면 어떤 나라?"

"스칸디나비아, 네덜란드, 우리 나라, 그러니까 독일. 그런 나라들에서는 세관이나 경찰이 경계가 심해요. 터키 같은 데서 왔다고 하면 더하지요. 북아프리카나 스페인에서 왔다고 해도 마찬가지고요."

"맛손이 먼저 중개상이 되겠다고 제안했나?"

"네. 자기 나라에서는 동유럽에서 오는 사람들의 짐은 세관이 거의 살피지 않는다고 했어요. 비행기로 들어가면 특히 더 그렇다더군요. 우리가 터키에서 물건을 빼내는 것은, 가령 여기로 가져오는 것은 어렵지 않았습니다. 우리는 가이드니까요. 하지만 그 이상은 할 수 없었어요. 위험이 너무 크니까요. 여기서 팔 수도 없었습니다. 그러면 바로 걸려요. 어차피 돈도 안 되고."

남자는 이 점을 한참 생각했다.

"우리는 잡히고 싶지 않았거든요."

"그건 나도 알겠군. 그래서 그때 맛손과 계약을 맺었나?"

"네. 그가 좋은 아이디어를 떠올렸죠. 우리는 여러 장소를 돌아다니면서 만나기로 했습니다. 나와 테오에게 편한 곳에서요. 우리가 그에게 일정을 알리면, 그가 출장을 오기로 했습니다. 좋은 위장이었죠. 깨끗해 보이니까요."

"맛손은 돈을 어떻게 지불했지?"

"달러로요. 현금으로. 계획이 괜찮았기 때문에, 우리는 그해

연기처럼 사라진 남자

여름부터 조직을 짰어요. 중간상인도 더 많이 확보하고요. 프라하에서 만난 네덜란드 사람 하나하고⋯⋯"

그것은 슬루커의 영역이다. 마르틴 베크는 다시 물었다.

"맛손하고 언제 다시 만났지?"

"삼 주 뒤에 루마니아 콘스탄차에서요. 전부 순조로웠습니다."

"뵈크도 그때부터 개입했나?"

"어리요? 아니요. 그 애를 어디 쓰겠어요?"

"하지만 그녀도 당신들이 하는 일을 알고는 있었고?"

"네. 일부만이지만."

"맛손과 몇 번이나 만났지?"

"열 번, 아니면 열다섯 번쯤. 일은 멋지게 굴러갔어요. 맛손은 언제나 우리가 부르는 값을 다 냈어요. 자기도 엄청 벌었을걸요."

"그가 얼마나 벌었을까?"

"모르겠습니다. 하지만 항상 돈이 넘치던데요."

"그는 지금 어디 있지?"

"모릅니다."

"정말인가?"

"네, 정말이에요. 오월에 여기서 만났습니다. 어리가 우이페슈트로 옮긴 뒤였죠. 그때 그는 그 호텔에 묵었고, 물건을 조금 사갔어요. 자기가 판로를 넓혔다고 하더라고요. 그래서 7월 23일에 여기서 다시 만나기로 약속했습니다."

"그래서?"

"우리는 21일에 도착했습니다. 목요일에요. 하지만 그가 나타나지 않았습니다."

"그도 부다페스트에 왔어. 22일 저녁에 도착했지. 23일 오전에 호텔에서 나섰고. 어디서 만나기로 약속했나?"

"우이페슈트. 어리의 방에서요."

"그러면 그는 23일 오전에 그곳으로 갔겠군."

"아닙니다. 말했잖아요, 그가 나타나지 않았다고요. 우리가 아무리 기다려도 오지 않았어요. 그래서 호텔에 전화를 해봤는데, 거기에도 없다더라고요."

"누가 걸었나?"

"테오하고 내가 걸었고, 어리도 걸었습니다. 돌아가면서 걸었습니다."

"우이페슈트에서?"

"아니요. 여러 군데를 돌아다니면서 걸었습니다. 정말로 그가 안 왔다니까요. 우리가 얼마나 오래 기다렸는데요."

"요컨대, 그가 이곳에 온 뒤로 그를 전혀 만나지 못했다는 건가?"

"네."

"일단 당신 말을 믿어보지. 당신은 맛손을 만나지 않았다. 하지만 그렇다고 해서 프뢰베나 뵈크가 그와 접촉하지 않았다는 말은 아니야, 그렇지?"

"아닙니다. 그 애들도 안 만났습니다."

"당신이 어떻게 알지?"

라데베르거의 표정이 살짝 절박해졌다. 남자는 엄청나게 땀을 흘려대고 있었다. 방안은 무척 더웠다.

"이것 보세요. 당신은 어떻게 생각하는지 모르겠지만, 저 경찰은 우리가 그를 없앴다고 믿는 것 같아요. 하지만 우리가 왜 그러겠습니까? 우리는 그 남자 덕분에 돈을 벌었다고요, 아주 많이."

"뵈크에게도 돈을 줬나?"

"그럼요. 그 애도 도왔으니까 자기 몫을 챙겼죠. 따로 일하지 않아도 될 만큼 충분히."

마르틴 베크는 남자의 얼굴을 한참 바라보다가 물었다. "그를 죽였나?"

"아니요. 계속 아니라고 했잖아요. 우리가 그런 짓을 했다면 설마 그 많은 물건을 갖고서 삼 주나 더 미적댔겠어요?"

이제 남자의 목소리는 신경질적이고 딱딱했다.

"알프 맛손을 좋아했나?"

남자가 눈을 깜박거렸다.

"물어보면 대답을 해야지."

마르틴 베크가 진지하게 말했다.

"물론이죠."

"뵈크의 진술에 따르면 당신도, 테오 프뢰베도 맛손을 싫어했다던데."

"그 사람은 술을 마시면 성가셨어요. 그는 우리를…… 경멸했어요. 우리가 독일인이라서."

남자는 호소하는 듯한 푸른 눈동자로 마르틴 베크를 보았다.

"그건 불공평해요, 안 그런가요?"

침묵이 이어졌다. 테츠 라게베르거는 침묵을 좋아하지 않았다. 남자는 안절부절못하면서 손가락 관절을 신경질적으로 잡아당겼다.

"우리는 아무도 죽이지 않았습니다. 우리는 그런 사람들이 아니에요."

"당신들은 어젯밤에 나를 죽이려고 했지."

"그건 다릅니다."

남자는 알아듣기 힘들 정도로 작은 목소리로 말했다.

"어떤 점에서?"

"그건 우리에게 남은 유일한 기회였으니까요."

"어떤 기회? 교수형을 당할 기회? 감옥에서 종신형을 살 기회?"

독일인은 충격을 받은 눈으로 마르틴 베크를 보았다.

"안 그래도 그렇게 될 거야." 마르틴 베크는 상냥하게 말했다. "감옥에 가본 적 있나?"

"네. 우리 나라에서요."

"나를 죽이려 한 시도가 당신들의 유일한 기회였다는 게 무슨 뜻이지?"

"정말로 몰라서 묻는 겁니까? 당신이 우이페슈트에 와서 그의, 맛손의 여권을 보여줬을 때, 처음에 우리는 그가 못 오게 되어서 당신을 대신 보낸 줄 알았어요. 하지만 당신은 가타부타 말이 없었고 그런 일을 할 타입으로 보이지도 않았어요. 그러니 맛손이 붙잡혀서 실토한 거라는 결론밖에 없더군요. 하지만 당신이 뭐하는 사람인지 알 수가 없었어요. 우리는 벌써 이십 일째 여기에 눌러앉아 있었고, 물건도 전부 방치해두고 있었고, 그래서 점차 신경이 쓰였어요. 그리고 체류한 지 삼 주가 지나면 비자를 연장해야 한단 말입니다. 그래서 당신이 왔다 갈 때테오가 당신을 쫓아갔고……"

"계속 말해."

"나는 차를 뜯어서 물건을 숨겼습니다. 테오가 당신이 누군지 알아내지 못했기 때문에, 어리를 보내서 알아보기로 했어요. 다음날, 테오가 당신을 쫓아서 수영장까지 갔죠. 그곳에서 어리에게 전화를 걸었고, 어리가 그곳으로 가서 밖에서 당신을 감시했어요. 나중에 당신이 저 경찰관하고 함께 수영장에서 나왔다더군요. 그래서 테오는 저분을 쫓아갔고, 경찰서로 들어가는 걸 봤어요. 그러니까 사정이 뭔지는 뻔했죠. 우리는 그날 오후와 저녁 내내 기다렸지만, 아무 일도 없었어요. 당신이 아직 경찰에게 말을 안 한 모양이라고 생각했죠. 말했다면 벌써 경찰이 우리에게 들이닥쳤을 테니까요. 그러고 있는데, 어리가 밤중에 돌아왔어요."

"그녀는 뭘 알아냈다던가?"

"몰라요. 하지만 뭔가 심상치 않은 일이 있었던 것 같았어요. 그 애가 '그 새끼를 당장 손봐줘'라고 말했거든요. 기분이 무지 나쁜 것 같았어요. 그 말만 하고는 자기 방으로 들어가서 문을 쾅 닫더라고요."

"그래?"

"다음날 우리는 하루 종일 당신을 관찰했어요. 절박했거든요. 당신이 경찰에 가기 전에 입을 막아야 했어요. 하지만 통 기회가 오지 않아서 그만 포기하려는데 밤중에 밖으로 나오더군요. 테오가 당신을 따라 다리를 건넜고, 나는 차를 몰고 세체니 다리를 건넜죠. 그 뒤에 둘이 역할을 바꿨습니다. 테오는 배짱이 없거든요. 내가 더 세기도 하고요. 나는 항상 몸을 잘 관리해요."

남자는 잠깐 입을 닫았다가, 이 말이 무슨 변명이라도 되는 듯이 호소했다.

"당신이 경찰인 줄은 몰랐어요."

마르틴 베크는 대꾸도 하지 않았다.

"당신도 경찰이죠?"

"그래. 나도 경찰이야. 알프 맛손 이야기로 돌아가지. 뵈크를 통해서 그를 만났다고 했는데, 두 사람은 오래된 사이였나?"

"좀 됐죠. 어리가 무슨 수영 팀에 속해서 스웨덴으로 경기하러 간 적이 있는데, 그때 만났대요. 나중에 그 애가 수영을 못 하게 됐지만, 그가 이곳에 왔을 때 그녀를 찾아왔다더군요."

"맛손과 뵈크는 친했나?"

"그럭저럭."

"은밀한 관계였나?"

"둘이 같이 잤냐는 말입니까? 당연하죠."

"당신도 뵈크와 잤나?"

"물론이죠. 내키면요. 테오도 그렇고요. 어리는 섹스광이에요. 어떻게 고치고 말고 할 수도 없는 상태예요. 맛손도 여기에 오면 항상 어리하고 잤을걸요. 우리 셋 모두가 한방에서 돌아가면서 어리랑 즐긴 적도 있는걸요. 어리는 그런 일이라면 뭐든지 오케이예요. 그 점만 빼면 착해요."

"착하다고?"

"네. 시키는 일은 뭐든지 하니까요. 가끔 같이 자주면 그만이에요. 나는 이제 자주 안 하지만요. 너무 많이 하는 것도 몸에 별로 안 좋아요. 하지만 테오는 늘 못 해서 안달이죠. 그러니까 다른 일을 할 힘이 없지."

"그 때문에 맛손과 다툰 적은 없나?"

"어리 때문에요? 싸우고 자시고 할 가치가 없는 여자라고요."

"다른 일에 대해서는?"

"사업에 대해서는 싸운 적 없습니다. 그는 사업 문제에서는 괜찮았어요."

"그렇다면 다른 문제는?"

"한번은 그가 하도 소동을 피우길래 한 대 갈겨줬습니다. 물론 그는 술에 취한 상태였죠. 결국 어리가 그를 떠맡아서 진정시켰어요. 한참 된 일입니다."

"맛손이 지금 어디에 있다고 생각하나?"

라데베르거는 힘없이 고개를 저었다.

"모릅니다. 부다페스트 어딘가에 있겠죠."

"그가 여기에서 다른 사람들하고도 어울렸나?"

"그는 그냥 와서, 물건을 챙기고, 돈을 냈어요. 그다음에 마무리를 빈틈없이 하려고 잡지 기사인가 뭔가 하는 일을 좀 했고요. 그러다가 사나흘 뒤에 도로 갔습니다."

마르틴 베크는 자신을 죽이려고 했던 남자를 보면서 한참 묵묵히 있었다.

"이 정도면 된 것 같군."

그는 녹음기를 껐다. 독일인은 아직 마음에 걸리는 게 있는 눈치였다.

"저기, 어제 일은…… 용서해주시겠어요?"

"아니, 용서 못 해. 그럼."

마르틴 베크가 경관에게 신호를 보내자, 경관이 일어나서 라데베르거의 팔을 잡고 문으로 이끌었다. 마르틴 베크는 금발의 독일인을 보며 생각에 잠겼다. 그러다가 문득 입을 열었다.

"잠깐만, 헤어 라데베르거. 이건 내 개인의 일과는 전혀 상관이 없는 말이야. 어제 당신은 자기 목숨을 지키기 위해서 남을 살해하려고 했지. 당신은 최대한 머리를 짜내어 살인 계획을 세웠고, 계획이 결국 미수에 그친 것도 당신의 의도는 아니었지. 그건 불법행위일 뿐만 아니라 삶에서 가장 기본적이고 중요한 원칙을 어긴 거야. 그래서 용서받을 수 없는 거고. 한번 잘 생각해봐요."

마르틴 베크는 테이프를 되감아 카세트에 끼운 뒤 슬루커에게 돌려주었다.

"당신 말이 옳을지도 모르겠습니다. 저자들이 맛손을 죽인 게 아닐지도 모르겠습니다."

"그렇죠. 그건 아닌 것 같습니다. 우리가 지금 인력을 총동원해서 맛손을 찾고 있습니다."

슬루커가 말했다.

"우리도 마찬가지입니다."

"당신의 임무는 아직 비공식 상태입니까?"

"내가 아는 한 그렇습니다."

슬루커가 목덜미를 긁으면서 중얼거렸다.

"이상한 일이군."

"뭐가 말입니까?"

"우리가 아직 그를 못 찾아낸 게 말입니다."

삼십 분 뒤, 마르틴 베크는 호텔로 돌아왔다. 벌써 저녁 식사 시간이었다. 그는 어스름이 내린 도나우 강 너머의 둑과 돌벽과 계단을 바라보았다.

21.

마르틴 베크가 막 옷을 입고 식당으로 내려가려는데 전화가 울렸다.

"스톡홀름에서 온 전화입니다. 에릭손 씨라고 합니다."

교환원이 말했다. 낯익은 이름이었다. 알프 맛손의 상사. 그러니까 그 공격적인 주간지의 편집장이라는 사람이었다.

거드름 피우는 목소리가 들려왔다.

"베크 씨? 에릭손입니다. 여기 편집장입니다."

"베크 형사입니다."

남자는 베크의 지적을 무시하고 계속 말했다.

"거, 당신도 알겠지만, 나는 당신의 임무에 대해서 알고 있습니다. 바로 내가 당신의 추적을 요청했으니까요. 그리고 나는 외무부에도 연줄이 있습니다."

마르틴 베크와 동명이인인 그 징그러운 사내는 이번에도 잠자코 입을 닫고 있지 못한 모양이었다.

"이봐요, 안 끊었습니까?"

"네."

"서로 말을 조심하는 게 좋겠군요. 무슨 뜻인지 알지요? 하지만 어쨌든 물을 건 물어야겠습니다. 남자를 찾았습니까?"

"맛손 말입니까? 아니요. 아직 못 찾았습니다."

"아무런 단서가 없어요?"

"네."

"전대미문의 일이로군요."

"네."

"거, 뭐라고 표현해야 하나……. 그쪽 공기는 어떻습니까?"

"덥습니다. 아침에는 안개가 좀 낍니다."

"무슨 소릴 하는 겁니까? 아침에 안개가 껴? 아, 그래, 무슨 말인지 알겠습니다. 그래요, 정확하게 알겠네요. 아무튼, 나는 양심상 이 사건을 더는 묻어둘 수 없는 시점이 되었다고 생각합니다. 왜냐, 이 사건은 엄청나게 의심스러운 일이기 때문입니다. 끔찍한 결과로 이어질지도 모릅니다. 그리고 우리는 맛손에게 개인적으로도 책임이 있습니다. 그는 최고의 기자이고, 훌륭

연기처럼 사라진 남자

한 사람이고, 더없이 정직하고 충성스러운 사람입니다. 내 평가는 정확합니다. 내가 그를 참모로 둔 지 벌써 몇 년째니까요."

"어디에 뒀다고요?"

"뭐요?"

"그를 어디에 뒀다고요?"

"아, 그거. 내 참모로 두었다고 했습니다. 우리 업계에서는 그렇게들 말합니다. 편집 참모진. 아무튼 내 평가는 확실합니다. 나는 맛손에 대해서라면 내 목도 걸 수 있어요. 그러니까 내 책임이 그만큼 더 큰 것 아니겠습니까."

마르틴 베크는 가만히 서서 딴생각을 했다. 에릭손이 어떻게 생겼을까 상상했다. 뚱뚱하고, 키가 작고, 돼지처럼 작고 움푹한 눈에, 붉은 턱수염을 기른 오만한 남자일 것이다.

"그래서 오늘, 나는 알프 맛손 사건에 대한 첫 기사를 다음주 호에 싣기로 정했습니다. 그러니까 돌아오는 월요일 호에, 더 지체하지 않고 게재할 겁니다. 이 사건에 대중의 관심을 집중시킬 때가 된 겁니다. 내가 전화를 건 것은 당신이 행여라도 그의 자취를 발견했는지 확인하고 싶어서였습니다."

"내 생각에는 그 기사를……."

마르틴 베크는 '……쓰레기통에 처박는 게 좋을 것 같습니다'라는 말이 입 밖으로 튀어나오는 것을 간신히 막았다.

"뭐라고요? 뭐라고 했습니까? 못 들었습니다."

"내일 아침 신문을 읽어보십시오."

마르틴 베크는 전화를 끊었다. 대화중에 식욕이 사라졌다. 그는 위스키병을 꺼내어 독주를 한 모금 마셨다. 그리고 자리에 앉아서 생각에 잠겼다. 그는 심기가 불편했고 두통이 있었으며, 무엇보다도 방금 다소 무례한 행동을 했다. 하지만 그가 지금 생각하는 문제는 그런 것이 아니었다.

알프 맛손은 7월 22일에 부다페스트로 왔다. 여권 검사대 사람이 그를 목격했을 것이다. 맛손은 택시를 타고 이퓨샤그 호텔로 가서 하룻밤 묵었다. 그곳 접수대 사람이 그를 맞았을 것이다. 이튿날인 23일 토요일 아침, 그는 다시 택시를 타고 이곳 두너 호텔로 건너와서 삼십 분쯤 머물렀다. 그리고 오전 10시경에 나갔다. 역시 접수대 사람들이 그를 목격했을 것이다.

그다음에는, 여태까지 알려진 바로는 아무도 알프 맛손을 보거나 듣지 못했다. 남자는 딱 하나의 단서를 뒤에 남겼다. 호텔방 열쇠였다. 슬루커는 열쇠가 경찰서 앞 계단에서 발견되었다고 말했다.

프뢰베와 라데베르거가 진실을 말했다고 가정한다면, 맛손은 우이페슈트의 약속 장소에 나타나지 않았다. 따라서 그자들은 그를 납치하거나 죽일 수 없었다.

어떤 이유에선지 알프 맛손은 연기처럼 사라졌다.

주어진 자료가 터무니없이 부실했지만 그것을 기반으로 수사를 진행하는 수밖에 없었다.

헝가리 땅에서 알프 맛손과 확실히 접촉한 사람은 총 다섯 명이다. 그들을 목격자로 간주할 수 있을 것이다.

여권 검사관 한 명, 택시 운전사 두 명, 호텔 접수원 두 명.

만약에 뭔가 전혀 예상치 못했던 일이 맛손에게 벌어졌다면, 가령 그가 습격을 당했거나, 납치를 당했거나, 사고로 죽었거나, 정신이 나갔다면, 그들의 증언은 쓸모없다. 반면에 맛손이 자의로 행방을 감춘 것이라면, 그 사람들이 맛손의 겉모습이나 행동에서 수사의 단서가 될 만한 중요한 무언가를, 아무리 작은 것이라도 목격했을 가능성이 있다.

마르틴 베크는 잠정적인 목격자들 중 두 명을 직접 만났다. 그러나 언어 장벽을 고려할 때 그가 그들에게서 끌어낼 것을 충분히 다 끌어냈다고 보기는 어려웠다. 택시 운전사들이나 여권 검사관은 찾아보지도 않았고, 설령 그가 찾아내더라도 제대로 대화를 나눌 수 없을 것이다.

그가 활용할 만한 자료 중에서 유일하게 구체적인 것은 맛손의 여권과 짐이었다. 두 가지 모두 아직까지는 그에게 아무 말도 해주지 않았다.

알프 맛손 사건의 개요는 이랬다. 지극히 우울한 상황이었다. 적어도 그가 손을 쓸 수 있는 범위에서는 수사가 막다른 골목에 다다른 것처럼 보였다. 만약에 현재의 가정과는 달리 맛손의 실종이 밀수꾼 일당과 관련된 일이라면, 사실 그렇지 않다고 확신하기도 어려운 상황인데, 이르든 늦든 슬루커가 문제를 해결할 것이다. 그런 경우라면 마르틴 베크가 헝가리 경찰에게 해줄 수 있는 최고의 지원은 당장 집으로 돌아가는 것이다. 가서 스톡홀름 마약단속반에게 통지하여, 스웨덴 쪽에서도 사건을 마무리짓게 하는 것이다.

마르틴 베크는 결정을 내렸다. 그리고 전화 두 통으로 결정을 바로 행동으로 옮겼다.

우선, 스웨덴 대사관에 있는 멋쟁이 청년.

"그를 찾았습니까?"

"아니요."

"새로운 소식은 없다는 말이로군요."

"맛손은 마약 밀수꾼이었습니다. 이제 헝가리 경찰이 그를 찾고 있습니다. 우리 쪽에서는 곧 인터폴에 그의 인상착의를 올릴 겁니다."

"불쾌한 일이 됐군요."

"그렇습니다."

"그러면 이제 형사님은 뭘 해야 하나요?"

"집에 가야죠. 항공편이 된다면 내일 갔으면 합니다. 그 문제로 도움을 받을까 해서 걸었습니다."

"아마 어려울 것 같지만 최선을 다해보겠습니다."

"그래주십시오. 무척 중요한 일입니다."

"내일 아침 일찍 전화 드리겠습니다."

"고맙습니다."

"그럼. 어쨌든 요 며칠간 좋은 시간 보내셨기를 바랍니다."

"네. 아주 좋았습니다. 그럼."

다음은 슬루커. 그는 경찰 본부에 있었다.

"내일 스웨덴으로 돌아갑니다."

"아, 그렇군요. 여행 잘하십시오."

"언젠가 우리 쪽 보고서를 보내드릴 수 있을 겁니다."

"우리도 보고서를 드릴 겁니다. 아직 맛손을 찾지는 못했습니다만."

"그게 놀라운 일입니까?"

"굉장히. 솔직히 말해서, 나는 이런 경우는 처음입니다. 하지만 곧 찾을 겁니다."

"캠프장들은 확인했습니까?"

"하는 중입니다. 시간이 좀 걸립니다. 참, 프뢰베가 자살을 기도했습니다."

"어떻게 됐나요?"

"물론 미수에 그쳤지요. 머리를 벽에 들이박았습니다. 머리에 혹만 났죠. 정신과로 이송하라고 지시했습니다. 의사 말이 조울증이라는군요. 문제는 그 아가씨도 같은 식으로 처리할 것인가 말 것인가 하는 건데요."

"라데베르거는?"

"괜찮습니다. 감옥에 체육관이 있느냐고 묻더군요. 물론 있습니다."

"뭐 하나 부탁해도 됩니까?"

"얼마든지."

"맛손은 여기 부다페스트에서 금요일 저녁부터 토요일 오전까지 다섯 명과 접촉했습니다."

"호텔 접수원 두 명하고 택시 운전사 두 명. 다섯 번째는 누구죠?"

"여권 검사대의 직원."

"핑계 같습니다만, 내가 서른여섯 시간 동안 집에 못 들어가서 이 모양입니다. 그러니까 그 사람과도 면담하길 바란다는 거지요?"

"네. 기억나는 건 뭐든 말해보라고 하십시오. 맛손이 무슨 말을 했는지, 어떻게 행동했는지, 무슨 옷을 입고 있었는지.”

“알겠습니다.”

“보고서를 독일어나 영어로 써서 스톡홀름으로 항공 배송해줄 수 있습니까?”

“텔렉스가 낫습니다. 그리고 당신이 떠나기 전에 갖다드릴 수 있을 겁니다.”

“어려울 텐데요. 나는 오전 11시쯤 나갈 겁니다.”

“헝가리 경찰은 빠르기로 유명합니다. 작년 가을에 통상부 장관의 부인이 네프 스타디움에서 가방을 날치기당한 적이 있었죠. 부인은 신고를 하려고 여기 경찰 본부까지 택시를 타고 왔는데, 도착하자마자 1층 안내대에서 가방을 돌려받았습니다. 그 덕분에 우리가 지금까지 질서를 유지해오고 있는 겁니다. 뭐, 두고 보자고요.”

“고맙습니다. 안녕히 계십시오.”

“안녕히 가십시오. 좀더 허물없이 만날 시간이 없었던 게 아쉽습니다.”

마르틴 베크는 전화를 끊고 잠깐 궁리한 뒤, 스톡홀름으로 전화를 연결해달라고 요청했다. 십 분 뒤에 연결되었다.

콜베리의 아내가 받았다.

“렌나르트는 나갔어요. 늘 그렇듯이, 어디 간다는 말도 없었어요. '호출이야, 일요일에 돌아올 거야, 몸 잘 챙겨.' 차를 몰고 갔어요. 경찰은 지긋지긋해요."

다음은 멜란데르. 이번에는 오 분 만에 연결되었다.

"잘 있었나. 내가 방해했나?"

"막 자려던 참이었어."

멜란데르는 가공할 기억력으로 유명했고, 하루에 열 시간씩 자는 것으로 유명했고, 시도 때도 없이 화장실에 앉아 있는 놀라운 능력으로도 유명했다.

"자네도 맛손 사건에 배치되었나?"

"그래."

"그 남자가 스톡홀름을 떠나기 전날 밤에 무엇을 했는지 좀 알아봐줘. 자세하게. 행동거지가 어땠는지, 무슨 말을 했는지, 무슨 옷을 입었는지."

"오늘밤에 당장?"

"내일도 괜찮아."

"오케이."

"안녕."

"안녕."

마르틴 베크는 통화를 다 마쳤다. 그는 펜과 종이를 갖고 아래층으로 내려갔다.

알프 맛손의 짐은 아직 접수대 뒷방에 오도카니 놓여 있었다.

그는 타자기를 꺼내 덮개를 벗기고, 책상에 얹은 뒤, 종이 한 장을 기계에 끼우고, 타이핑을 시작했다.

에리카 휴대용 타자기. 덮개 있음.

끈으로 여며진 황갈색 돼지가죽 여행 가방. 상당히 새것.

가방을 열고 내용물을 탁자에 늘어놓았다. 그리고 계속 타이핑했다.

회색과 검정 체크무늬 셔츠.

스포츠 셔츠, 갈색.

흰 포플린 셔츠, 세탁소에서 바로 찾은 것. 하가가탄의 지하철 세탁소.

연회색 개버딘 바지, 잘 다려져 있음.

손수건 세 장, 흰색.

양말 네 켤레, 갈색, 진청색, 연회색, 와인색.

색깔 있는 팬티 두 장, 초록색과 흰색의 체크무늬.

망사로 된 러닝셔츠 한 장.

연갈색 스웨이드 구두 한 켤레.

그는 카디건처럼 생긴 겉옷을 뚱하게 바라보다가 그것을 들고 접수대로 나갔다. 접수대의 여자는 아주 예뻤다. 일반적인 의미에서 귀여웠다. 키는 좀 작고 건강한 몸매에 길쭉한 손가락과 어여쁜 종아리, 날렵한 발목을 갖고 있었다. 정강이에 까만 솜털이 좀 나 있었고, 치마에 덮인 허벅지가 늘씬했다. 반지는 끼지 않았다. 그는 멍하니 딴생각을 하면서 계속 여자를 응시하다가 물었다.

"이런 옷을 뭐라고 부릅니까?"

"저지 블레이저라고 합니다."

그는 계속 가만히 서서 뭔가를 생각했다. 여자가 얼굴을 붉히더니, 접수대 저쪽으로 옮겨가서 치마를 매만지고 브래지어와 거들을 바로잡았다. 그는 여자가 왜 그러는지 알 수 없었다. 그는 방으로 돌아가 책상에 앉아서 다시 타이핑했다.

짙은 청색 저지 블레이저.

타이핑 용지 쉰여덟 장, 규격 크기.

타자용 지우개 하나.

전기면도기, 레밍턴.

『밤의 방랑자』, 쿠르트 살로몬손* 지음.

면도용품 꾸러미.

면도 로션, 타박Tabac.

치약, 스퀴브, 열려 있음.

칫솔.

구강 세정제, 바데메쿰.

코데인이 함유된 아스피린, 상자 미개봉.

짙은 청색 비닐 지갑.

20달러 지폐로 1500달러.

100크로나 지폐로 600크로나, 신권.

알프 맛손의 타자기로 타이핑했음.

그는 물건들을 다 다시 싼 뒤 목록을 접어 들고 나섰다. 접수
대의 여자가 어리둥절한 듯 그를 보았다. 그의 눈에 여자가 아
까보다 더 예뻐 보였다.

마르틴 베크는 식당으로 가서 늦은 저녁을 먹었다. 넋이 나
간 듯한 표정이 얼굴에서 가시지 않았다.

웨이터가 스웨덴 국기를 그의 식탁에 꽂았다. 연주자가 그의
자리로 건너와서 그의 왼쪽 귀에 대고 웬 스웨덴 노래의 멜로디

* 기자 출신의 스웨덴 작가. 1950년대에 주로 활동했다.

를 연주했다. 그는 주변을 눈치도 못 채는 것 같았다.

그는 커피를 한입에 털어 넣은 뒤, 계산서를 기다리지도 않고 붉은 100포린트짜리 지폐 한 장을 탁자에 올려놓고 자리 올라갔다.

22.

대사관의 청년이 전화를 걸어온 것은 9시에서 몇 분 지났을 때였다.

"운이 좋으십니다. 이리저리 손을 써서 12시에 부다페스트를 떠나는 비행기 좌석을 하나 확보했습니다. 1시 50분에 프라하에 내릴 텐데, 오 분 만에 코펜하겐으로 가는 스칸디나비아 항공으로 갈아타셔야 합니다."

"고맙습니다."

"이렇게 촉박하게 항공편을 마련하는 게 쉽지는 않았습니다. 표를 멀레브 사무실에서 직접 찾으실 수 있나요? 지불은 했으니까 표만 받으시면 됩니다."

"당연히 그러겠습니다. 정말 고맙습니다."

"그럼, 여행 즐겁게 하십시오, 베크 씨. 여기에서 만나 뵈어서 무척 반가웠습니다."

"고맙습니다. 그럼."

예상대로 표가 준비되어 있었다. 사흘 전에 그와 이야기를 나눴던 검정 곱슬머리의 미인이 건네주었다.

그는 호텔방으로 돌아와서 짐을 꾸린 뒤, 한동안 창가에 앉아 담배를 피우면서 강가를 구경했다. 그런 뒤에 방을 나섰고 (그는 닷새를, 알프 맛손은 삼십 분을 머문 방이었다), 접수대로 내려가 택시를 불러달라고 했다. 밖으로 나가 계단을 내려가는데, 청색과 흰색으로 칠해진 경찰차 한 대가 쏜살같이 달려왔다. 차는 호텔 정면에 급정거했고, 그가 처음 보는 웬 제복 경찰이 펄쩍 뛰어내려서 서둘러 회전문으로 들어갔다. 마르틴 베크가 얼핏 보니 남자의 손에 봉투가 들려 있었다.

그가 탈 택시가 진입로에 들어서서 경찰차 뒤에 섰고, 희끗희끗한 콧수염을 기른 도어맨이 그를 위해 뒷문을 열어주었다. 마르틴 베크는 잠깐 기다리라고 한 뒤에 회전문으로 돌아갔는데, 마침 그 순간 경찰관이 접수원의 뒤를 따라 반대 방향에서 회전문으로 들어왔다. 접수원이 마르틴 베크를 보더니 마구 손짓하면서 경찰관을 가리켰다. 그들은 회전문 속에서 빙글빙글 두어 번 더 돈 뒤에야 세 사람 모두가 호텔 앞 계단에서 만나는

데 성공했다. 마르틴 베크는 봉투를 넘겨받았다. 그는 남은 알루미늄 동전들을 전부 접수원과 도어맨에게 주고 택시에 탔다.

비행기에서는 허풍이 심하고 목소리가 큰 영국 사람 옆에 앉았다. 남자는 그에게 몸을 들이밀다시피 하여 그의 얼굴에 온통 침을 튀기면서 무슨 해외 판매 업무인 것 같은, 재미라고는 눈곱만큼도 없는 자신의 일 이야기를 늘어놓았다.

프라하에 도착한 마르틴 베크는 황급히 대합실을 가로질러 연결 비행기가 떠나기 전에 겨우 올라탔다. 다행스럽게도 침을 뿌려대던 영국인은 보이지 않았다. 비행기가 이륙한 뒤, 그는 봉투를 열었다.

슬루커와 헝가리 경찰은 빠른 일 처리 속도의 명성에 부합하기 위해서 최선을 다한 듯했다. 그들은 여섯 증인을 면담한 뒤 영어로 보고서를 작성했다. 마르틴 베크는 읽어보았다.

스웨덴 국민 알프 식스텐 맛손이 1966년 7월 22일 오후 10시 15분에 부다페스트 페리헤지 공항에 내린 뒤부터 같은 해 7월 23일 오전 10시에서 11시 사이의 특정할 수 없는 어느 시각에 부다페스트의 두너 호텔에서 사라지기까지 그와 접촉한 것으로 확인된 사람들에 대한 면담 내용 요약.

페렌츠 허버시, 여권 심사관. 1966년 7월 22일에서 7월 23일 사이의 밤에 페리헤지 공항의 여권 검사대에서 혼자 근무했음. 알프 맛손을 본 기억이 나지 않는다고 함.

야노시 루처치, 택시 운전사. 7월 22일에서 23일 사이의 밤에 페리헤지 공항에서 이퓨샤그 호텔로 간 손님을 태웠던 것을 기억함. 루처치에 따르면, 손님은 25세에서 30세 사이의 남자로 턱수염을 길렀고 독일어를 했음. 루처치는 독일어를 못하기 때문에 남자가 이퓨샤그로 가고 싶어 한다는 사실만 알아들었음. 루처치의 기억에 남자는 여행 가방을 하나 갖고 있었고, 뒷좌석에 앉아 옆자리에 가방을 올려두었음.

레오 서보, 의대생이자 7월 22일에서 23일 밤에 이퓨샤그 호텔에서 야간 접수를 담당한 직원. 서보는 7월 17일에서 24일 사이의 어느 날엔가 한 남자가 밤늦게 호텔로 왔던 것을 기억함. 정황상 그가 알프 맛손인 듯하지만, 서보는 남자가 정확하게 언제 도착했는지, 이름이나 국적이 무엇인지 기억하지 못함. 서보에 따르면, 남자는 30세에서 35세 사이였고 유창한 영어를 했으며 턱수염이 있었음. 연한 색깔의 바지와 청색 재킷을 입었고, 아마 흰 셔츠를 입었던 것 같고, 넥타이를 맸고, 짐이 단출했음. 가방 하나나 두

연기처럼 사라진 남자

개가 전부였음. 남자를 그때 외에 다른 때에 또 본 적이 있는지는 기억나지 않는다고 함.

벨러 페테르, 택시 운전사. 7월 23일 오전에 알프 맛손을 이퓨사그 호텔에서 두너 호텔로 태워다주었음. 페테르는 그를 갈색 턱수염에 안경을 끼고, 짐은 큰 가방 하나와 작은 가방 하나를 든 젊은 남자로 기억하고 있음. 작은 가방은 아마 타자기인 것 같았다고 함.

벨러 코바치, 두너 호텔의 직원. 7월 23일 오전에 맛손의 여권을 받고 105호 열쇠를 건네주었음. 코바치에 따르면, 맛손은 옅은 색깔, 아마도 회색 같은 바지를 입고 있었고, 흰 셔츠와 푸른 재킷, 무지 넥타이를 맸음. 옅은 색의 코트를 팔에 걸치고 있었음.

에버 페트로비츠흐, 같은 호텔의 접수원. 맛손이 호텔에 막 도착했을 때인 7월 23일 오전 10시 직전에도 그를 보았고, 삼십 분 뒤에 그가 호텔을 떠날 때도 보았음. 페트로비츠흐는 맛손에 대해서 가장 철저하게 묘사해주었고, 넥타이 색깔을 제외하고는 자신이 말한 세부 사항들이 모두 정확하다고 확신했음. 페트로비츠흐에 따르면 맛손은 중키였고, 푸른 눈동자, 짙은 갈색 머리카락, 턱수염과 콧수염이 모두 있었고, 쇠테 안경을 꼈음. 연회색 바지, 짙은 청색 여름용 블레이저, 흰 셔츠, 푸른색 혹은 붉은색 넥타이, 베이지색 신발 차림이었음. 팔에는 옅은 베이지색 포플린 코트를 걸치고 있었음.

슬루커가 마지막에 이렇게 덧붙여두었다.

읽어보면 알겠지만, 우리가 이미 알고 있던 것 외에 새로운 사실을 많이 알아내지는 못했습니다. 증인들 중 누구도 맛손의 행동이나 말에서 이상한 것을 눈치챈 기억은 없다고 합니다. 우리가 전국에 뿌린 수배문에 그의 실종 당시 옷차림에 대한 묘사를 추가했습니다. 다른 사실들이 밝혀지면 즉각 당신에게 알리겠습니다. 즐거운 여행 하시길!

빌모시 슬루커

마르틴 베크는 슬루커의 요약을 다시 한번 읽어 내려갔다. 에버 페트로비츠흐라는 여자가 그에게 알프 맛손의 여행 가방에서 나온 카디건 같은 겉옷의 이름을 알려주었던 그 아가씨인지 궁금했다. 그는 슬루커의 편지 뒷면에 이렇게 썼다.

연회색 바지.

흰 셔츠.

짙은 청색 블레이저.

붉은색 또는 푸른색 넥타이.

베이지색 신발.

옅은 베이지색 포플린 코트.

그러고는 알프 맛손의 가방에서 나온 내용물을 열거한 목록을 꺼내 찬찬히 읽은 뒤, 모든 서류를 가방에 집어넣고 닫았다.

그는 좌석에 등을 대고 눈을 감았다. 자진 않았지만, 비행기가 코펜하겐 상공의 옅은 뭉게구름을 뚫고 하강하기 시작할 때까지 그렇게 앉아 있었다.

카스트루프 공항은 평소와 다름없었다. 그는 다른 승객들과 나란히 한 줄로 선 뒤, 대합실로 밀려 들어갔다. 대합실 카운터 앞에는 온갖 국적의 사람들이 북적거렸다. 그는 바로 가서 투보르 맥주 한 병을 마셨다. 짐을 찾는 노역에 나서기 전에 기력을 끌어모으기 위해서였다.

마침내 그가 가방을 들고 공항 건물 밖으로 나왔을 때는 벌써 3시가 넘어 있었다. 택시 승강장에는 택시들이 길게 줄지어 있었다. 그는 맨 앞의 차에 가방을 넣은 뒤 앞좌석에 앉아 운전수에게 드라괴르 항구를 목적지로 댔다.

항구에는 곧 출발할 채비가 된 듯한 페리가 있었다. 드로그덴이라는 이름이었는데, 보기 드물게 흉측한 몰골의 배였다. 마르틴 베크는 여행 가방과 서류 가방을 아래 카페테리아에 두고 갑판으로 올라갔다. 배가 천천히 항구를 벗어나 스웨덴으로 향했다.

지난 며칠 동안 부다페스트의 더위를 겪고 나서인지, 해협의 바람이 차게 느껴졌다. 잠시 뒤에 그는 카페테리아로 내려가서 앉았다. 배에는 사람이 아주 많았다. 대부분은 덴마크로 건너가 쇼핑을 하고 돌아오는 주부들이었다.

항해는 한 시간도 걸리지 않았다. 배가 림함에 닿자 그는 당장 택시를 잡아타고 말뫼로 갔다. 수다스러운 운전수는 스웨덴 남부 사투리로 뭐라고 내내 떠들었는데, 마르틴 베크의 귀에는 그 말이 헝가리어만큼이나 알아들을 수 없게 들렸다.

연기처럼 사라진 남자

23.

택시가 다비드할스토리 광장의 경찰서 앞에 섰다. 마르틴 베크는 차에서 내려 건물의 널찍한 계단을 올라간 뒤 가방을 접수대의 유리 창구에 맡겼다. 이 년 만의 방문이었는데, 변함없이 거대하고 당당하고 장엄한 건물과 으리으리한 현관과 넓은 층계에 새삼 감탄했다. 두 층을 올라가 "경감"이라고 적힌 방 앞에 서서 노크를 하고 미끄러져 들어갔다. 누군가 마르틴 베크를 가리켜 문밖에서 노크를 하는 동시에 이미 방으로 들어와 문을 닫는 기막힌 재주가 있다고 말한 적이 있었다. 일리 있는 말이었다.

"여어."

그가 인사했다.

방에는 두 사람이 있었다. 한 명은 이쑤시개를 씹으며 창에 기대서 있었다. 덩치가 산만 했다. 다른 사람은 책상에 앉아 있었는데, 키가 훌쩍하고 말랐으며, 머리카락은 똑바로 뒤로 넘겼고, 눈에 총기가 있었다. 둘 다 사복 차림이었다. 책상에 앉은 남자가 수상쩍은 듯 마르틴 베크를 뜯어보며 말했다.

"당신이 해외에서 국제 마약 밀매 조직을 소탕하고 있다는 보고를 십오 분 전에 읽었는데, 이제 여기로 걸어 들어와서 '여어' 하고 인사한단 말이죠. 비결이 뭡니까? 뭐 필요한 거라도 있습니까?"

"주현절 전날 밤에 일어났던 상해 사건을 기억합니까? 맛손이라는 남자가 칼에 찔린 사건?"

"아니요. 내가 기억해야 하는 사건인가요?"

"나는 기억나."

창가에 선 남자가 무덤덤하게 말했다.

"이쪽은 몬손입니다. 지금은…… 그러고 보니, 몬손 자네 지금 뭐하는 거야?"

경감이 동료에게 물었다.

"아무것도. 집에 갈까 생각하던 중이야."

"바로 그겁니다. 몬손은 지금 아무것도 안 하면서 집에 갈까 생각하는 중입니다. 그건 됐고, 자네가 기억하는 내용은 뭔데?"

"까먹었는데."

"자네가 도움이 되는 상황이란 게 있기는 해?"

"월요일까지는 없어. 난 지금부터 비번이야."

"꼭 그렇게 으적으적 씹어야겠어?"

"금연을 시도하는 중이라서 그래."

"그 상해 사건에 대해서 뭐가 기억나는데?"

"아무것도."

"전혀, 아무것도?"

"그래. 바클룬드가 담당했어."

"그러면 바클룬드는 어떻게 생각했는데?"

"모르지. 그가 며칠이나 예비 조사에 공을 들였어. 조사 내용을 철저히 비밀로 하면서."

책상에 앉은 남자가 마르틴 베크에게 말했다.

"당신, 운이 좋군요."

"왜요?"

"글쎄, 바클룬드를 만나는 영광을 누리게 되어서랄까요."

몬손이 대신 대답했다.

"바로 그겁니다. 바클룬드가 얼마나 인기인인데요. 삼십 분 뒤에 312호로 가보세요. 대기표 받는 것 잊지 말고."

"고맙습니다."

"맛손이라는 남자가 당신이 찾고 있는 사람입니까?"

"그래요."

"그가 여기 말뫼로 왔답니까?"

"그건 아닌 것 같습니다."

"재미없네."

몬손이 침울하게 말했다.

"뭐가 재미없어?"

"이쑤시개."

"그러면 제발, 그냥 담배를 피워. 자네한테 이쑤시개를 먹으라고 한 사람 아무도 없어."

"무슨 맛이 나는 이쑤시개도 있다고 하던데."

몬손이 말했다.

마르틴 베크는 지극히 경찰다운 그들의 대화를 충분히 이해할 수 있었다. 뭔가 그들의 하루를 망친 일이 있었을 것이다. 틀림없이 아내들이 전화를 걸어서, 그들을 위해 차린 음식이 썩어갈 지경이며 그들 외에 다른 경찰은 없느냐고 따졌을 것이다.

마르틴 베크는 두 남자가 자신들의 문제로 골머리를 썩이도록 내버려두고 매점으로 올라가 차를 한 잔 마셨다. 슬루커가 보낸 서류를 안주머니에서 꺼내어 빈약한 증언을 다시 한번 읽어보았다. 등뒤에서 이런 대화가 들려왔다.

"귀찮게 이런 걸 물어서 미안합니다만, 이게 정말로 마자랭 케이크입니까?"

"아니면 뭐겠습니까?"

"나는 무슨 문화 유물인 줄 알았지요. 사람이 딱하게 어떻게 이런 걸 먹습니까. 제빵 박물관이나 흥미를 보일 만한 물건을."

"그렇게 마음에 안 들면 여기 어슬렁대지 말고 다른 데나 가 보쇼."

"그래요, 예를 들면 두 층 아래로 내려가서 당신이 위험한 무기를 소지하고 있다고 신고할 수도 있겠군요. 나는 분명히 마자랭 케이크를 주문했는데 당신은 웬 말라비틀어진 시체를 내놓았으니, 이건 스웨덴 국영철도에서도 기차가 부끄러워 얼굴을 붉히지 않고는 못 팔 물건이란 말입니다. 내가 얼마나 섬세한 사람인데……."

"섬세하다고요? 허! 그리고 그건 카운터에서 당신이 직접 고른 거 아뇨."

마르틴 베크는 고개를 돌려 콜베리를 보았다.

"안녕."

마르틴 베크가 인사했다.

"안녕."

둘 다 딱히 놀라지는 않았다. 콜베리는 못마땅한 케이크를 밀치면서 물었다.

"언제 돌아왔나?"

"방금. 자네는 여기서 뭘 해?"

"바클룬드라는 사람하고 이야기를 좀 할까 해서."

"나도."

"사실 여기에서 다른 볼일도 좀 있었어."

콜베리는 변명하듯이 말했다.

십 분 뒤는 5시였다. 두 사람은 함께 내려갔다. 바클룬드는 친근하고 평범한 인상의 늙수그레한 남자였다. 악수를 한 뒤에 남자가 말했다.

"아, 네. 스톡홀름에서 오신 귀빈들이시군요."

그는 두 사람을 위해 의자 두 개를 펼친 뒤 자기도 앉으면서 말했다.

"이거, 황송하군요. 무슨 일로 제가 이런 영광을 입는 걸까요?"

"주현절 전날 밤에 일어난 상해 사건을 맡으셨다고요." 콜베리가 말했다. "맛손이라는 남자인데."

"네, 맞습니다. 그 사건 기억합니다. 종결된 사건인데요. 당사자가 고발하지 않기로 해서."

"정확하게 어떤 사건이었습니까?"

마르틴 베크가 물었다.

"그게, 으음……. 내가 파일을 갖고 올 테니 잠깐 기다리십시오."

바클룬드라는 남자는 밖으로 나갔다가 십 분쯤 뒤에 스테이플러로 찍은 보고서를 갖고 돌아왔다. 보기 드물게 상세한 보고서인 듯했다. 남자는 그것을 한참 뒤적였다. 사건에 대한 기억을 되살리려는 것 같았다. 신나고 자랑스러워하는 기색이 역력했다. 이윽고 남자가 말했다.

"처음부터 이야기하는 게 좋겠습니다."

"사건에 대한 전반적인 인상만 들으면 됩니다."

콜베리가 주문했다.

"알겠습니다. 올해 1월 6일 오전 1시 23분에, 크리스티안손 순경과 크반트 순경으로 이루어진 순찰조가, 당시 두 사람은 경찰차를 타고 여기 말뫼 시내의 린네 거리를 순찰하던 중이었는데, 림함의 스베아가탄 26번지로 출동하라는 지시를 받았습니다. 거기에서 누군가 칼에 찔렸다는 겁니다. 크리스티안손과 크반트 순경은 당장 그 주소로 갔는데, 도착하니 대략 1시 29분이었습니다. 두 사람은 자신을 기자라고 진술한 남자를 맡게 되었습니다. 알프 식스텐 맛손이라는 사람이고, 거주지는 스톡홀름의 플레밍가탄 34번지라고 했습니다. 맛손은 벵트 에일레르트 옌손이라는 사람이 자신을 덮쳐 찔렀다고 진술했는데, 옌손이라는 사람도 기자로, 말뫼 시민이고, 림함의 스베아가탄 26번지에 삽니다. 맛손은 왼쪽 손목 바깥쪽에 육 센티미터쯤 되는 경상을 입었고, 크리스티안손과 크반트 순경이 그를 종합병원 응급실로 이송했습니다. 한편 벵트 에일레르트 옌손은 엘로프손 순경과 보릴룬드 순경이 책임지고 맡아서 여기 말뫼 형사계로 데려왔습니다. 그 순경들은 크리스티안손과 크반트 순경이 호출한 겁니다. 둘 다 술기운이 있었습니다."

"크리스티안손과 크반트가?"

바클룬드는 나무라는 눈빛을 콜베리에게 던지고는 이어 말했다.

"맛손은 종합병원 응급실에서 치료를 받은 뒤, 여기 말뫼 형사계로 옮겨 증언을 했습니다. 맛손의 증언에 따르면 그는 1933년 8월 5일 묄른달 출신이고, 사는 곳은……."

"잠깐만." 마르틴 베크가 끼어들었다. "우리는 상세한 것까지 다 알 필요는 없습니다."

"아. 하지만 내 장담하는데, 속속들이 다 훑지 않으면 깔끔한 그림을 머릿속에 그리기가 힘듭니다."

"그 보고서에 깔끔한 그림이 그려져 있습니까?"

"그 질문에는 그렇다고도 답할 수 있고, 아니라고도 답할 수 있습니다. 이야기가 상당히 엇갈려서요. 시간도 그렇고. 증언들이 굉장히 모호합니다. 그래서 고발이 없었던 겁니다."

"누가 맛손을 면담했습니까?"

"내가 했습니다. 철저하게 신문했습니다."

"그는 취해 있었나요?"

바클룬드는 보고서를 펄럭거렸다.

"잠시만요. 네, 여기 적혀 있습니다. 그는 술을 마신 것을 시인했지만, 과음을 한 것은 아니라고 말했다."

"그의 행동은 어땠습니까?"

"내가 그 점에 대해서는 기록해두지 않았군요. 하지만 크리스티안손이 한 말이 있습니다. 여기, 잠시만요. 그의 걸음은 비틀거렸고, 목소리는 차분했지만 가끔씩 발음이 샜다."

마르틴 베크는 포기했다. 콜베리는 좀더 끈질겼다.

"그는 어떤 사람으로 보였습니까?"

"그 점에 대해서는 기록이 없군요. 하지만 옷차림이 말쑥하고 단정했던 걸로 기억합니다."

"어쩌다가 칼에 찔렸답니까?"

"실제로 사건이 벌어진 과정을 깔끔하게 재구성하기가 어렵다고 할 수 있습니다. 두 사람의 이야기가 엇갈렸거든요. 내 기억이 옳다면, 그래요, 그게 맞네요, 맛손은 자신이 자정 즈음에 상처를 입었다고 진술했습니다. 반면에 옌손은 사건이 1시가 넘어서야 벌어졌다고 진술했습니다. 이 대목을 분명하게 밝히기가 아주 어려웠습니다."

"그가 폭행을 당한 겁니까?"

"여기 옌손의 진술이 있습니다. 벵트 에일레르트 옌손은 진술하기를, 그와 맛손은 직업상 만나게 된 사이인데 삼 년 가까이 안면이 있었고, 그러다 1월 5일에 우연히 맛손을 만났는데, 맛손은 사보이 호텔에 혼자 묵고 있었기 때문에 옌손이 저녁이나 하자고 집으로 초대했고, 그래서……."

"네, 그건 알겠는데 그래서 그가 폭행에 대해서는 뭐라고 말했습니까?"

바클룬드는 이제 약간 짜증이 나는 듯했다. 그가 몇 장을 더 넘겼다.

"옌손은 고의적인 폭행을 부인했고, 다만 1시 15분에 맛손을 한 번 떠밀었다는 것은 시인했습니다. 그래서 맛손이 넘어졌던 모양인데, 그때 손에 쥐고 있던 유리잔이 깨져서 손을 벤 것이라고 했습니다."

"칼에 찔렸다면서요?"

"글쎄요, 그 질문은 앞부분에서 다뤘는데요. 어디 봅시다. 여기 있네요. 맛손은 진술하기를, 밤 11시 좀 전에 벵트 에일레르트 옌손과 드잡이를 하게 되었고, 그래서 틀림없이 옌손의 부엌에서 봤던 칼로 왼팔에 상처를 입게 되었답니다. 여러분도 이제 이해하겠지요. 밤 11시 직전이라니! 그리고 새벽 1시 15분이라니! 두 시간 하고도 이십 분이나 차이가 난단 말입니다! 우리는 종합병원 의사한테 증명서도 받았습니다. 의사의 묘사에 따르면, 상처는 육 센티미터쯤 되는 경상이고, 피가 제법 많이 흘렀습니다. 상처의 가장자리는……."

콜베리는 앞으로 몸을 숙여, 보고서를 든 남자를 매섭게 노려보았다.

"우리는 그런 것까지는 관심이 없단 말입니다. 당신이 어떻게 생각하느냐 이 말입니다. 무슨 일이 벌어졌던 건 사실이지요. 왜? 어쩌다 그렇게 되었느냐? 이 말입니다."

상대는 더이상 짜증을 감추지 못했다. 바클룬드는 안경을 벗어서 맹렬하게 닦았다.

"이것 보라지, 이봐요, 이봐. '벌어졌다' 한마디면 된다 이겁니까. 허어. 이 예비 보고서에는 모든 것이 철저하게 조사되어 있어요. 나는 상세하게 이야기를 다 하지 않고서 사건을 명료하게 설명하는 방법 따위는 모르겠습니다. 원한다면 직접 자료를 살펴보시든가."

바클룬드는 책상 모서리에 보고서를 내려놓았다. 마르틴 베크는 무기력하게 종이를 넘기다가, 맨 뒤에 첨부된 현장 사진들을 보았다. 사진에는 부엌, 거실, 그리고 돌계단이 보였다. 어디나 깨끗하고 깔끔했다. 계단에 일 외레짜리 동전보다 크지 않을 것 같은 작은 반점이 몇 개 있었다. 흰 화살표로 표시되어 있지 않다면 아마 못 보고 지나쳤을 것이다. 그는 문서를 콜베리에게 넘기고, 의자 팔걸이를 손가락으로 두드리며 바클룬드에게 물었다.

"맛손을 이 방에서 면담했습니까?"

"그렇습니다. 이 방에서."

"이야기를 오래 나눴겠군요."

"그래요. 상세하게 진술해야 했으니까."

"그는 인상이 어땠습니까? 그러니까, 어떤 사람 같아 보였습니까?"

바클룬드는 이제 하도 짜증이 나서 가만히 앉아 있지를 못했다. 그는 니스칠이 된 휑한 책상 위의 몇 안 되는 물건들을 부산하게 이리 옮겼다 저리 치웠다 하면서, 결국에는 정확하게 같은 자리들에 두었다.

그리고 한탄했다.

"인상이라니! 그 예비 보고서에 모든 것이 철저하게 조사되어 있습니다. 아까도 말했지 않습니까. 게다가 사건은 사유지에서 벌어졌고, 경찰서로 사건이 넘어왔을 때는 맛손이 고발을 원치 않았단 말입니다. 당신들이 뭘 알고 싶어 하는 건지 도통 이해를 못하겠군요."

콜베리는 보고서를 열어보지도 않고 내려놓았다. 그리고 최후의 시도를 했다.

"우리는 알프 맛손에 대한 당신의 개인적인 인상을 알고 싶은 겁니다."

"그런 것 없습니다."

남자가 대꾸했다.

두 사람이 남자를 내버려두고 나설 때 그는 책상에 앉아 예비 보고서를 읽고 있었다. 뻣뻣하고 못마땅한 표정이었다.

"별사람이 다 있지."

엘리베이터에서 콜베리가 말했다.

24.

벵트 옌손의 집은 베란다와 정원이 딸린 아담한 방갈로였다. 열린 대문 안쪽의 자갈길에 선탠을 한 금발 남자가 삼륜차 앞에 엉덩이를 깔고 앉아 있었다. 두 손이 기름범벅이었다. 빠진 체인을 끼우려는 중이었다. 다섯 살쯤 되어 보이는 소년이 렌치를 손에 쥐고 곁에 서서 구경하고 있었다.

콜베리와 마르틴 베크가 대문을 들어서자, 남자가 일어나서 두 손을 바지 뒤춤에 문질러 닦았다. 남자는 서른 살쯤 되어 보였고, 체크 셔츠와 더러운 카키색 바지, 밑창이 나무로 된 신발을 신었다.

"벵트 옌손 씨?"

콜베리가 물었다.

"네, 접니다."

남자는 수상쩍은 눈길로 두 사람을 보았다.

"스톡홀름 경찰에서 나왔습니다." 마르틴 베크가 말했다. "당신 친구에 대한 정보를 얻고 싶어서 찾아왔습니다. 알프 맛손이라고."

"친구라. 그자를 친구라고 부르기는 싫은데요. 지난겨울 일 때문입니까? 그 사건은 끝나서 오래전에 묻힌 걸로 압니다만."

"네, 맞습니다. 그 사건은 종결되었으니까 다시 끄집어낼 일은 없습니다. 우리가 관심 있는 것은 당신이 아니라 알프 맛손입니다."

마르틴 베크가 말했다.

"신문에서 그가 실종되었다는 기사를 읽었습니다. 무슨 마약 밀매단으로 일했다던데요. 그가 약을 한다는 건 미처 몰랐습니다."

"아마 그는 안 했을 겁니다. 팔기만 했습니다."

"세상에. 그런데 어떤 정보를 원합니까? 그의 마약 사업에 대해서는 전혀 아는 바가 없습니다."

"그에 대해 전반적인 그림을 그리는 것을 도와주셨으면 합니다."

"뭘 알고 싶으신가요?"

금발 남자가 물었다.

"당신이 알프 맛손에 대해 아는 모든 것."

콜베리가 대답했다.

"모든 것이라고 해봐야 많지 않습니다. 알고 지낸 지 삼 년이지만 그를 거의 모릅니다. 지난겨울 일이 있기까지 만났던 횟수가 손에 꼽습니다. 나도 기자라서, 함께 일하러 갔던 자리에서 만났습니다."

"지난겨울 일을 구체적으로 이야기해주시겠습니까?"

마르틴 베크가 물었다.

"앉아서 이야기하는 게 좋겠네요."

옌손은 베란다로 올라갔다. 마르틴 베크와 콜베리도 따라서 올라갔다. 베란다에는 탁자 하나와 고리버들 의자 네 개가 있었다. 마르틴 베크는 의자에 앉아서 옌손에게 담배를 권했다. 콜베리는 의심스러운 눈초리로 의자를 뜯어본 뒤에 조심스럽게 엉덩이를 내려놓았다. 의자가 콜베리의 체중을 못 이겨 위태롭게 삐걱거렸다.

"우리는 당신 이야기 중에서 알프 맛손의 성격에 관한 부분에만 흥미가 있다는 걸 다시 한번 확실히 말씀드립니다. 우리든 말뫼 경찰이든 그 사건을 다시 끌어낼 이유는 전혀 없습니다." 마르틴 베크는 다시 못을 박았다. "어떻게 된 일입니까?"

"길에서 우연히 알프 맛손과 마주쳤습니다. 그가 말뫼의 호텔에 묵고 있다기에 내가 저녁 초대를 했습니다. 나는 그를 잘 몰랐지만, 그는 여기에 혼자 왔다고 하면서 함께 술을 마시자고 했어요. 그래서 아예 그가 우리집으로 오는 게 더 낫겠다고 생각했죠. 그는 택시를 타고 왔는데, 내 기억에 그때는 취하지 않았던 것 같아요. 뭐, 거의 안 취했다는 거죠. 저녁을 먹으면서 반주로 슈납스를 권했고, 우리 둘 다 꽤 마셨습니다. 식사 후에는 음반도 듣고 위스키도 마시고 그러면서 이야기를 나눴습니다. 그는 상당히 빨리 취했는데, 취하니까 불쾌한 짓을 하더군요. 내 아내의 친구가 함께 있었는데, 갑자기 그녀를 보면서 이렇게 말하는 겁니다. '이봐, 나랑 씹하고 싶지 않아?'"

벵트 옌손은 그러고는 입을 다물었다. 마르틴 베크가 고개를 끄덕이면서 재촉했다.

"계속 말씀하세요."

"정말로 그렇게 말하더라고요. 아내 친구는 너무 충격을 받았습니다. 그런 말에 익숙하지 않았으니까요. 아내도 화가 나서 아페에게 무뢰한이라고 쏘아주었는데 그자가 아내를 창녀라고 부르면서 무례하게 굴지 뭡니까. 나도 화가 나서 그에게 말조심하라고 했고 여자들은 딴 방으로 건너갔습니다."

옌손이 다시 입을 다물자, 이번에는 콜베리가 물었다.

"그는 술에 취하면 항상 그렇게 무례했습니까?"

"모릅니다. 전에는 취한 모습을 한 번도 못 봤습니다."

"그러고는 어떻게 되었습니까?"

마르틴 베크가 물었다.

"그게, 그러고도 우리는 계속 술을 마셨습니다. 사실 나는 그다지 많이 마시지 않아서 별로 취기가 오르지 않았습니다. 하지만 아폐는 갈수록 취하고 더 취하더니, 저기에 앉아서, 딸꾹질을 하고 트림을 하고 노래를 하고 그러다가 갑자기 마루에 온통 토하지 뭡니까. 나는 그를 화장실로 끌고 갔습니다. 조금 있으니 그는 다시 괜찮아졌고 술이 좀 깬 듯했습니다. 내가 그에게 토사물을 닦아야 하지 않겠느냐고 말했더니, 그가 '네가 결혼한 그 창녀한테 시키면 되잖아'라고 말했어요. 나는 그 말에 정말로 화가 나서 당장 나가라, 내 집에 들여놓고 싶지 않다고 말했습니다. 하지만 그는 그냥 웃으면서 의자에 앉아 트림만 계속했어요. 내가 전화로 택시를 부르겠다고 했더니, 그가 자기는 여기 남아서 내 아내와 잘 거라고 말했습니다. 그래서 내가 그를 한 대 쳤습니다. 그가 일어나면서 아내에 대해서 또 뭐라고 추잡한 말을 지껄였고, 그래서 내가 한 대 더 쳤습니다. 그때 그가 탁자 위로 넘어져서 유리잔이 두 개 깨졌습니다. 나는 계속 그를 집에서 쫓아내려고 했지만 그는 안 가려고 버텼어요. 보다

못해 아내가 경찰에 전화했습니다. 그것밖에는 쫓아낼 방법이 없는 것 같았습니다."

"그가 손을 다쳤다고 하던데요. 어쩌다 그랬습니까?"

콜베리가 물었다.

"나도 그가 피를 흘리는 것을 보았지만 심각하게 생각하지 않았습니다. 어차피 너무 화가 나서 신경도 안 썼습니다. 그건 그가 넘어질 때 유리에 벤 겁니다. 그러고는 내가 자기를 찔렀다고 주장했는데, 순 거짓말입니다. 나는 칼을 들지 않았습니다. 그런데도 경찰서로 불려가서 밤새 신문을 당했죠. 하나부터 열까지 끔찍한 일이었어요."

"그날 밤 이후로 알프 맛손을 만난 적이 있습니까?"

콜베리가 물었다.

"맙소사, 아니요. 그날 아침에 경찰서에서 본 게 마지막입니다. 내가 그 짭새, 죄송합니다. 경찰한테 신문을 당한 뒤에 밖으로 나와보니 그가 복도에 앉아 있더군요. 그 개자식이 아직도 정신을 못 차리고 이렇게 말하지 뭡니까. '헤이, 아직 남은 술이 있잖아. 좀 있다가 자네 집으로 돌아가서 마저 끝내자고.' 나는 대꾸도 안 했습니다. 고맙게도 그후로 지금까지 얼굴도 안 봤습니다."

벵트 옌손은 자리에서 일어나서 아이에게 갔다. 아이는 렌치로 삼륜차를 두드리고 있었다. 남자는 쭈그리고 앉아서 체인 거는 작업을 계속했다.

"이제 더 말씀드릴 것이 없네요. 정확하게 있었던 일 그대로 이야기한 겁니다."

옌손이 어깨 너머로 말했다.

마르틴 베크와 콜베리도 일어났다. 두 사람은 문을 나서면서 서로 끄덕였다.

말뫼로 돌아오는 길에 콜베리가 말했다.

"대단한 사람이야, 맛손이라는 친구. 그에게 정말로 무슨 일이 생겼더라도 그 때문에 인류가 엄청난 손실을 입었다고는 말할 수 없겠는데. 손실을 입은 게 있다면 자네의 휴가겠지."

25.

콜베리는 구스타브아돌프스토리 광장의 상트예르겐 호텔에 묵고 있었다. 두 사람은 경찰서에 들러 마르틴 베크의 여행 가방을 찾은 뒤 호텔로 향했다. 호텔은 만원이었지만 콜베리가 설득의 기술을 발휘하여 금세 방을 하나 더 잡았다.

마르틴 베크는 귀찮게 가방을 풀 생각조차 하지 않았다. 섬에 있을 아내에게 전화를 할까도 생각했지만 너무 늦었다는 것을 깨달았다. 아내도 고작 그가 언제 그곳으로 갈 수 있을지 잘 모르겠다는 말을 듣자고 오밤중에 서로 해협 너머에서 전화통을 붙들고 말다툼하기를 원치는 않을 것이다.

그는 옷을 벗고 욕실로 갔다. 샤워기 물줄기 밑에 서 있는데 문을 때려 부술 듯한 콜베리 특유의 노크 소리가 들렸다. 마르틴 베크가 방 열쇠를 뽑는 것을 깜박하고 밖에 끼워둔 탓에 콜베리가 몇 초 뒤에 방으로 들이닥쳐 그를 부르기 시작했다.

마르틴 베크는 샤워기를 잠그고 목욕 수건을 몸에 두른 뒤 콜베리를 보러 나갔다.

콜베리가 말했다.

"문득 끔찍한 생각이 떠올랐지 뭐야. 가재철이 시작된 지 닷새가 지났는데 자네가 한 마리도 못 먹었을 거라는 생각이. 아니면, 헝가리 사람들도 가재를 먹나?"

"잘 모르겠는데. 나는 한 마리도 못 봤어."

"얼른 옷 입어. 식당에 예약해뒀으니까."

식당은 붐볐다. 하지만 구석에 두 사람을 위한 자리가 마련되어 있었고, 가재 요리를 위한 상차림도 되어 있었다. 각자의 접시 위에 종이 모자와 턱받이가 있었다. 턱받이에는 붉은 글씨로 시가 씌어 있었다. 두 사람은 자리에 앉았다. 마르틴 베크는 푸른 주름 종이로 만들어진데다 번들거리는 종이 챙까지 달렸으며 챙에 금색 글씨로 "경찰"이라고 적힌 모자를 울적하게 바라보았다.

가재는 맛있었다. 두 사람은 먹는 동안 거의 말이 없었다. 언제나 그렇듯이 콜베리는 요리를 다 먹고도 허기가 가시지 않았기 때문에 스테이크를 한 덩이 더 주문했다. 스테이크가 나오기를 기다리는 동안 콜베리가 말했다.

"맛손은 떠나기 전날 밤에 남자 넷, 여자 하나와 함께 있었어. 명단을 작성해뒀어. 내 방에 있어."

"잘됐군. 알아내기 어렵던가?"

"별로. 멜란데르가 좀 도와줬지."

"멜란데르라, 그렇군. 지금 몇 시지?"

"9시 30분."

마르틴 베크는 자리에서 일어나 콜베리와 스테이크를 남겨두고 나섰다.

물론 멜란데르는 벌써 잠자리에 들었겠지만, 마르틴 베크는 전화벨이 여러 번 울릴 때까지 끈질기게 기다린 끝에 목소리를 들었다.

"자고 있었나?"

"응. 하지만 괜찮아. 돌아왔나?"

"말뫼야. 알프 맛손 일은 어떻게 됐지?"

"자네가 부탁한 걸 알아뒀어. 지금 당장 듣고 싶나?"

"부탁해."

"잠깐 기다려."

멜란데르는 어디론가 갔다가 금세 돌아왔다.

"보고서를 써뒀지만 그건 사무실에 있어. 기억에 의지해서 말해줄게."

멜란데르가 말했다.

"자네의 기억이라면 틀림없겠지."

"문제의 날은 7월 21일 목요일이야. 알프 맛손은 오전에 잡지사로 가서 사무실에서 비행기 표를 받고, 회계부에서 현금 사백 크로나를 받았어. 바로 사무실을 나온 뒤 헝가리 대사관으로 가서 여권과 비자를 받았지. 그후에 플레밍가탄의 집으로 돌아갔는데, 내 짐작에는 아마 짐을 쌌을 거야. 어쨌든 그때 그는 옷을 갈아입었어. 오전에는 회색 바지, 회색 저지 스웨터, 옷깃이 없는 푸른 편직 블레이저, 베이지색 스웨이드 구두 차림이었어. 한편 오후와 저녁에는 납빛이 도는 회색의 얇은 플란넬 양복, 흰 셔츠, 검은 니트 넥타이, 검은 구두, 회색이 섞인 베이지색 포플린 코트를 입었지."

공중전화 부스 안은 더웠다. 마르틴 베크는 주머니에서 종잇조각을 꺼내어 멜란데르가 말하는 내용을 끼적끼적 받아썼다.

"그래, 계속 말해."

"12시 15분에 그는 플레밍가탄에서 택시를 타고 텐스토페트로 갔고, 거기에서 스벤에리크 몰린, 페르 크롱크비스트, 피아볼트와 함께 점심을 먹었어. 볼트의 원래 이름은 잉리드지만 사람들은 다 피아라고 부른대. 알프 맛손은 식사중에, 그리고 식사 후에 맥주를 여러 잔 마셨어. 3시에 피아 볼트가 일어났고, 남자 셋은 남았어. 한 시간쯤 뒤, 그러니까 4시쯤에 스티그 룬드하고 오케 군나르손이 들어와서 합석했어. 남자들은 그때부터 위스키를 마시기 시작했지. 알프 맛손은 위스키와 물을 섞어 마셨어. 대화 주제는 주로 일이었지만, 여종업원이 엿들은 바에 따르면 알프 맛손이 곧 어디로 출장을 가야 한다는 말을 그 자리에서 했다더군. 어디인지는 못 들었지만."

"그가 취했다나?"

"조금 취하기는 했겠지만 눈에 띌 정도는 아니었던 모양이야. 적어도 그때까지는. 잠깐 기다리겠나?"

멜란데르가 자리를 비우자 마르틴 베크는 전화부스의 문을 넓게 열어 공기를 들였다. 곧 멜란데르가 돌아왔다.

"가운을 입느라고. 내가 어디까지 이야기했지? 그렇지, 텐스토페트까지 이야기했지. 6시에 그들은 일어났어. 크롱크비스트, 룬드, 군나르손, 몰린, 맛손. 다함께 택시를 타고 윌데네프레덴으로 가서 저녁을 먹으면서 술을 마셨지. 대화는 주로 서로 친분이 있는 다른 사람들, 술, 여자들에 관한 것이었지. 알프 맛손은 얼근히 취했고 식당 안의 여자 손님들을 추근대기 시작했어. 많은 말을 했겠지만, 그중에서도 가령 건너편에 앉은 중년의 여자 예술가한테 '거기 너 말이야, 근사한 젖통을 가졌는걸,

내 머리를 거기 좀 얹어도 될까?' 하고 소리쳤대. 9시 30분에 그들은 모두 택시를 타고 오페라하우스 바로 옮겼어. 그곳에서 위스키를 마시기 시작했지. 알프 맛손은 위스키와 소다를 함께 마셨어. 먼저 그곳에 와 있던 피아 볼트가 맛손과 다른 네 남자들의 자리에 합석했지. 자정 무렵에 크롱크비스트와 룬드는 술집을 나갔고, 1시 직전에 피아 볼트도 몰린과 함께 나갔어. 다들 취했지. 맛손과 군나르손만은 술집이 닫을 때까지 남아 있었는데 둘 다 만취한 상태였어. 맛손은 똑바로 걷지도 못했고 여러 여자들에게 지분댔다는군. 다음에 무슨 일이 있었는지는 알아내지 못했지만, 아마도 택시를 타고 집으로 갔을 것 같아."

"그가 떠나는 걸 목격한 사람은 없나?"

"없어. 내가 이야기해본 사람들에 한해서는. 그때 술집을 나선 손님들은 다들 어느 정도는 취해 있었고, 직원들은 얼른 집에 가고 싶어 안달이었으니까."

"정말 고마워. 그런데 부탁 하나 더 들어주겠나? 내일 아침 일찍 맛손의 아파트로 가서, 그가 그날 저녁에 입고 있었다는 납빛이 도는 회색 양복을 찾아봐줘."

"자네 그 아파트에 가지 않았었나? 헝가리로 떠나기 전에?"

"갔었지. 하지만 나는 자네하고 달라서 코끼리 같은 기억력이 없거든. 자, 이제 다시 침대로 가서 자라고. 내일 아침에 내

연기처럼 사라진 남자

가 전화할게."

마르틴 베크는 콜베리에게 돌아갔다. 콜베리는 벌써 스테이크를 싹 해치우고 디저트까지 비웠다. 콜베리 앞의 접시에는 끈적한 분홍색 자취만이 남아 있었다.

"멜란데르가 뭔가 발견했대?"

"모르겠어. 어쩌면."

마르틴 베크가 대답했다.

두 사람은 커피를 마셨다. 마르틴 베크는 콜베리에게 부다페스트와 슬루커에 대해서, 어리 뵉크와 그녀의 독일인 친구들에 대해서 이야기해주었다. 그런 뒤 두 사람은 엘리베이터를 타고 올라갔다. 마르틴 베크는 콜베리에게서 타이핑한 보고서를 받은 뒤에 자러 갔다.

그는 옷을 벗고 침대 맡 전등을 켠 다음 천장의 불을 껐다. 그리고 침대로 들어가 읽기 시작했다.

잉리드 (피아) 볼트, 1939년 노르셰핑 출생, 미혼, 비서, 스트린드베리스가탄 51번지 아파트에 거주.
맛손과 같이 몰려다니는 일당에 속하지만 M을 그다지 좋아하지 않으며, 그와 개인적인 관계를 맺은 적은 없는 듯함. 스티그 룬드와 일 년쯤 사귀었다가 최근에 헤어졌음. 요즘은 몰린과 어울려 다니는 듯함. '스튜디오 45'라는 패션 회사에서 비서로 일함.

페르 크롱크비스트, 1936년 룰레오 출생, 이혼남, 석간신문의 기자. 스베아가탄 88번지의 아파트를 룬드와 함께 씀.
일당에 속하지만, 맛손과 친한 사이는 아님. 1936년에 룰레오에서 이혼한 뒤로 스톡홀름에 살고 있음. 술을 꽤 많이 마시고, 신경질적이며, 한시도 차분히 있지 못함. 멍청해 보이지만 착한 사내인 듯. 1965년 5월에 음주운전으로 걸렸음.

스티그 룬드, 1932년 예테보리 출생, 미혼, 크롱크비스트와 같은 회사에서 일하는 사진가. 두 사람이 함께 사는 스베아가탄의 아파트는 회사의 소유임.
1960년에 스톡홀름으로 왔고, 그때부터 맛손과 알고 지냈음. 과거에는 둘이 자주 어울렸지만, 최근 이 년 동안은 같은 술집에 다니기 때문에 술집에서나 마주치는 사이가 되었음. 과묵하고 점잖고, 술을 많이 마시고, 취하면 보통 탁자에 엎드려 잠들어버림. 운동선수 출신으로, 1945년에서 1951년까지 크로스컨트리 달리기를 주특기로 출전했음.

오케 군나르손, 1932년 핀란드 야콥스타드 출생. 미혼, 자동차에 대해 글을 쓰는 기자. 스바르텐스가탄 6번지에 아파트가 있음.

1950년에 스웨덴으로 왔음. 1959년 이래 여러 자동차 잡지와 일간지에서 기자로 일했음. 과거에는 자동차 정비공 등 여러 직업을 전전했음. 스웨덴어를 모국어처럼 구사함. 스바르텐스가탄의 아파트로 이사한 것은 올해 7월 1일이고, 그전에는 하갈룬드에 살았음. 9월 초에 웁살라 출신 아가씨와 결혼할 예정인데 그 아가씨는 함께 어울리는 일당이 아님. 앞서 말한 내용 이상으로는 맛손과 친분이 없음. 술을 꽤 마시지만 취해도 취한 티가 나지 않는다고 함. 밝은 사내로 보임.

스벤에리크 몰린. 1933년 스톡홀름 출생. 이혼남. 기자. 엔셰데에 집이 있음.

알프 맛손의 '단짝'을 자처하지만, 뒤에서는 M에 대해 험담을 하고 다님. 사 년 전에 스톡홀름에서 이혼했고, 양육비를 대고 있으며, 간간이 아이들을 만나러 감. 오만하고, 고압적이고, 터프한데, 술 취하면 특히 더 그렇다고 함. 그리고 자주 만취함. 스톡홀름에서 두 차례, 1963년과 1965년에 술 문제로 경찰에 고발당함. 피아 볼트와 관계를 맺은 적이 있지만 그는 별로 진지하지 않았음.

이 밖에도 그룹에 어울리는 사람이 몇 명 더 있음. 크리스테르 셰베리, 상업 예술가. 브로르 포르스그렌, 광고 대리인. 레나 로센,

기자. 벵트 포르스, 기자. 잭 메러디스, 영화 카메라맨. 이 밖에도 몇 더 있지만 다들 지엽적인 인물들임. 이들 중에는 문제의 날 저녁에 그 자리에 있었던 사람이 없음.

마르틴 베크는 일어나서 아까 멜란데르와 통화하면서 메모했던 종잇조각을 찾았다.

종이를 갖고 침대로 돌아왔다.

불을 끄기 전에 전부 다시 한번 읽어보았다. 콜베리의 보고서와 자신이 되는대로 휘갈긴 메모를.

26.

토요일, 8월 13일은 흐리고 바람이 셌다. 스톡홀름으로 가는 비행기는 맞바람을 받아 고전했다.

이때까지 가재의 뒷맛이 입에 남아 있어서 기분이 좋지 않았고, 항공사가 준 종이컵 속의 맛없는 커피도 사태 개선에 별 도움이 안 되었다. 마르틴 베크는 덜덜거리는 창문에 고개를 대고 구름을 쳐다보았다.

한참 뒤에 담배를 피워 물었지만, 그조차 역겨운 맛이 났다. 콜베리는 《쉬스벤스칸》을 읽으면서 비난하는 눈길로 흘긋 담배를 보았다. 콜베리도 속이 그다지 좋지 않은 눈치였다.

알프 맛손에 관해서는, 정확하게 삼 주 전에 부다페스트의 두너 호텔 로비에서 목격된 것이 아마도 최후의 모습이었다고

봐도 좋을 듯했다.

조종사가 스톡홀름은 구름이 많고 온도는 십오 도이며 부슬비가 내리고 있다고 방송했다.

마르틴 베크는 담배를 재떨이에 끄고 콜베리에게 물었다.

"열흘 전에 자네가 맡았던 살인 사건, 그건 해결되었나?"

"아, 그럼."

콜베리가 대꾸했다.

"어려운 점은 없었고?"

"없었어. 심리적인 면에서는 전혀 흥미로울 게 없는 사건이었어. 자네가 그 점을 묻는 거라면 말이지만. 두 사람 다 돼지처럼 만취한 상태였지. 집주인인 남자가 상대방에게 하도 깐죽거리는 바람에 상대가 화가 치밀어서 병으로 남자를 한 대 때린 거야. 그러고는 겁이 나니까 스무 대나 더 때렸지. 하지만 자네도 다 아는 이야기잖아."

"그다음은 몰라. 범인은 달아나려고 했나?"

"그럼, 물론이지. 그는 집으로 가서 피 묻은 옷가지를 둘둘 만 뒤에, 메틸알코올 한 병을 들고 스칸스툴스브론 다리 밑으로 가서 앉았어. 우리가 한 일은 그곳으로 가서 그를 잡아오는 것뿐이었어. 그는 한동안 혐의를 딱 잘라 부인하다가 갑자기 질질 짜기 시작했어."

콜베리는 잠깐 말을 멎었다가 고개도 들지 않은 채로 이어 말했다.

"나사가 하나나 둘쯤 빠져 있었던 게 분명해. 스칸스툴스브론 다리라니! 하지만 그로서는 최선을 다한 거였겠지."

콜베리는 신문을 내려 마르틴 베크를 바라보았다.

"정말이야. 그는 최선을 다했어."

그러고는 신문으로 돌아갔다.

마르틴 베크는 눈살을 찌푸리며, 어젯밤에 받았던 목록을 꺼내어 또 한번 읽어보았다. 몇 번이고 거듭, 비행기가 목적지에 도착할 때까지. 그러고는 종이를 주머니에 넣고 안전벨트를 맸다. 비행기가 바람에 기우뚱거리면서 눈에 보이지 않는 직선 주로를 미끄러져 내려가는, 예의 불쾌한 몇 분이 흘러갔다. 기체가 풀밭과 지붕들을 지나쳐 콘크리트에서 두 번 통통 튀고 나서야 그는 참았던 숨을 쉬었다.

두 사람은 국내선 라운지에서 짐을 기다리는 동안 몇 마디를 더 주고받았다.

"오늘밤에 섬으로 갈 거야?"

"아니, 좀더 있다가."

"이 맛손 이야기에는 뭔가 께름칙한 데가 있어."

"그래."

"약오른다니까."

트라네베리스브론 다리를 건너던 중에 콜베리가 다시 이야기를 꺼냈다.

"게다가 우리가 이 너절한 사건에 대한 생각을 그만둘 수 없다는 게 더 약올라. 맛손은 막돼먹은 놈이었어. 그가 정말로 자취를 감춘 거라면 도리어 갸륵한 일이지. 그가 도주중이라면 누군가 머지않아 그를 잡아낼 거야. 그건 우리 알 바 아니지. 그리고 만에 하나 그가 그곳에서 죽은 거라면, 그것 역시 우리와는 하등의 관계가 없는 일이야. 안 그래?"

"맞는 말이야."

"하지만 남자가 이대로 죽 실종된 상태라고 하자고. 그러면 우리는 앞으로도 십 년 동안 더 그를 생각해야 해. 세상에!"

"자네 논리는 좀 이상한데."

"나도 알아."

콜베리가 대답했다.

경찰서는 이상할 정도로 적적했다. 하지만 토요일인데다가 뭐라 해도 아직은 여름이니까 당연했다. 마르틴 베크의 책상에는 시시한 편지들이 잔뜩 쌓여 있었고, 그중에 멜란데르가 놓아둔 메모도 있었다.

—아파트에 검정 구두 한 켤레가 있었음. 낡은 것임. 오랫동

안 신지 않은 듯. 짙은 회색 양복은 없음.

창밖에서는 바람이 나무를 갈가리 뒤흔들며 불어닥쳐 비가 유리창으로 몰아쳤다. 마르틴 베크는 도나우 강과 기선들과 양지바른 언덕의 산들바람을 떠올렸다. 빈의 왈츠. 부드럽고 온화한 밤공기. 다리. 강둑. 그는 손가락으로 뒤통수의 혹을 가만가만 만져본 뒤 책상으로 돌아가 앉았다.

콜베리가 들어와서 멜란데르의 메모를 보고 배를 긁으면서 말했다.

"어쨌든 이건 우리 사건이겠지."

"나도 그렇게 생각해."

마르틴 베크는 한참 생각에 잠겼다.

"자네, 루마니아에 갔을 때 여권을 제출해야 했나?"

"응. 경찰이 공항에서 여권을 죄다 수거해가더군. 일주일 뒤에 호텔에서 돌려받는 거야. 내 여권이 호텔 접수대 선반의 내 칸에 꽂혀 있는 걸 진작부터 봤는데 며칠이 더 지나서야 나한테 주더라고. 큰 호텔이었어. 경찰이 매일 저녁에 와서 두툼한 여권 뭉치를 호텔 사람에게 건네주는 거야."

마르틴 베크는 전화기를 당겼다.

"부다페스트 298-317, 빌모시 슬루커 소령과 일대일로 통화하고 싶습니다. 네, S-Z-L-U-K-A 소령. 아니요, 헝가리입니다."

마르틴 베크는 창가로 가서 밖에 내리는 비를 말없이 응시했다. 콜베리는 손님용 의자에 앉아서 자기 손톱을 점검했다. 전화벨이 울릴 때까지 둘 다 아무 행동도 하지 않았고 아무 말도 없었다.

전화에서 누군가 형편없는 독일어로 말했다.

"슬루커 소령이 잠시 후에 전화를 받을 겁니다."

전화선 너머, 데아크페렌츠테르의 경찰 본부에서 발걸음 소리가 들려왔다. 곧 슬루커의 목소리가 들렸다.

"좋은 아침입니다. 스톡홀름은 날씨가 어떻습니까?"

"비가 오고 바람이 붑니다. 춥고요."

"오, 여기는 오늘 삼십 도가 넘습니다. 푹푹 쪄요. 팔라티누스 욕탕에나 갈까 하던 참이었습니다. 새로운 소식이라도?"

"아직 없습니다."

"여기도 마찬가집니다. 아직 그를 못 찾았습니다. 뭐 도와드릴 일이라도?"

"관광 성수기에 여권을 잃어버리는 여행객이 종종 있지 않습니까?"

"네, 안타깝게도 그렇습니다. 늘 그것 때문에 골치가 아픕니다. 다행히 내가 신경쓸 일은 아닙니다만."

"7월 21일 이후로 이퓨샤그나 두너 호텔에서 여권을 잃어버린 외국인이 있었는지 알아봐줄 수 있습니까?"

"물론입니다. 하지만 말했다시피 우리 부서 일이 아닙니다. 5시까지 답을 알아드리면 되겠습니까?"

"언제든 전화 주십시오. 그리고 하나 더."

"뭡니까?"

"분실 신고를 한 사람이 있다면 그 사람의 인상착의도 알 수 있습니까? 간략한 묘사면 충분합니다."

"5시에 전화하겠습니다. 그럼."

"네. 이것 때문에 욕탕에 못 가는 일은 없길 바랍니다."

마르틴 베크는 수화기를 내려놓았다. 콜베리가 의혹의 눈길로 바라보았다.

"대체 욕탕은 왜 등장하는 거야?"

"유황 온천이 있어. 물에 잠긴 대리석 안락의자에 앉아서 즐기는."

"오."

잠시 침묵이 흘렀다. 콜베리가 머리를 긁적이며 말했다.

"그래서 부다페스트에서 그는 푸른 블레이저에 회색 바지에 갈색 구두를 신고 있었다는 거로군."

"그래. 그리고 레인코트하고."

"여행 가방에는 푸른 블레이저가 들어 있었고."

"그래."

"회색 바지도 있었고."

"그래."

"갈색 구두도 있었고."

"그래."

"전날 밤에 떠날 때는 짙은 색 양복에 검정 구두 차림이었는데."

"그래. 그리고 레인코트하고."

"그 신발이든 양복이든 아파트에는 없고."

"그래."

"세상에!"

콜베리의 표현은 간단했다.

"그래."

방안의 분위기가 변했다. 긴장이 좀 누그러진 듯했다. 마르틴 베크는 서랍을 뒤졌다. 바싹 마른 오래된 플로리다 담배를 찾아내 불을 피웠다. 말뫼의 남자처럼 그도 금연을 할까 하는 중이었지만 노력은 훨씬 덜했다.

콜베리가 하품을 하며 시계를 보았다.

"어디 가서 뭘 좀 먹을까?"

"안 될 것 없지."

"텐스토페트?"

"좋지."

27.

바람이 잦아들었다. 바사파르켄 공원에는 두 줄로 늘어선 복권 노점들, 회전목마, 검은 망토식 우비를 쓴 두 명의 경찰관 위로 가벼운 빗줄기가 평온하게 내리고 있었다. 회전목마가 한가로이 돌아갔다. 색색으로 칠해진 목마들 위에 한 아이만이 타고 있었다. 모자가 달린 빨간 비닐 우비를 입은 어린 소녀였다. 아이는 엄숙한 표정을 하고 시선은 똑바로 정면을 향한 채 빗속에서 돌고 또 돌았다. 아이의 부모는 좀 떨어진 곳에 우산을 쓰고 서서 우수 어린 눈으로 놀이공원을 바라보고 있었다. 싱그러운 녹음의 내음과 젖은 나뭇잎 향이 공원에서 풍겨 왔다. 토요일 오후였고, 뭐라 해도 아직 여름이었다.

공원에서 대각선으로 길 건너편에 있는 식당은 거의 비었다.

그곳에서 들리는 소리라고는 나이 지긋한 두 단골의 손에 들린 석간신문이 바스락거리는 소리, 안쪽 놀이방에서 다트가 텅 하고 판에 부딪치며 내는 나직한 소리뿐이었다. 마르틴 베크와 콜베리는 바에 앉았다. 알프 맛손과 동료 기자들이 즐겨 점령하는 자리에서 이 미터쯤 떨어진 곳이었다. 일당은 그곳에 없었으나 탁자 중앙에 붉은 예약 카드가 담긴 유리잔이 하나 놓여 있었다. 아마 아예 고정된 물건일 것이다.

"점심시간은 끝났어. 한 시간쯤 뒤부터 사람들이 하나둘 들르기 시작할 테고, 저녁이 되면 서로에게 맥주를 흘려대는 손님들이 하도 많이 들어차서 발 들여놓을 틈도 없지."

콜베리가 말했다.

심오한 토론을 할 분위기는 아니었다. 두 사람은 묵묵히 늦은 점심을 먹었다. 밖에서는 스웨덴의 여름이 비와 함께 쓸려나가고 있었다. 콜베리는 맥주잔을 비우고 냅킨을 접어 입가를 닦은 뒤에 말했다.

"거기에서는 국경을 넘는 게 어려운가? 여권이 없으면?"

"꽤 어려운 편이야. 그들 말로는 국경 경비가 철통같다고 하더군. 길을 잘 모르는 외국인이 그렇게 하기는 어려울걸."

"정상적인 경로로 출국하려면 여권에 비자가 있어야 하고?"

"그래. 게다가 출국 허가증도 있어야 해. 입국할 때 그 종이를 나눠주는데, 그걸 받았다가 출국할 때까지 여권에 끼워 잘 보관해야 하지. 출국장에서 여권 검사관에게 제출하는 거야. 그리고 경찰도 여권의 비자 옆에 출국 일자를 도장으로 찍어줘. 한번 봐."

마르틴 베크는 안주머니에서 자기 여권을 꺼내어 탁자에 놓았다. 콜베리는 도장들을 보면서 물었다.

"비자가 있고 출국 허가증도 있으면, 어느 쪽 국경이든 마음대로 넘을 수 있나?"

"그래. 다섯 나라 중에서 고르면 돼. 체코슬로바키아, 소련, 루마니아, 유고슬라비아, 오스트리아. 교통수단도 맘대로 고르면 돼. 비행기, 기차, 자동차, 보트."

"보트? 헝가리에서?"

"그래. 도나우 강을 타고 가는 거야. 부다페스트에서 수중익선을 타면 몇 시간 만에 빈이나 브라티슬라바에 도착하지."

"물론 자전거를 탈 수도 있고, 걸어서 갈 수도 있고, 헤엄칠 수도 있고, 말을 타고 갈 수도 있고, 기어서 갈 수도 있겠지?" 콜베리가 물었다.

"그래. 국경 출입 사무소까지 길을 제대로 찾아간다면야."

"오스트리아와 유고슬라비아에는 비자 없이 들어갈 수 있겠지?"

연기처럼 사라진 남자

"그건 어떤 여권을 가졌느냐에 따라 달라. 가령 스웨덴이나 독일이나 이탈리아 여권이라면 비자는 필요 없지. 반면에 헝가리 여권이라면, 체코슬로바키아나 유고슬라비아로 갈 때 비자가 필요 없고."

"하지만 그가 그랬을 가능성은 극히 낮다 이거지?"

"그래."

두 사람은 이어 커피를 마셨다. 콜베리는 줄곧 여권의 도장들을 살펴봤다.

"덴마크에서는 카스트루프 공항에 내린 사람에게 입국 도장을 찍지 않는군."

콜베리가 말했다.

"그래."

"달리 말하면, 자네가 스웨덴으로 돌아왔다는 증거는 없는 셈이야."

"그렇지."

마르틴 베크는 한참 뒤에 덧붙였다.

"하지만 실제로 나는 여기에 앉아 있어. 그렇지?"

두 사람이 자리에서 일어나기 한 삼십 분 전부터 다시 손님들이 많아졌다. 벌써 자리가 모자라기 시작했다. 서른다섯 살쯤 되어 보이는 남자가 들어와서 붉은 예약 카드가 놓인 탁자에 앉았다. 남자는 종업원이 당장 날라 온 맥주를 마시면서 무료하게 석간신문을 뒤적였다. 간간이 초조하게 문 쪽을 바라보았는데, 누군가를 기다리는 것 같았다. 남자는 턱수염을 길렀고 테가 두꺼운 안경을 썼으며, 갈색 체크무늬 트위드 재킷과 흰 셔츠, 갈색 바지, 검정 구두 차림이었다.

"저건 누구야?"

마르틴 베크가 물었다.

"몰라. 다 똑같이 생겼단 말이야. 게다가 이따금씩만 나타나는 주변 인물도 많고."

"적어도 몰린은 아니야. 그 사람은 내가 알아볼 수 있으니까."

콜베리가 남자를 흘긋 보았다.

"군나르손이 아닐까."

마르틴 베크는 곰곰이 생각했다.

"아니야. 나는 그 사람도 본 적 있어."

웬 여자가 들어섰다. 빨간 머리에 꽤 젊었고, 적갈색 스웨터와 트위드 치마와 초록 스타킹을 입고 있었다. 여자는 익숙한 듯이 성큼 걸어 들어왔다. 코를 만지작거리면서 눈으로 식당을 한 바퀴 훑더니, 붉은 카드가 놓인 자리에 앉아 말했다.

"안녕, 펠레."

"안녕, 자기야."

"펠레." 콜베리가 말했다. "저게 크롱크비스트로군. 저 여자가 피아 볼트고."

"왜 저 사람들은 다 턱수염을 기르지?"

마르틴 베크는 이 문제를 오랫동안 고민해왔다는 듯이 진지하게 물었다.

"어쩌면 가짜일지도 몰라."

콜베리가 엄숙하게 대답했다. 그리고 시계를 보며 덧붙였다.

"우리를 헷갈리게 하려는 거지."

"이제 돌아가는 게 좋겠어. 스텐스트룀한테 사무실로 오라고 말해뒀나?"

마르틴 베크가 말했다.

콜베리가 끄덕였다. 막 떠나려는 두 사람 뒤로 페르 크롱크비스트가 종업원에게 외치는 소리가 들려왔다.

"여기 맥주 더!"

경찰서는 무척 조용했다. 스텐스트룀은 아래층 사무실에서 카드로 페이션스 놀이를 하며 기다리고 있었다.

콜베리가 스텐스트룀을 나무랐다.

"벌써 그 게임을 시작했나? 나중에 늙으면 뭘 하려고 그래?"

"지금 제가 생각하는 걸 생각하면서 그냥 앉아 있겠지요. 왜 나는 여기 앉아 있을까?"

"자네가 사람들의 알리바이를 좀 확인해줘야겠어." 마르틴 베크가 말했다. "스텐스트룀에게 목록을 줘, 렌나르트."

스텐스트룀은 건네받은 목록을 슬쩍 보며 물었다.

"지금요?"

"그래, 오늘 저녁에."

"몰린, 룬드, 크롱크비스트, 군나르손, 벵트스포르스, 피아 볼트. 벵트스포르스가 누굽니까?"

"오타야." 콜베리가 침울하게 대답했다. "벵트 포르스일걸. 내 타자기에서 티(t)를 치면 자꾸 에스(s)가 들러붙어."

"이 아가씨한테도 물어봐야 합니까?"

"그래. 자네가 즐겁다면 얼마든지. 그 여자는 지금 텐스토페 트에 있어."

마르틴 베크가 대답했다.

"직설적으로 물어도 됩니까?"

"되고말고. 알프 맛손 사건에 대한 일반적인 조사라고 말하면 돼. 이제 다들 사건에 대해서 알고 있을 테니까. 그건 그렇고, 마약단속반 녀석들은 어쩌고 있다나?"

"제가 야콥손과 이야기를 해보았는데, 곧 전모가 드러날 거랍니다. 이쪽 마약 취급자들이 맛손이 그런 꼴을 당했다는 걸 알고 나더니 당장 입을 열더랍니다. 그건 그렇고 저는 좀 다른 생각이 들었는데요. 맛손은 처지가 절박한 사람들에게 직접 물건을 팔면서 엄청나게 바가지를 씌웠답니다."

"자네 생각은 뭔데?"

"그가 벗겨 먹은 불쌍한 고객들 중 하나가 아닐까 하는 겁니다. 어떤 고객이 그에게 진력이 났다, 말하자면 그런 겁니다."

"그럴 수도 있겠지."

마르틴 베크가 진지하게 대꾸했다.

"특히 영화에서 그렇지. 미국 영화에서."

콜베리가 비아냥거렸다.

스텐스트룀은 종이를 주머니에 넣고 일어섰다. 문간까지 가서 몸을 돌리며 무뚝뚝하게 말했다.

"가끔은 우리 나라에서도 특이한 사건이 벌어지곤 한단 말입니다."

"가능해. 하지만 자네는 맛손이 헝가리에서 사라졌다는 걸 잊고 있군. 그는 가엾은 고객들을 위해서 물건을 좀더 구하러 간 길에 사라졌단 말이야. 이제 냉큼 나가."

스텐스트룀은 사라졌다.

"뭘 그렇게 못되게 구나."

마르틴 베크가 말했다.

"녀석도 스스로 좀 생각을 해야 할 것 아냐."

"그래서 꺼낸 말이잖아."

"허!"

마르틴 베크는 복도로 나갔다. 스텐스트룀은 아직 코트를 입는 중이었다.

"그들의 여권도 확인해."

스텐스트룀이 끄덕였다.

"혼자 가지 말고."

"위험인물들입니까?"

스텐스트룀이 냉소적으로 말했다.

"절차상."

마르틴 베크는 콜베리에게 돌아갔다. 두 사람은 잠자코 앉아 전화를 기다렸다. 벨이 울리자 마르틴 베크가 수화기를 들었다.

"부다페스트의 전화는 5시가 아니라 7시에 들어온답니다."

교환원이 말했다. 두 사람이 이 메시지를 받아들이는 데 한참이 걸렸다. 마침내 콜베리가 말했다.

"젠장. 전혀 재미있지 않아."

"그렇군. 재미없어."

"두 시간이라. 드라이브나 하면서 살짝 둘러볼까?"

"좋아, 그러지."

두 사람은 베스테르브론 다리를 건넜다. 토요일 오후의 통행량은 이미 줄었다. 다리는 텅 비었다고 해도 좋을 정도였다. 다리 중앙을 지날 때 독일 관광객들이 탄 대형 버스 한 대가 속도를 늦추며 그들과 엇갈렸다. 버스 안에서 몇몇 승객들이 자리에서 일어나 은색으로 빛나는 바다와 흐릿한 도시의 실루엣을 구경하고 있었다.

"시외에 거주하는 사람은 몰린뿐이군. 그를 먼저 만나보지."

콜베리가 말했다.

그들은 릴리에홀름스브론 다리를 건넜다. 콜베리는 큰 도로를 벗어나 집들 사이로 들어가서 좁은 거리를 꼬불꼬불 한참 누빈 끝에 그 집을 찾아냈다. 콜베리는 차를 천천히 몰아 산울타리와 펜스를 지나치면서, 문기둥에 붙은 문패들을 하나하나 읽었다.

"여기네. 왼쪽이 몰린이 사는 집이야. 저기 그의 집 현관이 보이는군. 한때는 한 가족이 썼던 집인 모양이지만 지금은 나뉘어 있어. 다른 입구는 집 뒤편에 있어."

"저쪽 집에는 누가 사나?"

마르틴 베크가 물었다.

"퇴직한 세관 공무원 부부."

집 앞마당은 야생의 상태였다. 옹이 져 뒤틀린 사과나무들과 웃자란 딸기나무 덤불이 있었다. 하지만 마당을 둘러싼 산울타리는 깔끔하게 깎여 있었고, 흰 펜스는 최근에 칠한 듯했다.

"정원이 크네. 집을 잘 감싸주는걸. 더 보고 싶나?"

콜베리가 물었다.

"됐어. 그만 가지."

"다음은 스바르텐스가탄이야. 군나르손."

그들은 다시 시내 남쪽으로 돌아와, 모세바케토리 광장에 차를 댔다.

스바르텐스가탄 6번지는 광장 바로 옆이었다. 널따랗고 포장된 안뜰이 있는 오래된 건물이었다. 군나르손은 그곳 3층, 거리에 면한 쪽에 살았다.

"군나르손은 여기 산 지 오래되지 않았다고 했던 것 같은데."

차로 돌아오면서 마르틴 베크가 말했다.

"7월 1일부터야."

"그전에는 하갈룬드에 살았댔는데, 어디인지 아나?"

붉은 신호등에 걸려 콜베리가 차를 세웠다.

콜베리는 고갯짓으로 오페라하우스 바의 커다란 모퉁이 창을 가리키며 말했다.

"어쩌면 지금 그 사람들이 전부 저기에 모여 있을지도 몰라. 맛손만 빼고 전부. 하갈룬드 말이지? 그래, 그 주소도 있어."

"그러면 나중에 거기에도 가 보자고. 스트란드베겐 쪽으로 가지. 배를 구경하고 싶군."

콜베리는 스트란드베겐 거리를 따라 차를 몰았고, 마르틴 베크는 보트들을 구경했다. 블라시에홀름 선창에는 후미에 미국 국기를 단 커다란 흰색 대양 크루즈선이 정박해 있었고, 유르고르스브론 다리 아래에는 폴란드 배 한 척이 올란드제도에서 온 소형 어선들 사이에 끼어 있었다.

피아 볼트가 사는 스트린드베리스가탄의 건물 현관에는 체크무늬의 방수모와 판초를 입은 작은 사내아이가 입술을 달싹여 차 소리를 흉내내면서 플라스틱으로 된 2층 버스를 앞뒤로 밀며 놀고 있었다. 아이는 콜베리와 마르틴 베크가 지나갈 수 있도록 장난감 버스를 세웠다. 아이의 입에서 나오는 부르릉 소리가 불규칙하게 잦아들면서 버스가 정차했다.

입구 안에서는 스텐스트룀이 우울한 표정으로 서서 콜베리가 적어준 목록을 들여다보고 있었다.

"여기에서 우물쭈물 뭘 하는 거야?"

콜베리가 물었다.

"여자가 집에 없어요. 텐스토페트에도 없던걸요. 다음에 어디로 가야 하나 고민하던 중입니다. 하지만 두 분이 맡을 생각이라면 저는 그냥 집으로 갈게요."

"오페라하우스 바를 확인해봐."

콜베리가 말했다.

"그건 그렇고, 자네 왜 혼자야?"

마르틴 베크가 물었다.

"뢴과 함께 다녔습니다. 조금 있으면 돌아올 겁니다. 어머니에게 꽃다발을 갖다준다면서 잠깐 갔습니다. 오늘이 어머니 생신인데, 바로 요 모퉁이를 돌아서 사신다는군요."

"확인은 잘 되어가나?"

마르틴 베크가 물었다.

"룬드와 크롱크비스트는 확인했습니다. 두 사람은 자정쯤에 오페라하우스 바를 나와서 햄버거뵈르스로 직행했답니다. 거기에서 아는 아가씨 두 명을 만나서, 3시쯤에 그중 한 아가씨의 집으로 갔답니다."

스텐스트룀은 목록을 보았다.

"여자의 이름은 스벤손이고 리딩에의 사가베겐 거리에 삽니다. 세 사람은 금요일 아침 8시까지 그 집에 있다가 함께 택시를 타고 일하러 갔답니다. 1시에 텐스토페트로 가서, 5시까지 앉아 있다가, 일 때문에 칼스타드로 갔답니다. 다른 사람들은 아직 접촉하지 못했습니다."

"그건 나도 알아. 계속 조사해. 우리는 7시 이후에는 크리스티네베리에 있을 거야. 너무 늦지 않게 끝나면 전화해."

두 사람이 하갈룬드로 차를 모는 동안 비가 굵어졌다. 군나르손이 두 달 전까지 살았던 낮은 주택단지 앞에 콜베리가 차를 세웠을 무렵, 비는 앞유리창으로 퍼붓고 있었다. 차 지붕을 두드리는 빗방울 소리에 귀가 먹먹할 지경이었다.

두 사람은 코트 깃을 세우고 포장도로를 한달음에 건너 현관으로 들어섰다. 건물은 삼 층짜리였고, 2층의 한쪽 문에는 압정으로 명함이 달려 있었다. 현관홀에 붙은 입주자 목록에도 명함의 그 이름이 있었는데, 그 이름의 흰 플라스틱 활자들은 다른 이름들에 비해 더 새것인지 좀더 하얘 보였다.

그들은 차로 돌아와 블록을 한 바퀴 돈 뒤 다시 건물 앞에 차를 세웠다. 군나르손이 살았던 듯한 그 집은 창이 두 개밖에 없는 것 같았고 방은 딱 하나인 것 같았다.

"굉장히 좁은 집일 거야. 이제 곧 결혼을 하니까 더 큰 집을 얻은 거겠지."

콜베리가 말했다.

마르틴 베크는 빗속을 내다보았다. 담배가 당겼고, 추웠다. 도로 건너편에 공터와 경사진 녹지가 있었다. 공터 너머에는 새로 지어진 고층건물이 있었고, 바로 옆에 한창 또 한 채를 짓는 중이었다. 머잖아 공터 전체가 천편일률적인 고층 건물들로 뒤

덮일 것이다. 군나르손이 예전에 살았던 이 칙칙한 동네는 적어도 시골처럼 탁 트인 풍경을 즐길 수 있다는 장점이 있었지만 이제 그 경치도 망쳐질 것이다.

공터 한가운데에 잿더미만 남기고 까맣게 타버린 집 한 채가 있었다.

"불이 났나?"

마르틴 베크가 집을 가리키면서 물었다.

콜베리가 몸을 숙이면서 빗줄기 사이로 내다보았다.

"오래된 농장이 있었어. 작년 여름에 봤던 기억이 나. 낡았지만 괜찮은 목조건물이었는데 아무도 안 살았어. 아마 소방국이 태웠을걸. 자네도 알잖아, 어떤 식으로 훈련하는지. 일부러 불을 놓은 다음에 그걸 진화하고, 또 불을 놓아서 또 진화하고, 그런 식으로 아무것도 안 남을 때까지 반복하는 거야. 오래됐지만 나름대로 멋진 곳이었는데 안타깝지. 하지만 집 지을 땅이 필요한 것도 사실이니까."

콜베리는 시계를 보고 시동을 걸었다.

"전화를 받으려면 서둘러야겠는걸."

비가 앞유리창에 퍼부었기 때문에 콜베리는 조심스럽게 차를 몰아야 했다. 돌아오는 길에 두 사람은 말이 없었다. 차에서 내렸을 때는 6시 55분이었고, 벌써 캄캄했다.

전화는 부자연스러울 정도로 정확하게 정각 7시에 울렸다. 실제로 부자연스러운 전화였다.

"대체 렌나르트는 어디 있죠?"

콜베리의 아내였다. 마르틴 베크는 수화기를 넘겨준 뒤, 콜베리의 대화를 듣지 않으려고 애썼다.

"그래, 곧 갈 거야. ……그래, 조금만 있으면 간다니까. ……내일? 그건 어렵겠는데, 내 생각에는…….

마르틴 베크는 화장실로 물러났다가, 콜베리가 수화기를 내려놓는 소리를 듣고야 돌아왔다. 콜베리가 말했다.

"아이를 가져야겠어. 불쌍한 것, 혼자 집에 앉아서 계속 나만 기다리고 있으니."

콜베리는 결혼한 지 육 개월 된 신혼이었다. 그러니 다 잘 풀릴 것이다.

잠시 뒤에 전화가 걸려왔다. 슬루커였다.

"기다리게 해서 미안합니다. 여기서는 토요일에 사람들을 붙잡는 게 어렵습니다. 어쨌든, 당신이 옳았습니다."

"여권 말입니까?"

"네. 벨기에 학생 하나가 이퓨샤그 호텔에서 여권을 잃어버렸답니다."

"언제지요?"

"그건 지금으로서는 정확하게 모릅니다. 학생은 7월 22일 금요일 오후에 호텔에 들어왔습니다. 알프 맛손도 그날 저녁에 왔지요."

"아귀가 맞는군요."

"그렇지요? 문제는 이겁니다. 그 학생은, 이름은 뢰더라고 하는데, 헝가리 여행이 처음이라 이곳 규칙을 몰랐답니다. 그래서 호텔을 떠날 때 여권을 돌려받는 게 당연하다고 생각했답니다. 삼 주 동안 체류할 계획이었기 때문에 그 문제에 대해서는 생각도 안 하고 있다가 월요일이 되어서야 여권을 달라고 한 겁니다. 그러니까 우리가 처음 만났던 날입니다. 학생은 불가리아 비자를 신청하기 위해서 여권이 필요합니다. 물론 이 이야기는 모두 그 학생의 진술에 따른 겁니다."

"아마 사실일 겁니다."

"물론 그럴 겁니다. 한편 호텔 접수대 사람들은 뢰더가 도착한 다음날 오전에 바로 여권을 돌려줬다고 주장합니다. 즉 23일입니다. 맛손이 두너 호텔을 나서서 사라진 날입니다. 뢰더는 여권을 돌려받은 적이 없다고 맹세하고, 호텔 직원은 뢰더의 여권이 금요일 저녁에 틀림없이 선반에 놓여 있었으니 토요일 오전에 뢰더가 내려왔을 때 분명히 건네줬을 것이라고 장담합니다. 그게 일상적인 절차니까요."

"뢰더가 실제로 건네받았는지 아닌지를 기억하는 사람은 없습니까?"

"없습니다. 그것까지 요구하는 건 무리겠지요. 요즘 같은 성수기에는 접수대 직원이 외국인 손님들의 여권을 한 번에 오십 개씩 받았다가 역시 그만큼씩 나눠주는 게 예사니까요. 게다가 여권들을 방 번호에 맞게 나눠 꽂아두는 직원과 다음날 아침에 나눠주는 직원이 같은 사람도 아니고요."

"뢰더라는 학생을 직접 봤습니까?"

"네. 그 학생은 아직 그 호텔에 있습니다. 학생이 자기 나라로 돌아갈 수 있도록 대사관이 절차를 밟아주는 중입니다."

"어떻습니까? 그러니까, 인상착의가 들어맞던가요?"

"뢰더는 턱수염을 길렀더군요. 그 점을 제외하고는 두 사람이 딱히 닮은 데가 없습니다. 적어도 사진으로 판단하면 그렇습니다. 하지만 여권 사진과 실물이 다른 경우는 흔하지요. 그날 밤에 누구든 접수대 선반에서 여권을 훔칠 수 있었을 겁니다. 식은 죽 먹기였을 겁니다. 야간 포터는 혼자 일하니까, 당연히 등을 돌리고 서 있는 때나 자리를 비우는 때도 있었을 겁니다. 그리고 요즘처럼 국경을 드나드는 관광객들이 넘치는 시기에는 여권 검사관이 사람들의 얼굴을 하나하나 확인할 시간이 없습니다. 당신의 동포가 뢰더의 여권을 훔쳤다고 가정하면, 그것을 써서 수월하게 헝가리를 떠날 수 있었을 겁니다."

잠시 침묵이 흘렀다가 슬루커가 이어 말했다.

"꼭 그가 아니라도 어쨌든 누군가 그렇게 했습니다."

마르틴 베크는 벌떡 일어났다.

"그것도 알아낸 겁니까?"

"네. 이십 분 전에 정보를 받았습니다. 뢰더의 출국 허가증이 우리 쪽에 접수되었더군요. 7월 23일 토요일 오후에 헤제슈헐롬 국경 경찰에게 건네진 거랍니다. 부다페스트-빈 급행열차에서 어느 승객이 제출한 겁니다. 그 승객이 뢰더일 리는 없지요. 뢰더는 아직 여기에 있으니까요."

슬루커는 다시 말을 멎었다가, 주저하듯 덧붙였다.

"그렇다는 것은 맛손이 헝가리를 떠났다는 뜻이겠지요."

"아닙니다. 맛손은 애당초 헝가리에 간 적이 없습니다."

마르틴 베크가 말했다.

28.

  잠을 설친 마르틴 베크는 일찍 일어났다. 바가르모센의 아파트는 쥐죽은듯 음산했다. 익숙한 물건들이 낯설고 쓸쓸해 보였다. 그는 샤워를 했다. 면도도 했다. 새로 다려둔 회색 양복을 꺼냈다. 세심하고 정확하게 옷을 입었다. 그리고 발코니로 나갔다. 비는 멎었다. 온도계를 보았다. 15.5도였다. 아내가 집에 없는 남편답게 차와 딱딱한 비스킷으로 간소하게 아침을 먹었다. 그러고는 앉아서 기다렸다.

  콜베리는 9시에 왔다. 차에 스텐스트룀을 태우고 있었다. 그들은 함께 경찰서로 갔다.

  "어떻게 되었나?"

  마르틴 베크가 물었다.

"그럭저럭입니다."

스텐스트룀이 수첩을 훌렁훌렁 넘겼다.

"몰린은 그 토요일에 일을 했습니다. 알리바이가 확실합니다. 오전 8시부터 사무실에 있었답니다. 금요일에는 숙취 때문에 하루 종일 집에서 잔 것 같습니다. 정말로 잤느냐 자지 않았느냐를 두고 그와 제가 약간 입씨름을 했습니다. 그는 자신이 잤던 게 아니라 까무러쳤던 거라고 하더군요. '까무러쳐서 누운 베개 밑에 작은 악마들이 뱅뱅 도는 기분을 모른단 말입니까, 경찰나리? 잘됐네요. 그렇다면 경찰이 적성이라는 말이니까. 인생에 대해서 아무것도 이해하지 못한다는 말이니까.' 그의 발언을 한 단어도 빼놓지 않고 받아 적은 겁니다."

"그 대목에서 작은 악마들이 왜 나오는 거야?"

콜베리가 물었다.

"그건 설명해주지 않던데요. 자기도 모르는 것 같았습니다. 그리고 목요일에서 금요일로 넘어가는 밤에 뭘 했는가는 기억이 안 난답니다. 기억이 안 나는 게 차라리 고맙다고 말하더군요. 전반적으로 상당히 건방지고 다루기 힘든 사람이었습니다."

"다음으로 넘어가지."

마르틴 베크가 말했다.

"음, 제가 어제 룬드와 크롱크비스트의 알리바이는 확실하다고 말했는데, 알고 보니 그렇지는 않았습니다. 확인해보니까 리딩에의 여자 집에 함께 간 사람은 크롱크비스트였고, 포르스는 아니었답니다. 룬드와 함께 칼스타드로 간 사람도 크롱크비스트라는데, 그게 금요일이 아니라 토요일이었답니다. 기억이 좀 섞였는데, 그래도 룬드가 첫 진술에서 거짓말을 했던 것 같지는 않습니다. 정말로 기억이 엉망이었던가 봅니다. 룬드와 크롱크비스트는 일당들 중에서도 가장 많이 취했던 것 같습니다. 룬드는 기억이 뒤죽박죽이더군요. 포르스가 가장 기억이 확실했습니다. 그를 만나고 나니까 비로소 정리가 되더군요. 룬드는 여자의 집에 도착한 즉시 쓰러져서 금요일 내내 죽은 사람이나 마찬가지였답니다. 토요일 오전이 되어서야 룬드가 포르스에게 전화를 했고, 그래서 포르스가 그곳에 가서 룬드를 태워서 함께 술집으로 갔답니다. 그것도 룬드가 기억하는 것과는 달리 텐스토페트가 아니라 오페라하우스 바였답니다. 룬드는 그곳에서 뭘 좀 먹고 맥주 두어 잔을 마시고서야 살아나서 집으로 갔고, 촬영 장비를 챙겨 크롱크비스트와 함께 나섰답니다. 크롱크비스트는 그때 집에 있었고요."

"크롱크비스트는 그전에는 뭘 했대?"

"외롭고 우울한 기분으로 드러누워 있었다던데요. 크롱크비스트의 알리바이에서 유일하게 확실한 부분은 그가 토요일 오후 4시 30분에 집에 있었다는 게 전부입니다."

"그건 확인했나?"

"네, 그리고 두 사람은 그날 저녁에 칼스타드의 호텔로 갔습니다. 크롱크비스트도 숙취가 끔찍했다더군요. 룬드는 크롱크비스트가 하도 취해서 뭘 하고 자시고 할 수도 없었을 거라고 말했습니다. 그건 그렇고, 룬드는 턱수염이 없습니다. 제가 여기에 그렇다고 메모를 해두었네요."

"아하."

"그리고 군나르손. 군나르손은 기억이 제법 또렷하더군요. 금요일에는 집에서 기사를 썼답니다. 토요일에는 오전에 사무실에 들렀고, 저녁에도 한 번 더 들렀답니다. 이런저런 기사들을 제출하느라."

"확실한가?"

"그렇다고는 할 수 없습니다. 꽤 큰 사무실인데다가 직원들 가운데 그날 일을 정확하게 기억하는 사람은 아무도 없었습니다. 군나르손이 그날 기사를 제출한 것은 사실이지만 오전이 아니라 저녁에 제출했을 가능성도 있습니다."

"여권은?"

"잠시만요. 피아 볼트도 알리바이가 꽤 분명한 편입니다. 하지만 금요일 밤에 어디에 있었는지 밝히는 것은 거부하더군요.

연기처럼 사라진 남자

그날 누군가와 함께 잤지만 상대가 누구인지 알리길 원하지 않는다는 인상이었습니다."

"가능한 일이야. 이렇고 저렇고 했다는 거겠지."

콜베리가 말했다.

"그게 무슨 뜻입니까?"

스텐스트룀이 물었다.

"아무 뜻도 아니야. 별로 자랑스러운 일이 아닐지도 모른다는 거지."

"계속 말해봐."

마르틴 베크가 스텐스트룀을 재촉했다.

"어쨌든, 피아 볼트는 토요일에는 오전 11시부터 죽 어머니와 함께 집에 있었답니다. 제가 어머니에게 점잖은 말로 슬쩍 확인해보았는데 사실이랍니다. 그리고 이제 여권 이야기를 해볼까요. 몰린은 여권을 보여주기를 거부했습니다. 자기 집에서 자기 신분을 증명할 필요는 없다고 말하더군요. 룬드의 여권은 새것이나 다름없었습니다. 가장 최근의 도장은 6월 16일에 이스라엘에서 알란다 공항으로 들어올 때 찍은 것이었습니다. 별 문제는 없어 보였습니다."

"여권 보여주기를 거부했다고! 그걸 그냥 놔뒀어?"

콜베리가 소리쳤다.

"피아 볼트는 이 년 전에 일주일 동안 마요르카에 갔던 게 전부였습니다. 크롱크비스트의 여권은 낡았더군요. 메모니 낙서니 하는 것으로 뒤덮여서 엉망진창이었습니다. 가장 최근의 도장은 오월에 예테보리에서 찍은 것이었습니다. 영국에서 돌아오는 길이었더군요. 군나르손의 여권도 오래된 것이었는데, 거의 다 찼지만 비교적 깨끗한 편이었습니다. 5월 7일에 출국해서 10일에 입국한 알란다 공항 도장이 있었습니다. 빌랑쿠르에 있는 르노 자동차 공장에 다녀왔다더군요. 프랑스는 여권에 도장을 안 찍는 모양입니다."

"그럴 거야."

마르틴 베크가 대꾸했다.

"그 밖에도 다른 사람이 몇 명 더 있었지요. 그 사람들까지 다 접촉할 시간은 없었습니다. 크리스테르 셰베리는 가족과 함께 엘브셰의 집에 있었답니다. 그리고 메러디스라는 사람은 미국인인데, 참, 흑인입니다."

"그 사람은 건너뛰지. 어차피 불러들일 수도 없으니까. 그랬다가는 비트족들에게 린치를 당할걸."

콜베리가 끼어들었다.

"그게 무슨 어처구니없는 말입니까."

"내가 원래 그렇지. 그리고 어차피 자네가 계속 확인할 필요가 없겠어."

"그래. 나도 그렇게 생각해."

마르틴 베크가 거들었다.

"누구 짓인지 안단 말입니까?"

스텐스트룀이 물었다.

"알 것 같은데."

"누구입니까?"

콜베리가 스텐스트룀을 노려보며 말했다.

"이봐, 스스로 좀 생각을 해봐. 애초에 부다페스트에 갔던 사람이 정말로 알프 맛손이었을까? 정말로 맛손이 마약 구입 자금으로 거금을 챙겨 가놓고는 돈이 든 가방을 호텔에 팽개쳤을까? 정말로 맛손이 방 열쇠를 경찰서 입구에 버렸을까? 헝가리에서는 행여 경찰관의 그림자만 보아도 멀찌감치 돌아서 가야 했을 인간이? 어째서 맛손이 그처럼 즉흥적인 방식으로 스스로자취를 감춰야 했을까?"

"물론 그럴 이유가 없지요."

"맛손이 헝가리로 떠났을 때 푸른 블레이저, 회색 바지, 스웨이드 구두 차림이었다는데, 어째서 그 옷가지가 정확하게 가방에 개어져 있었을까? 맛손의 짙은 색 양복은 어디로 갔을까? 전날 그가 입었다는 옷 말이야. 그 옷은 가방에도 없고 아파트에도 없는데, 어디로 갔을까?"

"좋습니다. 그 인물이 맛손이 아니었다는 거죠. 그러면 대체 누굽니까?"

"맛손의 안경과 레인코트를 챙길 수 있었던 사람, 그리고 턱수염을 기른 사람. 맛손과 가장 마지막까지 함께 있었던 사람이 누구지? 적어도 토요일 밤까지 알리바이가 전혀 없었던 사람이 누구지? 일당 중에서 이 음흉한 계략을 꾸며낼 정도로 정신이 말짱했고 머리가 돌아갔던 사람이 누구지? 곰곰이 생각해보라고."

스텐스트룀은 진지한 표정이었다.

"그건 그렇고, 다른 생각이 하나 났어."

콜베리가 말했다. 그가 부다페스트 지도를 책상에 펼쳤다.

"여길 봐. 여기가 호텔이고, 여기가 중앙역이야. 정확하게 뭐라고 부르는지는 모르겠지만."

"부다페스트 뉴가티 역."

"그렇다 치고. 내가 호텔에서 역까지 걸어간다면 아마도 이길로 걸어가서 경찰 본부를 지나치게 되겠지."

"그건 그래. 하지만 그러면 잘못된 역으로 가게 되는걸. 빈으로 가는 기차는 여기 아래쪽에 있는 오래된 켈레티 역에서 출발하거든."

연기처럼 사라진 남자

콜베리는 말이 없었다. 계속 지도를 노려볼 뿐이었다.

마르틴 베크는 솔나 지역의 청사진을 책상에 펼친 뒤, 스텐스트룀에게 고갯짓을 했다.

"솔나 경찰에게 이 지역을 차단하라고 해. 여기에 불탄 건물이 하나 있어. 우리도 곧 그리로 갈 거야."

"지금 당장 말입니까?"

"그래."

스텐스트룀이 나갔다. 마르틴 베크는 담배를 찾아내어 불을 댕겼다. 묵묵히 담배를 피우면서, 미동 없이 앉아 있는 콜베리를 쳐다보았다. 이윽고 담배를 끄고는 콜베리에게 말했다.

"그럼 가볼까."

콜베리가 모는 차는 일요일의 한산한 도로를 날듯이 달려 다리를 건넜다. 빠르게 달려가는 구름 뒤로 태양이 얼굴을 내밀었고, 가벼운 바람이 바다에서 불어왔다. 마르틴 베크는 한 무리의 작은 돛단배들이 만에 뜬 부표를 빙 둘러 항해하는 모습을 무심히 바라보았다.

그들은 묵묵히 차를 달려 어제와 같은 장소에 주차했다. 콜베리가 저 앞에 주차된 검은 란치아 자동차를 가리켰다.

"저게 그의 차야. 집에 있나 보군."

그들은 스바르텐스가탄을 건너 건물 현관문을 열고 들어갔

다. 날이 으스스하고 축축했다. 그들은 한마디 말 없이 낡은 층
계를 걸어 5층으로 올라갔다.

29.

문은 벌컥 열렸다.

가운과 슬리퍼 차림으로 문간에 선 남자는 몹시 놀란 표정이었다.

"미안합니다. 약혼녀가 온 줄 알았습니다."

남자가 말했다. 마르틴 베크는 한눈에 그를 알아보았다. 부다페스트로 떠나기 전날 텐스토페트에 갔을 때 몰린이 가리켰던 남자였다. 솔직하고 쾌활한 얼굴. 차분한 푸른 눈동자. 상당히 건장한 체격. 남자는 턱수염을 길렀고 중키였는데, 벨기에 학생 뢰더와 마찬가지로 남자와 맛손이 닮은 데라고는 그것뿐이었다.

"경찰에서 나왔습니다. 베크라고 합니다. 이쪽은 콜베리 형사입니다."

딱딱하고 정중한 인사가 이어졌다.

"콜베리입니다."

"군나르손입니다."

"잠시 들어가도 되겠습니까?"

마르틴 베크가 물었다.

"물론입니다. 무슨 일입니까?"

"알프 맛손에 대해서 할 이야기가 있습니다."

"어제 경찰이 와서 같은 걸 묻고 갔습니다만."

"압니다."

마르틴 베크와 콜베리는 아파트로 들어서자마자 사람이 변했다. 두 사람이 동시에 그랬는데, 스스로는 전혀 의식하지 못했다. 팽팽하게 긴장하고 초조하게 경계하던 태도가 사라졌고, 대신 몸에 익은 듯 차분하고 기계적이며 단호한 태도가 떠올랐다. 앞으로 어떤 일이 벌어지리라는 것을 잘 아는 사람의 태도, 그리고 같은 일을 과거에도 겪어본 사람의 태도였다.

두 사람은 아무런 말 없이 아파트를 이리저리 둘러보았다. 밝고 널찍한 집이었고 세심하게 정성을 들여 가구를 갖춘 듯했지만, 아직 충분히 생활의 손때가 묻지 않았다는 인상을 주었다. 가구는 대개 새것이었고 마치 가게 쇼윈도에 진열된 듯한

연기처럼 사라진 남자

느낌이었다.

방 두 개는 거리로 창이 나 있었고, 침실과 부엌은 건물 안뜰을 바라보는 쪽에 있었다. 열린 욕실 문 너머로 빛이 새어 나왔다. 그들이 초인종을 눌렀을 때 남자는 막 씻고 옷을 입은 참이었을 것이다. 침실에는 널찍한 침대가 두 개 나란히 놓여 있었다. 한쪽 침대에는 최근에 사람이 들어가 잔 흔적이 있었다. 흐트러진 침대 옆의 곁탁자에는 반쯤 빈 생수병 하나, 유리컵 하나, 약통 두 개, 사진이 끼워진 액자 하나가 놓여 있었다. 방에는 흔들의자 하나, 등받이 없는 간이의자 두 개, 서랍과 고정된 거울이 딸린 화장대가 있었다. 사진은 젊은 여자를 찍은 것이었다. 금발에, 깔끔하고 건강한 이목구비에, 눈동자가 아주 옅었다. 화장은 하지 않았지만 은목걸이를 했는데, 흔히 비스마르크 체인이라고 불리는 목걸이였다. 마르틴 베크도 아는 종류였다. 십육 년 전에 그도 아내에게 정확하게 그것처럼 생긴 목걸이를 준 적이 있었다. 두 사람은 서재로 돌아갔다. 아파트 구경은 끝났다.

"앉으시죠."

군나르손이 권했다. 마르틴 베크는 고개를 끄덕이고 책상 옆의 고리버들 의자에 앉았다. 보아하니 2인용 의자였다. 가운을 입은 남자는 선 채로 콜베리를 흘긋 보았다. 콜베리는 여태 아파트를 돌아다니고 있었다.

원고와 책과 종이 들이 탁자 위에 단정하게 쌓아올려져 있었다. 타자기에 끼워진 종이에는 몇 줄이 타이핑되어 있었고, 전화기 옆에도 또 액자가 있었다. 마르틴 베크는 은 목걸이를 하고 눈동자 색이 옅은 여성을 바로 알아보았다. 하지만 이 사진은 야외에서 찍은 것이었다. 여자의 머리가 뒤로 젖혀져 있었고, 여자는 사진사를 바라보며 웃고 있었다. 바람이 그녀의 금발을 날려 헝클어뜨렸다.

"제가 뭘 도와드릴까요?"

가운을 입은 남자가 공손하게 물었다.

마르틴 베크는 남자를 똑바로 쳐다보았다. 남자의 눈동자는 여전히 파랬고, 침착했고, 차분했다. 방은 조용했다. 아파트 저쪽에서 부스럭거리는 소리가 들렸는데, 아마 콜베리가 욕실이나 부엌에 있는 듯했다.

"무슨 일이 있었는지 말해주십시오."

마르틴 베크가 말했다.

"언제 말입니까?"

"7월 22일 저녁. 당신과 맛손이 오페라하우스 바를 나섰을 때."

"그거라면 이미 말씀드렸습니다. 우리는 길에서 헤어졌습니다. 나는 택시를 타고 집에 왔습니다. 그는 같은 방향이 아니었기 때문에 딴 택시를 기다리겠다고 했습니다."

마르틴 베크는 팔꿈치를 책상에 대고서 사진 속 여자를 보았다.

"여권을 보여주시겠습니까?"

남자는 책상을 돌아가 의자에 앉고는 서랍을 열었다. 고리버들 의자가 친근하게 삐걱거렸다.

"여기 있습니다."

마르틴 베크는 여권을 넘겨보았다. 오래되고 낡은 여권이었으며 가장 최근의 도장은 정말로 5월 10일에 알란다 공항에서 찍힌 입국 증명이었다. 다음 장은 여권의 맨 끝 장이었는데 메모가 있었다. 전화번호 두 개와 짧은 시 한 편이 눈에 띄었다. 뒤표지의 안쪽 면도 메모로 가득했다. 대부분은 자동차나 엔진에 관한 낙서였는데, 오래전에 아주 급하게 휘갈긴 듯했다. 시는 초록 볼펜으로 비스듬히 적혀 있었다. 마르틴 베크는 여권을 기울여 읽어보았다.

던디 출신의 젊은이가 있었다네.

그가 말하기를 '그들은 나 없이는 아무것도 못한다네.

어떤 집도 완전해지지 못한다네.

나와 내 좌석이 없다면.

내 이니셜은 W.C.라네.'

책상 맞은편에 앉은 남자는 마르틴 베크의 시선을 좇아 그 시를 보고는 말했다.

"리머릭(5행 희시)입니다."

"그렇군요."

"윈스턴 처칠의 이니셜에 대한 리머릭입니다. 처칠이 직접 썼다고들 하더군요. 파리에서 돌아오는 비행기 안에서 들었는데 무척 마음에 들어서 적어뒀습니다."

마르틴 베크는 대꾸하지 않고 뚫어져라 시를 보았다. 글씨 밑은 종이 색깔이 좀더 옅었고, 영문 모를 작은 초록 점이 여러 개 찍혀 있었다. 종이 뒤편에 찍힌 초록 도장에서 잉크가 배어나온 것처럼 보였지만 그런 도장은 존재하지 않았다. 스텐스트룀은 이걸 눈치챘어야 했다.

"코펜하겐까지 비행기를 타고 온 뒤에 페리를 타고 스웨덴으로 건너왔다면 수고를 덜었을 텐데요."

마르틴 베크가 말했다.

"무슨 말인지 모르겠습니다."

전화가 울렸다. 군나르손이 받았다. 콜베리가 방으로 들어왔다.

"두 분 중 아무나 받아보시랍니다."

가운을 입은 남자가 말했다.

콜베리가 수화기를 받았고, 저쪽의 이야기를 듣다가 대답했다.

"그래. 그러면 사람들에게 그곳으로 가라고 해. 그래, 거기에서 기다려. 우리도 곧 갈 테니까."

콜베리가 수화기를 내려놓았다.

"스텐스트룀이야. 소방국이 그 집을 지난 월요일에 태웠대."

"하갈룬드에 있는 불탄 집의 잔해를 경찰들이 지금 수색하고 있습니다."

마르틴 베크가 말했다.

"자, 어떻습니까?"

콜베리가 말했다.

"그래도 무슨 말인지 모르겠습니다만."

남자의 눈은 여전히 침착하고 솔직했다. 잠시 침묵이 흘렀다. 이윽고 마르틴 베크가 어깨를 으쓱하며 말했다.

"들어가서 옷을 제대로 입고 나오십시오."

한마디 말 없이, 군나르손은 침실로 갔다. 콜베리가 뒤를 따랐다.

마르틴 베크는 움직이지 않고 가만히 앉아 있었다. 시선이 다시 사진을 향했다. 사실 별로 중요한 문제는 아니었지만 대화가 이대로 끝날지도 모른다는 생각에 어쩐지 신경질이 났다. 그는 여권을 본 뒤로 완벽하게 확신이 들었지만, 소방국의 훈련 장소에 대한 짐작은 넘겨짚은 것뿐이었다. 틀린 짐작으로 판명날 수도 있었다. 그런 경우라면, 남자가 지금의 태도를 고수할 경우 수사는 몹시 골치 아프게 될 것이다. 그런데 마르틴 베크가 불만스러운 것은 꼭 그것 때문만은 아니었다.

오 분 뒤에 군나르손은 회색 스웨터와 갈색 바지 차림으로 나왔다. 남자가 시계를 보며 말했다.

"이제 가도 됩니다. 곧 손님이 찾아올 테니, 부탁이지만……."

남자는 미소를 지으면서 마지막 문장을 맺지 않은 채 말을 흐렸다. 마르틴 베크는 계속 앉아 있었다.

"우리는 특별히 서두를 이유가 없습니다."

마르틴 베크가 말했다.

콜베리도 침실에서 돌아왔다.

"바지하고 청색 블레이저는 아직 옷장에 걸려 있군."

콜베리가 말했다. 마르틴 베크는 고개를 끄덕였다. 군나르손은 오락가락 걷기 시작했다. 남자의 움직임은 이제 제법 초조해 보였지만 차분한 표정은 아까와 차이가 없었다.

"어쩌면 보기보다 그렇게 나쁜 상황은 아닐지도 모릅니다. 그렇게 다 체념해버릴 필요는 없어요."

콜베리가 친근하게 말을 붙였다. 마르틴 베크는 동료를 얼른 쳐다보고는 시선을 군나르손에게 돌렸다. 물론 콜베리가 옳았다. 남자는 이미 포기했다. 남자는 게임이 끝났다는 것을 안다. 두 사람이 문지방을 넘어선 순간부터 알았다. 남자는 지금 마치 고치에 싸인 듯이 체념에 싸여 있을 것이다. 하지만 아직은 고치를 절대로 못 뚫을 상황은 아니었다. 어쨌든, 마르틴 베크가 지금부터 해야 하는 일은 지극히 불쾌한 일이었다.

마르틴 베크는 고리버들 의자에 등을 대고 기다렸다. 콜베리는 침실 문가에 잠자코 서 있었다. 군나르손은 마루 한가운데에 계속 서 있었다. 남자가 다시 시계를 보았지만 말은 없었다.

일 분이 흘렀다. 이 분. 삼 분. 남자가 다시 손목시계를 보았다. 순전히 반사적인 행동인 것 같지만 남자는 자신의 행동에 신경이 쓰이는 것 같았다. 이 분이 더 흐른 뒤에 남자가 같은 행동을 반복했는데, 이번에는 왼손 손등으로 얼굴을 쓸어내리는 몸짓을 곁들여서 자신이 손목시계를 쳐다본다는 것을 슬쩍 가리려 했다. 저 아래 거리에서 자동차 문이 쾅 닫히는 소리가 났다.

남자가 입을 열고 뭔가 말했다. 한 단어였다.

"만약에……."

그러고는 뉘우친 듯 얼른 두 걸음을 걸어 전화기로 갔다.

"죄송합니다만 전화 한 통 하겠습니다."

마르틴 베크는 고개를 끄덕이고는 전화기에 엄숙하게 시선을 고정했다. 018. 웁살라 지역 번호다. 모든 것이 맞아 들어갔다. 여섯 자릿수 번호. 벨이 세 번 울렸을 때 상대가 받았다.

"여보세요. 오케입니다. 안루이즈는 벌써 나갔나요? ……아, 언제요?"

상대 여자가 "십오 분쯤 전에요"라고 말하는 것이 마르틴 베크의 귀에도 들리는 것만 같았다.

"아, 그래요. 고맙습니다. 끊겠습니다."

군나르손은 수화기를 내려놓고 시계를 본 다음 가벼운 목소리로 말했다.

"자, 갈까요?"

아무도 대답이 없었다. 길게만 느껴지는 십 분이 또 흘렀다. 이윽고 마르틴 베크가 말했다.

"앉으세요."

남자는 몹시 주저하다가 지시에 따랐다. 남자는 가만히 앉아 있으려고 애를 썼지만 고리버들 의자는 삐걱거림을 멈추지 못했다. 남자가 또 시계를 들여다볼 때, 마르틴 베크는 남자의 손이 떨리는 것을 눈치챘다.

콜베리가 하품을 했다. 일부러 꾸민 행동이거나 초조해서 절로 나온 행동일 것이다. 어느 쪽인지는 알기 어려웠다. 이 분이 흐른 뒤 군나르손이 물었다.

"뭘 기다리는 겁니까?"

남자의 목소리에 처음으로 불안한 기색이 묻어 있었다.

마르틴 베크는 남자를 보았다. 그러나 아무 말도 하지 않았다. 이 침묵이 책상 맞은편의 남자에게는 물론이고 마르틴 베크와 콜베리에게도 못지않게 긴장되는 것임을 그가 안다면 어떻게 나올까 궁금했다. 그렇다고 남자에게 별 도움이 되지는 못할 것이다. 어떤 면에서 세 사람은 한 배에 탄 셈이었다.

군나르손은 시계를 본 뒤 책상에 놓여 있던 펜을 집었지만, 곧 정확하게 원래 위치에 내려놓았다.

마르틴 베크는 시선을 돌려 사진을 본 뒤, 자기 손목시계를 보았다. 전화벨이 울린 때로부터 이십 분이 흘렀다. 최악의 경우에는 삼십 분쯤 더 기다릴 수 있을 것이다.

마르틴 베크는 다시 군나르손을 보았다. 저도 모르게 자신과 남자가 공통으로 알고 있는 것들을 떠올리기 시작했다. 삐걱거리는 거대한 침대. 경치. 보트들. 방 열쇠. 강에서 피어오르던 축축한 열기.

마르틴 베크는 드러내놓고 시계를 보았다. 이 행동의 어떤 면이 남자를 상당히 신경쓰이게 한 듯했다. 어쩌면 그 행동은 두 사람이 공통의 이해를 갖고 있다는 사실을 상기시켰는지도 모른다.

마르틴 베크와 콜베리는 삼십여 분 만에 처음으로 마주보았다. 그들의 짐작이 옳다면 결말이 머지않았다.

삼십 초 뒤에 남자가 무너졌다. 군나르손은 마르틴 베크와 콜베리를 차례차례 보면서 또렷한 목소리로 물었다.

"좋습니다. 뭘 알고 싶습니까?"

아무도 대답하지 않았다.

"그래요, 당신들이 옳습니다. 내가 그랬습니다."

"어쩌다 그렇게 됐습니까?"

"그 점에 대해서는 말하기 싫습니다."

남자는 쉰 목소리로 대꾸했다. 그는 이제 고집스럽게 책상을 내려다보았다. 콜베리는 찌푸린 얼굴로 남자를 보다가 마르틴 베크에게 시선을 돌려 고개를 끄덕였다.

마르틴 베크는 깊게 숨을 들이마신 뒤에 말했다.

"결국에는 우리가 전부 밝혀낼 것이라는 사실을 알아야 합니다. 헝가리에는 당신을 알아볼 증인들이 있습니다. 우리는 그날 밤에 당신을 태웠던 택시 운전사를 찾아낼 겁니다. 운전사는 당신이 혼자였는지 아닌지를 기억하겠지요. 전문가들이 당신의 자동차와 아파트를 샅샅이 수색할 겁니다. 하갈룬드의 불탄 집도 마찬가집니다. 만일 시체가 거기에 있다면, 타지 않고 남은 부분이 반드시 있을 겁니다. 이제는 남은 문제가 아무것도 없습

연기처럼 사라진 남자

니다. 알프 맛손이 어떤 일을 당했고 어디로 옮겨졌든 우리가 찾아낼 겁니다. 당신이 숨길 수 있는 건 별로 없습니다. 최소한 중요한 점들은 숨길 수 없을 겁니다."

군나르손은 마르틴 베크를 똑바로 보며 말했다.

"정말로 그렇다면 지금 이럴 필요가 없지 않습니까."

마르틴 베크는 자신이 남자의 이 말을 오랫동안 기억하게 될 것임을 직감했다. 아마 평생 잊지 못할 것이다.

난처한 분위기를 구한 것은 콜베리였다. 콜베리가 단조로운 말투로 말했다.

"경찰의 의무에 따라서, 우리는 당신이 고살故殺이나 모살謀殺 혐의를 받고 있음을 알려드립니다. 당연히 당신은 공식 신문중에 법적 대리인을 둘 권리가 있습니다."

"알프는 나와 함께 택시를 탔습니다. 함께 이곳으로 왔습니다. 그는 우리집에 위스키가 한 병 있다는 사실을 알고 있어서 그걸 마저 마셔버리자고 고집을 피웠습니다."

"그래서?"

"우리는 그러잖아도 벌써 상당히 취한 상태였습니다. 그래서 다투게 되었습니다."

남자가 입을 닫았다. 어깨를 으쓱했다.

"그 점에 대해서는 더 말하기 싫습니다."

"왜 다퉜습니까?"

콜베리가 물었다.

"그가…… 그가 나를 미치게 만들었습니다."

"어떻게?"

남자의 푸른 눈동자가 언뜻 달라졌다. 통제할 수 없는 그 눈빛은 아닌 게 아니라 위험해 보였다.

"그의 행동은 정말이지……. 그러니까, 그가 추잡한 말을 입에 담았습니다. 내 약혼녀에 대해서요. 잠깐만요. 어쩌다 말다툼이 시작되었는지 처음부터 설명하겠습니다. 오른쪽 맨 위 서랍을 열어보면…… 사진이 몇 장 있을 겁니다."

마르틴 베크가 서랍을 열어보니 사진이 있었다. 그는 손가락 끝으로 조심스럽게 사진들을 집어 들었다. 어딘지 모를 해변에서 찍은 것이었는데, 사랑에 빠진 연인이 남들의 보는 눈이 없을 때 찍을 법한 그런 사진들이었다. 그는 자세히 살피지 않고 재빨리 한 장 한 장 넘겼다. 맨 마지막 사진은 심하게 구겨져 있었다. 옅은 눈동자의 여자가 사진사를 보며 웃고 있었다.

"나는 화장실에 있었습니다. 돌아와보니 그가 거기 서서 서랍을 뒤지고 있더군요. 그가 결국…… 사진들을 발견했습니다. 그가 한 장을 자기 주머니에 넣으려고 했습니다. 나는 안 그래도 그에게 화가 났던 참인데, 그때 정말로…… 격분했습니다."

연기처럼 사라진 남자

남자는 잠깐 말을 멎었다가 사과하듯이 이어 말했다.

"안타깝게도 상세한 부분은 또렷하게 기억나지 않습니다."

마르틴 베크는 고개를 끄덕였다.

"나는 그가 저항하는데도 개의치 않고 사진을 빼앗았습니다. 그러자 그가 추잡한 말을 지껄이기 시작했습니다. 그러니까, 그러니까, 안루이즈에 대해서요. 물론 나는 그게 한 마디 한 마디다 거짓말이라는 걸 알았지만, 그래도 잠자코 듣고 있을 수가 없었습니다. 그는 아주 큰 목소리로 떠들었습니다. 거의 고함을 지르듯이. 이웃들을 깨울까 봐 걱정이 됐습니다."

남자가 눈을 깔았다. 남자는 자기 손을 보면서 말했다.

"뭐, 그건 그리 중요한 일이 아니었을지도 모릅니다. 하지만 어쨌든 그때, 내 안에 뭔가가 들어왔습니다. 뭔지는 모르겠지만. 정말로 그 일을 다시 기억해내야 합니까……."

"당분간 세세한 부분은 잊어도 좋습니다. 그래서 어떻게 됐지요?"

콜베리가 물었다. 군나르손은 고집스럽게 제 손만 바라보았다.

"그를 목 졸라 죽였습니다."

남자는 아주 조용하게 말했다.

마르틴 베크는 십 초쯤 기다렸다. 그러고는 검지로 코를 쓸어내리며 물었다.

"그리고?"

"갑자기 정신이 확 들었습니다. 적어도 그때는 그런 기분이었습니다. 그리고 보니 그가 저기 바닥에 누워 있더군요. 죽은 채로. 새벽 2시쯤이었습니다. 당연히 경찰에 신고해야 했지만, 그때는 그게 그렇게 쉽게 생각되지 않았습니다."

남자는 잠시 생각에 잠겼다.

"왜냐하면, 모든 것을 망칠 것만 같았거든요."

마르틴 베크는 고개를 끄덕이고 시계를 보았다. 이 몸짓 때문인지 남자가 말을 서둘렀다.

"그래서, 한 십오 분쯤 여기에 멍하니 앉아서, 어떻게 할까 생각했습니다. 이 의자에 앉아서요. 가망 없는 상황이라는 것을 인정하고 싶지 않았습니다. 모든 일이 정말이지…… 놀랍기만 했습니다. 너무나 무의미해 보였습니다. 내가 그랬다는 것을 진심으로 받아들이지도 못했던 것 같습니다. 내가 갑자기 그런…… 아, 이런 이야기는 나중에 하지요."

"맛손이 부다페스트로 갈 계획이라는 것을 알고 있었군요."

콜베리가 말했다.

"물론입니다. 그는 여권과 비행기 표를 지니고 있었습니다. 집으로 가서 가방만 챙기면 되는 상황이었습니다. 내가 꾀를 떠올린 건 그의 안경 때문이었을 겁니다. 안경이 벗겨져서 여기 바닥에 떨어져 있었습니다. 좀 특이한 안경인데, 어쩐지 그의 인상을 살짝 바꿔놓는 물건이었지요. 그때 문득 하갈룬드에 있는 그 집이 떠올랐습니다. 나는 발코니에 앉아서 소방국이 훈련하는 모습을 구경하곤 했습니다. 일부러 불을 냈다가 다시 끄는 모습을 자세히 보았지요. 매주 월요일마다 그랬습니다. 불을 붙이기 전에 조사를 깐깐하게 하진 않더군요. 나는 소방국이 얼마 남지 않은 잔해마저 곧 깡그리 태워버릴 거라는 걸 알고 있었습니다. 보통의 방식으로 허무는 것보다 그편이 더 싸게 먹힐 테니까요."

군나르손은 마르틴 베크를 향해 재빨리 절망적인 눈빛을 던지고는 서둘러 말했다.

"그래서 나는 그의 여권, 비행기 표, 자동차 열쇠, 다른 열쇠들을 챙겨서 그의 아파트로 갔습니다. 그리고……"

남자는 몸서리를 쳤지만 금세 냉정을 되찾았다.

"그리고 그를 메고 차로 내려갔습니다. 그게 가장 어려운 부분이었는데 내가…… 아니, 내가 운이 좋았다는 말이 튀어나올 뻔했군요. 차를 몰아 하갈룬드로 갔습니다."

"낡은 농장 건물로?"

"네. 거기는 소리 하나 없이 고요하더군요. 나는…… 아폐를 메고 다락까지 올라갔습니다. 계단 발판이 반쯤 떨어진 상태라 꽤 어려웠습니다. 그를 외따로 떨어진 벽 뒤에, 쓰레기 더미 아래에 두고 사람들이 못 찾게 숨겼습니다. 어쨌든 그는 죽어서 움직이지 못하는 상태였으니까요. 별문제는 없을 거라고 생각했습니다."

마르틴 베크는 초조하게 손목시계를 보았다.

"계속 말하세요."

"서서히 날이 밝았습니다. 나는 플레밍가탄으로 가서 그의 가방을 챙기고, 짐은 다 꾸려져 있었으니까요. 그의 차에 가방을 넣었습니다. 그리고 이곳으로 돌아와서 조금 청소를 하고, 그의 안경과 여태 복도에 걸려 있었던 그의 코트를 챙겼습니다. 그리고 당장 그의 집으로 돌아갔습니다. 여기에서 기다릴 엄두가 나지 않았습니다. 그의 차를 타고 알란다 공항으로 가서, 차는 주차장에 대어두었습니다."

남자는 마르틴 베크에게 호소하는 듯한 시선을 던지고 이어 말했다.

"일이 너무 쉽게 진행되었습니다. 저절로 알아서 굴러가는 것처럼. 나는 그의 안경을 썼지만, 코트는 너무 작았습니다. 그래서 팔에 걸친 채로 여권 심사대를 통과했습니다. 여행에 대해서는 기억나는 게 거의 없지만 모든 게 아주 간단해 보였습니다."

"그곳에서 어떻게 달아날 계획이었습니까?"

"그냥 어떻게든 될 거라고 믿었습니다. 최선의 방법은 오스트리아 국경까지 기차를 타고 가서 불법으로 국경을 넘는 것이 아닐까 생각했습니다. 주머니에 있는 내 여권을 써서 빈에서 스웨덴으로 돌아올 생각이었습니다. 예전에 빈에 가봤기 때문에, 그곳에서는 출국자의 여권에 도장으로 날짜를 찍지 않는다는 것을 알고 있었습니다. 하지만 또 한번 운이 좋았지요. 그때는 그렇게 생각했습니다."

마르틴 베크가 끄덕였다.

"헝가리에 방이 부족한 시기라서, 아페는 호텔 두 군데에 예약을 했더군요. 한쪽 호텔은 첫날만 묵는 것으로. 호텔 이름은 기억이 안 납니다만."

"이퓨샤그."

"네, 그랬던 것 같군요. 어쨌든, 내가 도착했을 때 마침 프랑스어를 하는 단체 관광객들이 호텔에 들어섰습니다. 듣자 하니 그들은 나와 같은 날, 좀더 일찍 들어왔다는 것 같았습니다. 학생들인 것 같았는데, 몇몇은 턱수염을 길렀습니다. 내가 아페의, 그러니까 맛손의 여권을 제출할 때, 접수원은 다른 여권들을 선반 칸에 분류해서 꽂는 중이었습니다. 앞서 등록한 사람들의 여권이었지요. 나는 잠시 미적거리면서 현관에 서 있다가, 접수원이 잠깐 딴 데로 간 틈을 타서 여권을 몇 개 슬쩍했습니다. 세 개째에서 적당한 것을 발견했지요. 벨기에 사람 여권이었습니다. 뢰더러인가 뭔가 하는 이름이었습니다. 잘은 기억이 안 나지만 하여간 무슨 샴페인 이름하고 비슷했습니다."

마르틴 베크는 주의깊게 시계를 보았다.

"이튿날 아침에는?"

"아페의, 그러니까 맛손의 여권을 돌려받은 다음에 다른 호텔로 갔습니다. 크고 웅장한 호텔이었어요. 두너 호텔이라고 하는 것 같았습니다. 나는 접수대에 아페의 여권을 건네고, 그의 짐을 갖고 방으로 올라갔습니다. 방에 있었던 시간은 삼십 분도 안 되었을 겁니다. 바로 나왔으니까요. 지도를 하나 구해서 그걸 보면서 기차역까지 갔습니다. 가는 길에 보니 주머니에 방 열쇠가 있지 않겠습니까. 크고 거치적거리기에, 도중에 마주친 경찰서를 빠른 걸음으로 지나치면서 현관 앞에 던져버렸습니다. 좋은 생각이라고 믿었는데."

"실제로는 그렇지 않았지만."

콜베리가 말했다. 군나르손이 희미하게 미소 지었다.

"어찌어찌해서 빈으로 가는 급행열차를 탔는데 네 시간밖에 걸리지 않더군요. 우선 아페의 안경을 벗고, 코트를 말았습니다. 그때부터 벨기에 여권을 썼는데 역시 문제없이 잘 통했습니다. 기차는 몹시 붐볐고 여권 검사관은 서둘러야 했습니다. 남자가 아니라 여자 검사관이었지요. 빈에 도착한 뒤에는 동부 기차역에서 택시를 타고 공항까지 직행해서, 스톡홀름으로 돌아오는 오후 비행기를 탔습니다."

"뢰더의 여권은 어떻게 했습니까?"

마르틴 베크가 물었다.

"갈기갈기 찢어서 빈의 기차역 화장실에 흘려보냈습니다. 안경도요. 밟아서 테를 박살냈습니다."

"그의 코트는?"

"기차역 카페테리아의 옷걸이에 걸어두고 나왔습니다."

"저녁에는 스톡홀름에 돌아와 있었겠군요?"

"네. 저녁에 사무실로 가서 이전에 작성해뒀던 기사 두 편을 제출했습니다."

방이 조용해졌다. 한참 뒤에 마르틴 베크가 물었다.

"침대에 누워봤습니까?"

"어디에서 말입니까?"

"두너 호텔."

"네. 삐걱거리더군요."

군나르손은 다시 제 손을 내려다보았다. 그리고 조용히 말했다.

"나는 몹시 난처한 상황이었습니다. 나 혼자만을 위해서 그렇게 한 건 아닙니다."

남자는 얼른 사진을 봤다.

"곤란한 일이 아무것도 벌어지지 않았다면, 나는 돌아오는 일요일에 결혼을 했을 겁니다. 그리고……"

"그리고?"

"사실 그건 사고였습니다. 이해하실지 모르겠지만…….."

"압니다."

마르틴 베크가 말했다.

마지막 한 시간 동안 거의 꼼짝도 안 하고 서 있었던 콜베리가 문득 어깨를 으쓱하더니 짜증난 듯이 말했다.

"오케이. 자, 갑시다."

알프 맛손을 죽인 남자는 갑자기 축 늘어졌다.

"네, 그래야죠." 목이 멘 소리였다. "미안합니다."

남자는 재빨리 일어나서 화장실로 갔다. 나머지 두 사람은 움직이지 않았지만, 마르틴 베크는 닫힌 문을 불만스럽게 바라보았다. 콜베리가 그의 시선을 좇더니 말했다.

"자해할 만한 물건은 하나도 없어. 내가 칫솔하고 유리컵까지 치웠어."

"곁탁자에 수면제가 통째로 있었어. 적어도 스물다섯 알은 들었을걸."

콜베리가 침실로 갔다가 돌아왔다.

"없어졌군."

욕실 문을 보면서 덧붙였다.

"어떻게 할까, 들어가서……."

마르틴 베크가 제지했다.

"아니야. 그냥 기다리지."

채 삼십 초도 기다리지 않았다. 오케 군나르손이 자발적으로 나왔다. 남자가 희미하게 웃으면서 말했다.

"이제 갈까요?"

아무도 대답하지 않았다. 콜베리는 욕실로 들어갔다. 변기를 밟고 올라서서 물탱크 뚜껑을 들고는 손을 쑥 집어넣어 빈 약통을 꺼냈다. 서재로 돌아오면서 통에 적힌 이름을 읽었다.

"베스파락스. 위험한 종류야."

콜베리는 군나르손을 향해 심기가 불편한 목소리로 말했다.

"불필요한 행동이라고 생각하지 않습니까? 이제 당신을 병원으로 데려가게 생겼으니 말입니다. 의사들이 당신에게 목에서 발까지 내려오는 앞치마를 두르고 목구멍으로 고무 튜브를 쑤셔넣을 겁니다. 내일은 아무것도 먹지도, 말하지도 못할 겁니다."

마르틴 베크는 전화를 걸어 순찰차를 요청했다.

그들은 잰걸음으로 계단을 내려갔다. 한시바삐 이곳을 떠나고 싶은 마음이 모두를 움직였다.

순찰차는 벌써 와 있었다.

"위세척 건이야. 아주 급해. 우리도 곧 따라가겠네."

콜베리가 지시했다.

군나르손은 이미 차에 탔는데, 콜베리는 여전히 뭔가를 생각하는 듯했다. 콜베리가 열린 차문을 잠깐 잡고 있더니 갑자기 물었다.

"호텔에서 기차를 타러 갔을 때, 처음에 틀린 역으로 가지 않았습니까?"

알프 맛손을 죽인 남자는 멀겋게 흐려지기 시작한 눈으로 콜베리를 보았다.

"맞습니다. 어떻게 알았습니까?"

콜베리는 차문을 닫았다. 차가 출발했다. 운전대를 잡은 경찰관은 첫 모퉁이를 도는 지점에서 사이렌을 켰다.

회색 전신 작업복을 입은 경찰관들이 다 타버린 건물의 잿더미와 까맣게 그은 들보들 사이를 조심스레 돌아다녔다. 유모차를 끌고 손에 페이스트리 봉지를 든 채로 일요일 오후의 산책을 나온 주민들이 밧줄로 차단된 구역 바깥에서 호기심 어린 눈으로 구경하고 있었다. 벌써 4시가 넘었다.

마르틴 베크와 콜베리가 차에서 내리자 스텐스트룀이 경찰관 무리에서 떨어져 그들에게 걸어왔다.

"두 분 생각이 옳았습니다. 시체가 여기 있습니다. 하지만 남은 게 많지 않습니다."

한 시간 뒤, 그들은 시내로 돌아가는 길이었다. 구도심 경계를 넘을 때 콜베리가 말을 꺼냈다.

"일주일만 더 지났다면 그곳에 건물을 짓는 회사가 불도저로 싹 쓸어버렸겠지."

마르틴 베크가 끄덕였다.

콜베리는 생각에 푹 잠긴 듯했다.

"그는 최선을 다했어. 나쁘지 않았지. 그가 맛손에 대해서 조금만 더 알았더라면, 그리고 귀찮더라도 가방을 열어서 내용물을 살펴보았더라면, 여권을 문질러 지우는 대신에 코펜하겐으로 떨어지는 비행기를 탔더라면……."

콜베리는 말을 맺지 않았다. 마르틴 베크가 곁눈질로 콜베리를 보았다.

"그랬더라면? 그가 빠져나갈 수 있었을 거라는 말인가?"

"아니야. 물론 그건 아니야."

여름답다고 하기 힘든 날씨였는데도 바나디스 수영장은 사람들로 북적거렸다. 콜베리는 수영장을 지나치면서 헛기침으로 목을 틔운 뒤에 말했다.

"자네가 이 일에 더이상 매달릴 이유는 없겠군. 왜냐, 자네는 원래 휴가를 즐기고 있어야 하잖아."

마르틴 베크는 시계를 보았다. 오늘 섬으로 나갈 시간은 안될 것 같았다.

"오덴가탄에 내려줘."

마르틴 베크가 말했다.

콜베리는 모퉁이의 극장 앞에 차를 세웠다.

"그럼 잘 가."

"안녕."

악수도 하지 않았다. 마르틴 베크는 보도에 서서 콜베리의 차가 사라지는 것을 바라보았다. 그리고는 비스듬히 길을 건넌 다음 모퉁이를 돌아 메트로폴이라는 식당으로 들어섰다. 바의 조명은 어둑하고 아늑했다. 구석의 한 탁자에서 목소리를 낮춘 대화가 오가고 있었다.

그는 바에 앉았다.

"위스키."

바의 종업원은 덩치가 큰 남자였다. 눈동자는 차분하고 움직임은 날렵했다. 눈처럼 흰 재킷을 입고 있었다.

"얼음물에 탈까요?"

"그럽시다."

"좋습니다." 남자가 말했다. "최고지요. 더블 위스키에 얼음물. 그보다 나은 건 없지요."

마르틴 베크는 네 시간 동안 바의 등받이 없는 의자에 걸터앉아 있었다. 다시는 입을 열지 않았고, 간간이 자기 앞의 잔을 가리켰다. 흰 재킷을 입은 남자도 말이 없었다. 그편이 나았다.

마르틴 베크는 일렬로 늘어선 술병들 뒤의 연기 자욱한 거울에 비친 자신의 얼굴을 보았다. 그 영상이 뭉개지기 시작하자 택시를 불러 집으로 갔다. 그는 현관에서부터 옷을 벗기 시작했다.

30.

마르틴 베크는 움찔 놀라면서 깊고 꿈 없는 잠에서 깨어났다. 담요와 시트가 바닥에 떨어져 있었고 오슬오슬 추웠다. 일어나서 발코니 문을 닫는데 눈앞이 핑 돌았다. 머리가 지끈거렸고 입은 바싹 말라 뻣뻣했다. 그는 욕실로 가서 어렵사리 진통제 두 알을 삼키고 가득 따른 물 한 잔으로 입을 헹궜다. 그러고는 침대로 돌아와 시트와 담요를 목까지 당겨 덮은 뒤에 다시 잠을 청했다. 자는 것도 깬 것도 아닌 상태로 몇 시간쯤 악몽을 꾼 뒤, 포기하고 일어났다. 샤워기 아래에 오랫동안 섰다가 천천히 옷을 입었다. 발코니로 나가서 난간에 팔꿈치를 대고 턱을 손에 받치고 섰다.

하늘은 높고 청명했다. 스산한 아침 공기에 가을의 전조가 담겨 있었다. 그는 뚱뚱한 닥스훈트 한 마리가 건물 앞 활 모양의 좁은 녹지에서 나무둥치들 사이를 한가롭게 노니는 광경을 한참 지켜보았다. 사람들은 그곳을 녹지라고 불렀지만, 이름에 영 걸맞지 않은 모양새였다. 상록수들 사이의 땅은 솔잎과 쓰레기로 덮여 있었고, 초여름에 잔뜩 자랐던 키 작은 잔디는 사람들에게 짓밟혀 죽은 지 오래였다.

마르틴 베크는 침실로 돌아가서 침대를 정돈했다. 한동안 부산하게 방을 누비면서 이런저런 자잘한 물건들과 책들을 서류 가방에 담은 후, 아파트를 나섰다.

그는 슬루센으로 가는 지하철을 탔다. 배는 한 시간 뒤에야 출항할 것이라, 느긋하게 셉스브로 선창을 산책하면서 스트룀브론 다리 쪽으로 걸었다. 블라시에홀름 선창에 트랩이 내려졌다. 승무원 두 명이 앞 갑판에 상자를 쌓았다. 마르틴 베크는 승선하지 않고 셉스홀멘까지 계속 걸었다. 도중에 샤프만이라는 식당에서 차를 한 잔 마셨는데, 입에 대자마자 속이 더 나빠지기만 했다.

출발 시각 십오 분 전에 그는 섬으로 가는 배에 올랐다. 배에서 증기가 끓어올랐고, 굴뚝에서 흰 연기가 세차게 내뿜어지고 있었다. 그는 갑판으로 올라가서 휴가 첫날 앉았던 자리에 앉았다. 그게 겨우 두 주 전이었다. 이제 휴가의 끝을 방해할 일은 아무것도 없을 것 같았지만, 휴가나 섬을 떠올려도 어쩐지 기쁨이나 흥분이 느껴지지 않았다.

엔진이 방망이질을 시작했다. 배가 후진을 하면서 기적을 울렸다. 마르틴 베크는 난간에 기대어, 희게 거품을 내며 소용돌이치는 물살을 내려다보았다. 여름휴가 기분은 멀리 사라졌다. 그는 그저 비참한 심정이었다.

한참 뒤에 휴게실로 들어가 생수를 마셨다. 다시 갑판으로 나와보니 그가 앉았던 자리는 얼굴이 시뻘겋고 뚱뚱한 남자의 차지가 되어 있었다. 남자는 트레이닝복을 입었고 베레모를 썼다. 그가 물러날 겨를도 없이 뚱뚱한 남자가 덥석 인사를 건넸다. 남자는 군도의 아름다움에 대해 열변을 토하면서 자신이 그 아름다움을 얼마나 속속들이 아는지를 떠벌렸다. 남자는 배가 지나치는 섬들을 하나하나 가리키며 이름을 말했다. 마르틴 베크는 무감각하게 듣고만 있었다. 마침내 이럭저럭 일방적인 대화에서 벗어난 그는 쏜살같이 선미 쪽 휴게실로 내뺐다.

나머지 항해 동안 그는 어둑한 미명에 묻힌 채 플러시 천이 대어진 딱딱한 벤치에 앉아, 석탄 통으로부터 피어오르는 푸르스름한 빛기둥 속에서 먼지들이 회오리를 그리며 솟아오르는 모습을 바라보았다.

기선이 닿는 방파제에 뉘그렌이 모터보트를 끌고 나와 기다리고 있었다. 두 사람을 태운 보트가 섬에 접근하자, 뉘그렌은 모터를 끄고 배를 미끄러뜨리듯이 작은 방파제 가까이에 댔다. 마르틴 베크는 훌쩍 뛰어 뭍에 내렸다. 뉘그렌은 다시 모터를 켰고, 손을 흔들면서 곶을 돌아 사라졌다.

마르틴 베크는 별장으로 걸어 올라갔다. 아내는 별장 뒤켠의 그늘에 누워 있었다. 담요를 깔고 누워서 알몸으로 일광욕을 하고 있었다.

"안녕."

"안녕. 오는 소리를 못 들었는데."

"아이들은?"

"배를 타고 나갔어."

"음."

"부다페스트는 어땠어?"

"아주 아름답더군. 내가 보낸 엽서 못 받았어?"

"못 받았는데."

"나중에 오겠지."

그는 별장으로 들어가 물 한 잔을 마시고 벽을 응시하면서 가만히 서 있었다. 체인 목걸이를 두른 금발의 여자를 떠올렸다. 아무도 문을 열어주지 않는 아파트 앞에서 여자가 계속 초인종을 누르며 오래 서 있었을지, 아니면 아파트에 너무 늦게 도착하는 바람에 족집게와 가루 통을 든 경찰관들이 바닥을 기는 광경을 목격하게 되었을지 궁금했다.

아내가 방으로 들어오는 소리가 들렸다.

"솔직하게 말해봐. 자기 괜찮아?"

"별로."

마르틴 베크는 대답했다.

김명남

KAIST 화학과를 졸업하고 서울대 환경대학원에서 환경 정책을 공부했다. 인터넷 서점 알라딘 편집팀장을 지냈고, 지금은 전문 번역가로 활동하고 있다. 옮긴 책으로는 『문학은 어떻게 내 삶을 구했는가』, 『우리 본성의 선한 천사』, 『세상에서 가장 재미있는 진화』, 『블러디 머더—추리 소설에서 범죄 소설로의 역사』, 『우리는 언젠가 죽는다』, 『소름』 등이 있다.

연기처럼 사라진 남자—마르틴 베크 시리즈 2

초판 발행 2017년 2월 28일

지은이 마이 셰발 · 페르 발뢰
옮긴이 김명남
펴낸이 염현숙

책임편집 이현 이송 ┃ **편집** 임지호 김세화 ┃ **외주교정** 김지연
표지디자인 이경란 ┃ **본문조판** 이원경
저작권 한문숙 김지영 ┃ **마케팅** 우영희 정진아 김혜연
홍보 김희숙 김상만 이천희
제작 강신은 김동욱 임현식 ┃ **제작처** 영신사

펴낸곳 (주)문학동네
출판등록 1993년 10월 22일 제406-2003-000045호
임프린트 엘릭시르

주소 10881 경기도 파주시 회동길 210
문의 031-955-1918(편집) 031-955-8896(마케팅) 031-955-8855(팩스)
전자우편 editor@elmys.co.kr ┃ **홈페이지** www.elmys.co.kr

ISBN 978-89-546-4444-0 04850
　　　978-89-546-4440-2 (세트)

엘릭시르는 출판그룹 문학동네의 임프린트입니다.